Daniel Bachmann

Die Aussätzigen

Daniel Bachmann

Die Aussätzigen

Ein Baden-Württemberg-Krimi

Silberburg-Verlag

Daniel Bachmann, geboren 1965 in Schramberg im Schwarzwald, studierte Volks- und Betriebswirtschaft und ist Absolvent der Filmakademie Baden-Württemberg. Er verfasst Romane, Erzählungen, Hörspiele und Drehbücher; als Regisseur dreht er Filme auf der ganzen Welt. Er erhielt den Münchner Menüpreis für Short Stories, den George-Sand-Literaturpreis, den Literaturpreis der Akademie Ländlicher Raum Baden-Württemberg, und war Writer in Residence in zahlreichen europäischen Ländern, Amerika und Australien.
www.danieloliverbachmann.de

1. Auflage 2011

Lektorat: Michael Raffel, Tübingen.
Umschlaggestaltung: Wager ! Kommunikation, Altenriet.
Druck: CPI books, Leck.
Printed in Germany.

ISBN 978-3-8425-1114-9

Der Aussätzige soll eingerissene Kleider tragen
und ausrufen: Unrein! Unrein!
Er soll abgesondert wohnen,
außerhalb des Lagers soll er sich aufhalten.

Levitikus

1

Janko Kravic erwachte fünf Minuten vor drei Uhr, wie in der letzten Nacht und der vorletzten und jeder Nacht davor seit zweieinhalb Jahren. Er atmete die stinkende Luft ein, hörte das vielstimmige Schnarchen. Alles vertraut: Um ihn seine Familie, seine Frau Aisha, die zum Schatten geworden war und stumm seit dem großen Schrecken. Sinischa, sein Sohn, zwei Meter und fünf, mit Schultern wie ein Holzfäller, Handballnationalspieler seines Landes, nein, Ex-Handballnationalspieler seines Ex-Landes, denn ohne Finger kann man nicht Handball spielen. Jublina, sein Engel, seine Tochter, die Einzige von dreien, die nur deshalb davongekommen war, weil sie sich nicht gewehrt hatte. Osefina und Alita, die mit seinem ausgeprägten Sinn für Gerechtigkeit – andere nannten es Starrsinn – auf die Welt gekommen waren, waren nicht so klug gewesen. Georgij, der Jüngste, dem er verboten hatte, Papa zu sagen, der jetzt verschwunden war, und doch immer da. Er selbst? Zermartert von Schuld, von Angst zerfressen, schlaflos durch die Erinnerung. Ein Jahr Internierung – er hatte geschwiegen. Damals kamen sie nachts, immer fünf vor drei – er hatte geschwiegen. Egal, was sie mit ihm taten. Dann fanden sie Sinischa und Jublina, Aisha und die anderen, brachten sie zu ihm – und er hatte geredet. Doch sie hatten trotzdem, war doch klar, war ja Krieg, und er – ach was. Nicht dran denken, niemals, weg damit. Was war aus ihm geworden, dem Gelehrten, dem führenden Kopf, dem

Querdenker der Universität Osijek? Heute, unrasiert, ungepflegt, keine Kraft für nichts, in einen Container gepfercht mit den Resten seiner Familie. Hauthüllen sie alle, ohne jedes Leben. Vor dem Fenster flatternde Wäsche, dahinter endlose Tage des Grübelns und Grübelns und Grübelns über die eine Frage, wie das Leben sein könnte, wäre das alles nicht geschehen. Die Nächte: Auffahren um fünf vor drei aus dünnem Schlaf. Immer um fünf vor drei. Immer um fünf vor drei. Der Drang zu schreien. Endlich schreien zu können. Aber keine Luft zu haben, Erstickungsanfälle, und dann doch, routiniert, die Kontrolle über Körper und Geist zurückzugewinnen: Ruhig, Janko. Ganz ruhig. Du weckst doch nur die anderen.

Er schlug die Decke zurück, grau, kratzig, aus Bundeswehrbeständen, schlüpfte in die blauen Badeschlappen, gespendet von den Bürgern der kleinen Gemeinde am Rande der Schwäbischen Alb, die das Asyl gewährte, wenn auch nicht freiwillig. Er trug die Schlappen nun schon seit acht Monaten, seit dem Sommer, als sie kamen und glaubten, bald wieder frei zu sein, und immer noch im Winter, als alle Anträge abgelehnt waren, weil der Innenminister das Klima verschärfte. Würde sie auch noch tragen, die Wunderschlappen, wenn sie ihn und seine Familie abschoben. Waren zu wertvoll, führten ihn traumwandlerisch sicher durch den zwölf Quadratmeter großen Raum, der mit den beiden Stockbetten, dem Tisch vor dem vergitterten Fenster und dem Koffer mit ihren Habseligkeiten übervoll war.

Er öffnete die Tür. Der Gang grell beleuchtet, drei nackte Glühbirnen baumelten von der Decke, weckten Bilder in ihm, die er nicht sehen wollte. Auch hier Schnarchen und Gestank, anders zwar, aber nicht weniger vertraut. Drei weitere Familien wohnten im Container, nein, nicht Familien, nur Reste von Familien. Vegetierten wie sie vor sich hin. Leben war hier nur die Kurzform von Überleben. Man kannte sich. Die Schreie in der Nacht, die Ausbrüche am Tag, vor Wut, vor Trauer, das Bettnässen der einen, den Brechzwang der anderen – es gab keine Geheimnisse, kein Privatleben, nicht auf so engem Raum. Das Schlimmste aber war: Das gemeinsame Schicksal vereinte sie nicht. Der Krieg im Land endete nicht vor den Containern.

Leise öffnete Janko die Tür nach draußen. Kühle Nachtluft schlug ihm entgegen. Die Uhr der Dorfkirche, ein heller Glockenschlag, den Gläubigen zur Kenntnis: Bald ist die Nacht vorbei, und das Tageswerk wartet. Fleißige Leute hier. Janko blickte in die Richtung des Dorfes, erkannte schemenhafte Umrisse im Nebel. Die Donau hüllte den Dorfkern in ihr wallendes Nachtgewand, das Neubaugebiet, den Gewerbepark, auf den man besonders stolz war, und die Asylanten-Container neben der aufgegebenen Tankstelle, weit genug außerhalb des Dorfes und für die meisten noch immer zu nahe. Janko kannte den Weg hinab zum Fluss, der hier, nur fünfzig Kilometer von seiner Quelle entfernt, schon künftige Majestät erahnen ließ. Neben einer Weide, deren Wurzeln im Wasser standen, kauerte er sich nieder. Er war wie ein Fleck in der Landschaft, unbemerkt, unbeweglich, ein Haufen Laub vielleicht, ein paar achtlos weggeworfene Lumpen.

Flussaufwärts, auf der Brücke, drei Autos, eines grotesk in der Luft, wie schwebend, wie gemalt, erst schwankend, dann kippend.

Janko hörte unterdrückte Flüche, etwas, das ins Wasser fiel, Motoren, die aufheulten, sich entfernten. Abgekoppelt von all dem sein Geist, der woanders weilte, unten, bei seinen Füßen, in den Wunderschlappen, vom Wasser überspült, das in Tagen oder Wochen oder Monaten oder vielleicht Jahren an der Stadt vorbeifließen würde, welche einmal Heimat gewesen war. Ironie des Schicksals, und doch tröstete ihn der Gedanke. Der Fluss würde seine Grüße übermitteln, Grüße, die er hier Nacht für Nacht ins Wasser warf, in Form von kleinen Zweigen, die vielleicht, wenn ein gnädiges Schicksal sie lenkte, an diesem fernen Ufer ans Land gespült wurden, damit sie die verbrannte Erde und die zerstörten Häuser überdeckten. *Bijeli pijesak,* Weißer Strand, am Ufer der großen blauen Königin, auf kroatischer Seite, in Rufweite zum serbischen Nachbarn, und viel zu nahe dem zum Untergang bestimmten Vukovar. Aber vielleicht. Vielleicht würde aus seinen Zweigen ein Wald wachsen. Ein hoher, stolzer Wald hinab zur Donau, deren Wasser ihm die Zehen überspülte, deren Wasser Transportmittel war für seine Zweige und für etwas, das gegen seine Füße stieß. Er berührte mit der Hand Weiches.

In diesem Augenblick lichtete sich der Nebel. Im fahlen Mondlicht sah sich Janko einem Mann gegenüber, der im Wasser trieb, mit bleichem Gesicht, aufgerissenen Augen, nackten Füßen und weit ausgestreckten Armen, als hätte man ihn gerade vom Kreuz genommen. Er verhakte sich in den Wurzeln der Weide, lehnte sich wie ein anlandendes Schiff gegen Jankos Füße, die wie einzementiert standen, während sein Mund stumm blieb und sein Gehirn ihn mit Kaskaden der Bilder folterte, deren Erinnerung er sich so streng verboten hatte. Das Lager, seine Frau und die Töchter, schreiend unter den Männern in Uniform, er selbst mit Gewehrkolben niedergeknüppelt, zum Zusehen gezwungen. Und dann die Laute: schräge Töne, wie das Quietschen rostiger Sägen, seine Bettelei, aufzuhören, fremd in seinem Ohr, das Gebrüll der Soldaten, seine Zurufe an die Töchter, sich nicht länger zu wehren, das Schreien des Sohnes, gekrümmt wie ein Embryo, die blutigen Hände in den Tiefen des Körpers vergraben. Und dann er: stammelnd, Namen nennend, die damit zu tun hatten, und Namen nennend, die nichts damit zu tun hatten, was spielte es für eine Rolle. Erst als sie ihn lachend zwangen, sich auf Jublina zu legen, und der Verstand aus ihrem Körper floh, war er gekippt, in ein Meer aus Tränen, in einen Fluss. In die Donau, deren Wasser die Stadt grüßen würde, irgendwann einmal, in einigen Tagen oder Monaten oder Jahren. Und Janko Kravic fiel mit dem Gesicht nach vorne auf die Leiche von Jack Hinkley, der so im Tod verhinderte, dass an diesem Tag ein Unschuldiger in der Donau ertrank.

2

Edwin Reist musterte Quetsch aus zusammengekniffenen Augen. Zigarettenstummel im Mundwinkel, Füße in Cowboystiefeln auf dem Tisch.

»Das Hanauer Heimat-Echo is 'ne verbraucherfreundliche Zeitung«, knurrte er. »Große Politik geht uns sonstwo vorbei. Wir sind 'n Gemeindeblatt. Trauen Sie sich das zu?«

Quetsch, sackähnliche Hosen, blaues Hemd, blaue Krawatte, Jackett mit Spuren von Frühstücksei auf dem Revers, trat von einem Fuß auf den anderen. Stülpte die Unterlippe nach vorne, was für ihn »ja, natürlich« bedeutete. Edwin Reist ahnte davon nichts.

»Was is? Sprache verloren?«

»Ich kann's. Ich mach's. Wann soll ich anfangen?«

»Gleich. Sie kriegen 'n Zwei-Drittel-Gehalt. Auflage is im Moment im Keller. Kommen sonnige Zeiten, kommt auch sonniges Geld. Okey-dokey?«

Eine junge Frau ging an Reists Tisch vorbei. Seine Hand fuhr aus, tätschelte ihren Hintern. Sie entzog sich mit einem schnellen Schritt, drehte sich nicht um.

Reist zog laut saugend die Luft ein, schloss die Augen. »Bringt auch Vorteile, der Job. Ich setz Sie auf Lokales. Ihr Metier, hm?«

Quetschs Schädel nickte. Reist interpretierte Unterwürfigkeit, ging in dieselbe Falle wie viele. Glaubte, einen Verbündeten gefunden zu haben. Es war dieses Nicken, das aufmerksame Zuhören, das Schweigen, das bei anderen einen warmen Regen von Mitteilungen auslöste, häufig beendet mit der verblüfften Frage: Weshalb habe ich das jetzt alles erzählt?

»Drei Termine, heut Abend.« Reist blätterte in einer schweinsledernen Kladde mit Fettflecken. »Sterbegeldverein. Laienspielgruppe. Ortsgruppentreff vom Technischen Hilfswerk. Bei den Theaterfritzen machen Sie 'n Photo. Was Knackiges, mit Weibern drauf. Fragen?«

Die junge Frau kam zurück. Reists Tisch stand geschickt. Jeder musste dicht an ihm vorbei. Aus den Augenwinkeln sah Quetsch die Frau stocken, Atem holen, sah Reists Lächeln, seine Hand, die ihr in den Schritt fuhr, sah sie unter einer Schicht Schminke bleich werden, sah zusammengebissene Zähne hinter verschlossenen Lippen. Sein Ass im Ärmel: Dinge wahrzunehmen, die sonst keiner beachtete. Daraus Schlüsse zu ziehen. Diese in Worte zu fassen. Sein Schluss hier: Er gab sich vier Wochen beim Hanauer Heimat-Echo, mehr nicht.

Am Abend aß er reichlich und gut im »Rebstock«. Zwei Fliegen mit einer Klappe, im Hinterzimmer fand die Versammlung des Sterbegeldvereins statt. Er musste nur aufstehen, sein Bier mitnehmen, und war schon bei der Arbeit. Solche kurzen Momente des Glücks gaukelten ihm Freiheit vor, das Gefühl, sein eigener Herr zu sein. Setzte sich in die hinterste Reihe, den Kugelschreiber aufs Papier:

1. Tagesordnung.
2. Totenehrung.
3. Tätigkeitsbericht.
4. Kassenbericht.
5. Entlastung.
6. Wahlen.
7. Ehrungen.
8. Verschiedenes.

Am Tisch stritten sich alte Männer über eine Zukunft, die es für sie nicht gab. Quetsch schrieb: »60 Euro Zuhilfe pro Sterbefall. Nachwuchs nicht in Sicht.« Bei der Ehrung – acht Männer feierten ihr Sechzigjähriges, drei davon im Rollstuhl – erhob sich Quetsch, griff zum Photoapparat. Erst jetzt bemerkte man seine Anwesenheit. Der Vorsitzende gab ihm die Hand. Quetsch entdeckte Leberflecken, Flechten, einen eingewachsenen Fingernagel.

»Schreiben Sie was Schönes«, sagte der Vorsitzende.

Quetsch nickte. Verabschiedete sich vor Punkt acht, Verschiedenes. Drei Termine am Abend waren einer zu viel. Auf der Straße kein Mensch. Quetsch ging zurück, fragte den Vorsitzenden nach dem Marienheim. Zwei Kilometer durch die ausgestorbene Stadt, er kam ins Schwitzen.

Die Laienspielgruppe gab Brechts Kleinbürgerhochzeit. Stühle wurden an Pappmaché-Wände geworfen, Dialoge deklamiert, laut, theatralisch, der Saal dreiviertelleer.

Quetsch schrieb: »Grandioses Stück vor begeistertem Publikum«. Jemand zog ihn am Ärmel. Die junge Frau aus der Redaktion. Trug jetzt einen Rock, was sie sich tagsüber besser nicht erlaubte. Sie lächelte, es sollte verführerisch wirken.

»Lust, was zu trinken?« Ihre Stimme war dünn.

»Technisches Hilfswerk. Schaff ich kaum noch.«

»Sieben nach halb elf«, sagte sie. »Die liegen längst unterm Tisch. Sparen Sie sich die Mühe.« Ihr Gesicht war müde und hungrig.

Quetsch ahnte eine Lebensgeschichte, die ihm nicht gefallen würde. Sehnte sich nach seinem Bett, und zwar allein. »Gegen ein Bier ist nichts einzuwenden«, sagte er trotzdem. Und fragte sich, warum es immer gleich ablief.

Später, das Glas in der Hand, stellte er sich dem Strom ihrer Worte, die ihn umfluteten, über ihm zusammenschlugen. Sie hieß Dagmar, aber alle riefen sie Daggi. Sie war zu lange in diesem Kaff, und sie würde bleiben. Realschule mit Ach und Krach, dann Kaufmännische. Früher war hier Remmidemmi, jetzt sind alle weg. Sie nicht. Irgendwie hängengeblieben. Seit sechs Jahren beim Echo, machte Satz und Korrektur, was halt so anfiel. Seit zwei Jahren mit Edwin in der Kiste, immer mal wieder, wenn seine Frau im Aquarellkurs war. Ein Ekel, aber manchmal süß, doch, doch, auch wenn's keiner glaubt. Würd gern mit ihm zusammensein, auch richtig, aber er will nicht. Warum erzähl ich Ihnen das alles?

Quetsch zuckte die Schultern, hob die Hand. Der Wirt, mit einer Nase für gute Kunden, brachte frisches Bier. Quetsch roch frischen Hopfen und wünschte sich weit weg. Nahm Daggis einstudierte Bewegungen aus den Augenwinkeln wahr. Trank drei Schlucke, sah auf. Die obersten Knöpfe ihrer Bluse standen offen.

Ihre Wohnung: zwei Zimmer, kleine Küche, Dusche, WC. Alles vollgestopft mit Ikearegalen, Pflanzen, Frauenzeitschriften. Teddybären auf Fensterbänken, bunte Glaskugeln an den Fenstern, an der Wand ein Kommunionskreuz, ein Poster mit einer Palmeninsel. In jeder Ecke die Überreste unschuldiger Mädchenträume. Im winzigen Klo ein Mondkalender, darunter das Schild: Männer pinkeln im Sitzen. Quetsch ächzte, drehte sich mühsam um, setzte sich. Auf dem Boden, neben Erich Fromms »Die Kunst des Liebens«, eine Schachtel Tampons, eine Schachtel Damenbinden. Die Spülung ließ hundert Liter Wasser auf einmal durchrauschen.

Daggi hatte die Decke zurückgeschlagen, ihre Kleider über einen Stuhl gehängt, trug ein buntbedrucktes Nachtgewand. Zog die Beine an, legte ein Kissen über die nackten Füße, den Kopf schräg in den Nacken.

»Hab meine Tage. Ganz vergessen. Bist du jetzt böse?«

Quetsch fühlte Erleichterung. So blieb ihm die Ausrede erspart. Jetzt raus aus dieser Falle unerfüllter Hoffnungen. Murmelte Gute-Nacht-Wünsche, man sieht sich morgen, versicherte zwei Mal, dass er wirklich nicht böse sei. Das war einmal zu viel, sie fing an zu weinen, sie sei ihm also schnuppe, das habe sie doch gleich gewusst. Warum er überhaupt mit ist? In einer zornigen Bewegung zog sie sich das Nachthemd über den Kopf, warf sich zurück in die Kissen, wenn er wolle, könne er sie haben, auch so. Quetsch, schon an der Tür, sah den Faden zwischen ihren Beinen, machte kehrt, breitete die Decke über sie, setzte sich auf den Rand des Bettes, bereit für Teil zwei ihrer Lebensgeschichte. Schniefend, zwischen Weinkrämpfen und Trotzanfällen, führte sie ihn durch ihr Leben, das ihm vorkam wie eine schlecht gelöste Mathematikaufgabe: Der Fehler am Anfang zieht einen Rattenschwanz falscher Schlüsse nach bis zum verkorksten Ergebnis. Ihr Ergebnis: Geschwängert von Edwin, eine kurze Zeit wilder Hoffnung, eine lange Zeit elenden Frusts. Die Abtreibung, der Fall ins Leere. Heute? Sonntags ohne Wimpernzucken die brave Tochter von Mama und Papa, das Vaterunser vor dem Braten, abends läuft die Glotze. Montags bis Donnerstag Redaktionsalltag. Eddies Hand zwischen den Beinen, sie bleibt stur. Aber Freitag, immer freitags, da keimt die Hoffnung, steigt auf wie perlender Champagner. Freitags ist Aquarell-Kurs, freitags geht sie mit ihm aus, ins Restaurant, schon zwei Mal zum Table-Dance, sie kichert. So schmeckt das Leben. Danach in die Falle, und wenn er nach dem zweiten Mal in die Schuhe schlüpft, hat sie den Geschmack von Galle im Mund. Dann kommen die Tränen, dann der Samstag, wie zäher Leim, dann ein Sonntag, der noch schlimmer ist.

»Komm nicht von ihm los, dem blöden Hund«, sagte sie.

Quetsch blieb, bis sie schlief. Vier Uhr morgens, als er vor seinem Hotel stand, im Kopf einen Hornissenschwarm. Die Tür verriegelt, sein Schlüssel passte nicht. Er revidierte den Entschluss von heute morgen: Zwei Wochen Hanauer Heimat-Echo genügten, egal was der Kontostand befahl. Auf der Rückseite des Hauses stellte er einen Stuhl auf einen Gartentisch. Erklomm die wackelige Konstruktion, zog sich über die Balustrade der Terrasse im ersten Stock. Fünf Minuten später lag er in seinen Kleidern auf dem Bett, träumte von einer Hütte in den Vogesen, von deftigem Coq au Vin, von Heidelbeerkuchen.

Wie auf Kommando drehten sich Quetsch die Köpfe zu, als er die Redaktion betrat. Edwin Reist, Cowboystiefel und ein geflecktes Gesicht, daneben Daggi in Habt-Acht-Stellung und schiefem Lächeln. Trug einen engen, kurzen Rock. Reist, mit knapper Kopfbewegung, beorderte Quetsch zu sich.

»Haben wir keine Uhr, Kumpel? Die Arbeit beginnt um zehn.«

Quetsch drückte seine Zunge in die Backe. Irgendwo dort hinten der Geschmack von bitterem Kaffee. Zog es vor, zu schweigen. Reist nicht.

»Heißen Tanz gehabt, heute Nacht? Nicht rechtzeitig in die Falle gekommen? In die eigene? Was ist mit den Terminen?«

Quetsch schüttelte den Kopf. »Fürs THW war's zu spät«, sagte er.

»Zu spät, zu spät«, Reist rieb sich begeistert die Hände. »Wir gehören wohl nicht zu den Schnellsten?«

»Was wollen Sie?«, fragte Quetsch. »Kann mich ja nicht zerreißen.«

»Aber den Casanova raushängen, das können Sie. Ich weiß alles, Freundchen. Aber bei uns kommt die Arbeit vor dem Vergnügen.«

Daggi, die Hand leicht auf Reists Schulter, gönnte sich ein kleines Erröten. Quetsch verstand. Die Eifersuchtskiste hatte gezogen beim großen Edwin. Revidierte seinen Entschluss. Tschüss, Hanauer Heimat-Echo. Eine Minute später fand Quetsch sich zwischen babbelnden Hausfrauen und alten Männern an Stöcken in der trostlosen Fußgängerzone wieder. Die Dinge standen nicht gut. Das war das kürzeste Engagement seiner Journalistenkarriere gewesen. Auf dem Weg zum Gasthaus zog ihn eine Konditorei magisch in ihren Bauch. Drinnen kaufte er Zuckerwerk für zwanzig Euro, stopfte es sich vor dem Laden in den Mund. Die beiden Verkäuferinnen drückten Nasen und Brüste an die Scheibe, es kümmerte ihn nicht. Im Gasthaus wurde ihm schlecht und er musste sich hinlegen. Als er um 13.15 Uhr auscheckte, berechnete der Wirt den seit einer Viertelstunde angebrochenen neuen Hoteltag mit. Quetsch bezahlte, ohne zu murren.

Am Bahnhof wusste er nicht weiter. In der Hand seinen Koffer, darin sein Leben, alles, was ihm gehörte: zwei Hemden und eine Hose von der gleichen Sorte, wie er sie trug. Socken,

Unterwäsche, Waschzeug. Sein wertvollster Schatz: eine zerfledderte Deutschlandkarte mit allen Eisenbahnlinien, sogar Nebenstrecken. Quetsch hatte ein Gurtband um den Koffer geschlungen, es hielt sein Leben zusammen. Die Dinge standen nicht gut? Sie standen schlecht. Ein Junge auf Rollerskates fuhr ihm von hinten in die Kniekehlen. Quetsch kämpfte gegen die Schwerkraft um sein Gleichgewicht.

»Junge, eine Zahl zwischen eins und fünfzehn.«

»Hä?«, fragte der Junge. Eine Kappe schräg über den Kopf gezogen, debiler Ausdruck auf dem Gesicht.

»Zwischen eins und fünfzehn. Weil du's bist, zwischen eins und fünf. Schnell.«

»Acht«, sagte der Junge.

Quetsch warf einen Blick auf die Anzeigentafel. Auf Gleis acht fuhr ein Zug nach Berlin.

»Danke«, schnaubte er. Eine gute Wahl. Hatte von der Provinz die Nase voll.

Im Zug bemerkte Quetsch die Blicke der Mitreisenden. Kannte er, langweilte ihn. Was es zu glotzen gab? Seine Füße, in Quadratlatschen Größe 50. Beine wie dorische Säulen. Ein mächtiger Hintern in einer Hose, die keinen Halt fand, sich mit Hosenträgern an diesen Körper klammerte. Ein Bauch, der stets nach Essen und Trinken gierte. Schultern, die einem Ringer zu Ehre gereicht hätten, aber durch eine geheimnisvolle Last nach vorne gedrückt wurden. Und der Kopf: mit einem Gesicht wie ein grober Granitblock; hatte ihn in jungen Jahren leiden lassen wie einen Hund. Schon bei seiner Geburt vergaß die Hebamme ihre Erziehung und ließ diese seltsame Lautmischung aus Lachen und Erschrecken hören, die ihm durchs Leben folgte. Legte ihn seiner Mama nicht auf die Brust, sondern warf ihn darauf. Aber die Mama: Sie war die Einzige, die sein Wesen von der ersten Sekunde an begriff. Ihr Sohn, bei dem nicht nur der Körper aus den Fugen geraten war, sondern auch das Herz. Auch das zu groß, zu unproportioniert, vollgestopft mit tosenden Gefühlen, mit Liebe,

Herzlichkeit und Zuneigung, mit Dingen, die keiner von ihm wollte. Nur die Mama war ihm Trost, wenn die Kinder ihn hänselten, in reizende Spiele einflochten: Wer frisst den Kuhfladen? Wer wird nackt in den Schweinestall gesperrt?

Außenseiter im kleinen Dorf an der Donau – die Elsässerin, die keinem sagte, wer ihr den Bastard angedreht hatte; der »Franzose«, der schon mit drei Jahren lesen und schreiben konnte, was keiner ahnte. Quetsch entwickelte Strategien, sich unsichtbar zu machen. Obgleich er nicht zu übersehen war, wirkte er wie abwesend.

Seine Schulzeit verbrachte er in der letzten Bank und fiel nur auf, weil er schriftliche Arbeiten mit eins und mündliche Prüfungen mit sechs abschloss, was ihn am Ende als durchschnittlichen Schüler entließ. In seiner Freizeit verschlang er Bücher mit demselben Hunger, der ihn eine Speckseite zusammen mit einem Laib Bauernbrot wegputzen ließ. Früh schon baute er Radios, mit denen er die Welt hören konnte. Lernte Sprachen, interessierte sich für Handwerkliches, reparierte jedes kaputte Gerät im Haushalt, verlegte elektrische Leitungen so geschickt, dass sie für Strom nichts bezahlten. Seine Strategie des Chamäleons ging auf, bis er fünfzehn wurde und die Mädchen entdeckte. Sein Herz und seine Hässlichkeit waren zu groß, um bei ihnen eine Chance zu kriegen. Die Jungs in Jeans-Kitteln mit aufgeklebten Nieten verteilten die Dorfschönheiten unter sich. Quetsch litt wie noch nie. Hatte etwas zu geben, was wie Feuer in seiner Brust brannte, was auch alle Mädchen wollten, aber nicht von ihm. So zog die Wahrheit des Lebens in sein Dasein: Das Sein ist nichts, der Schein ist alles. Diese bittere Pille schluckend zog er sich zurück, und irgendwann vergaß man seine Existenz.

Bis zum Tag seines achtzehnten Geburtstags, bis zum Tag des Unfalls. Seine Mutter war früh aufgestanden, wollte beim Bäcker die besonders ausladende Torte abholen. Der Fahrer des Kieslasters hatte den Morgen mit ein paar Underbergern begonnen und konnte daran, wie er später aussagte, nichts Ungewöhnliches finden. Trotz aller Gewohnheit unterschätzte er die einzige Kurve der Dorfstraße, geriet auf den Gehsteig und erfasste Quetschs Mutter. Achtzehn Tonnen Kies rammten sie gegen die Hauswand. Selbst die hartherzigsten Dörfler waren pietätvoll genug, den schreienden und um sich schlagenden Quetsch nicht bis zum Unfallort vorzulassen. Auch was später wirklich im Sarg lag, erfuhr er nie; gut möglich, dass er leer blieb, die Totengräber jedenfalls trugen ihn mit Leichtigkeit. Seit diesem Tag verschmähte er seinen Geburtstag und bekam Hautausschläge, wann immer er wie in Raserei Konditoreien plünderte.

Nach dem Unfall blieb er noch einige Zeit im Dorf, unbehelligt wie selten im Leben. Wusste nichts mit sich anzufangen, probierte es bei der Bundeswehr, die ihn nach zwei Wochen als untauglich nach Hause schickte. Das Problem: Wo war nach Hause? Schlug sich eine Zeit lang mit Gelegenheitsjobs durch – in einer Autogarage, in einer Fleischfabrik, bei der Post. Schließlich beschloss er zu studieren. Besorgte sich einen Studienratgeber, stellte fest, sein Fach müsste erst erfunden werden. Versuchte es mit Volkswirtschaft, schlief gut und ausdauernd in den Buchhaltungs-Seminaren. Bei den Germanisten verstand er wenig bis nichts, bei den Psychologen nichts bis gar nichts. Wechselte zur Sozialpädagogik, langweilte sich fast zu Tode, näherte sich dafür dem anderen Geschlecht. Auf einmal schätzte man seine Art. Er konnte zuhören, während alle anderen reden wollten. So geschah es, dass, wenn genug Wein im Spiel war, ihn die Mädchen zu sich ins Bett nahmen. Dort empfahl er sich als einfühlsamer Liebhaber, und im Fachbereich wuchs sein Ruf. Er wurde durchgereicht. Schließlich hatte Quetsch alle Studentinnen beschlafen, aber nicht eine Klausur geschrieben.

Er schmiss das Studium, begann ein Volontariat bei einer kleinen Zeitung. Zum ersten Mal hatte er das Gefühl, Sinnvolles zu tun: Ob Kaninchenzüchter oder Sterbegeldverein – Quetsch war der ideale Mann für die nachrichtendienstliche Lokalfront. Sein Schreibstil kam von innen; anders als seine zynischen Kollegen hatte er Ehrfurcht vor dem Kleinen. Las er seinen Namen unter einem Artikel, überkam ihn wohliger Schauer. Bemerkte schnell, dass ihn Kultur, Sport, Politik und Wirtschaft nicht interessierten. Sein Herz hing am heimlichen Geschehen vor der Haustür. Mit Ach und Krach schloss er seine Ausbildung zum Redakteur ab; zog mit dieser Auszeichnung im Handgepäck in Schlangenlinien übers Land. Schrieb für Anzeigenblätter und Lokalzeitungen, für Radiostationen und Mediendienste. Nirgendwo hielt es ihn länger als einige Monate. Lebte aus dem Koffer, verpflegte sich in örtlichen Gaststuben, wo man ihn schnell als guten Kunden schätzen lernte. Verabredete sich hin und wieder mit Frauen, die deutlich älter waren als er, geschieden oder frisch getrennt, denen das Leben sichtbare Spuren in die Haut geschlagen hatte. Verblühte Dorfschönheiten, die ihn früher mit Missachtung gestraft hatten, fanden nun einen verständnisvollen Tröster für ein vergeudetes Leben. Quetsch führte sein Nomadendasein und war damit zufrieden. Hatte nicht das Gefühl, etwas ändern zu müssen.

Der Zug fuhr in den Berliner Hauptbahnhof ein. Quetsch stieg aus, sah viel Glas, sah viel Stein, sah viel Metall. Sah das Gegenteil von seiner Absteige am Prenzlauer Berg: Eine Wohnung im dritten Hinterhof, achtes Stockwerk, Außenklo. Mekata Celik vermietete unter der Hand, kam der Hauseigentümer, mussten ihre Gäste über eine Leiter auf den Speicher steigen. Dafür verlangte sie einen Zwanziger pro Nacht, fragte nicht nach Namen, Herkunft und Religion, servierte morgens in ihrer Küche einen Kaffee, in dem der Löffel stecken blieb. An Quetsch hatte sie einen Narren gefressen, wann immer er kam, drückte sie ihn an den Busen, dass ihm die Luft wegblieb. Ihr Mann Kerem: klein und pockennarbig, dreißig Jahre Rangierer auf dem Lehrter Stadtbahnhof. Bei einem Arbeitsunfall, beim Abkoppeln eines Waggons mit irischer Butter, quetschte es ihm die Finger ab. Seither saß er zu Hause, sein Platz war in der Küche auf der schmalen Seite der Eckbank. Führte seine Teetasse in der Mulde der Hände zum Mund. Hatte ein Faible für die große weite Welt, hatte zehn Tageszeitungen abonniert, sogar aus dem Ausland. Konnte deutsch und türkisch, verbiss sich in Französisch und Englisch, übte ununterbrochen. In seinen Augen hätte Quetsch ein Held sein können, denn der schrieb. Leider aber das Falsche.

Mekata Celik schob Quetsch einen Kaffee hin. »Suchst also Arbeit. Warum heiratest du nicht eine nette Frau mit Geld?«

Der Kaffee war heiß, süß, wunderbar.

»Alle schon unter der Haube«, grinste Quetsch.

Verschwieg, dass ihm schon mehrmals ein Antrag gemacht worden war. Diese Frauen waren vermögend aus ihren Scheidungen gekommen und wussten zu schätzen, was er ihnen zu geben hatte. Doch Quetsch kündigte am nächsten Tag, nahm Reißaus, zog schleunigst weiter.

Mekata brummte etwas in ihren Damenbart, was Missbilligung ausdrückte. »Was wirst du tun?«, fragte sie.

»Bei der Volksstimme Wedding kenn ich einen Redakteur.«

Kerem schniefte schwarzen Rotz in ein Taschentuch. Öle und Fette hatten sich bis in die verstecktesten Windungen seiner Nebenhöhlen hochgearbeitet und waren der Grund für permanente Kopfschmerzen.

»Volksstimme Wedding?«, sagte er. »Die gibt's nicht mehr.«

3

Wo die Redaktion der Volksstimme Wedding gestanden hatte, klaffte ein Loch. Ein Bretterzaun davor, ein Schild:

Hier baut die Bundesrepublik Deutschland ein ...

Der Rest des Satzes mit Hakenkreuzen beschmiert, unleserlich. Quetschs Schuhe versanken im Schlamm. Gerümpel, Bauschutt, ein ausgeschlachteter Opel, zwei rostige Betonmischmaschinen: Es sah nicht so aus, als ob die Bundesrepublik Deutschland hier große Pläne verfolgte. Eine Bewegung neben sich, Quetsch schreckte auf. Eine alte Frau im Rollstuhl, über den Knien eine Decke, um den Hals eine Kette mit Brausebonbons. Steckte sich eines davon in den Mund. Quetsch sah gähnendes Nichts, wo Zähne sein sollten.

»Sauerei ist das«, nuschelte sie. »Die machen alles platt, aber uns fragt keiner.«

Quetsch nickte. Aus der Baugrube erhob sich ein Schwarm Krähen. Er wollte weit weg sein.

Sein Handy klingelte. Passierte selten.

»Hallo?«, sagte er.

Eine leise Frauenstimme, die trotzdem mühelos an sein Ohr drang.

»Sie suchen einen Job? Ich habe da etwas.«

Ein Schloss mit mächtigem Portal. Ringsum ein Rasen, mit dem Lineal getrimmt und so einladend grün, dass Quetsch Lust verspürte, sich darauf zu wälzen. Eine alte Frau, das graue Haar zum Dutt gebunden, gab ihm die Hand.

»Ich bin Lisa. Die Gräfin erwartet Sie.«

Quetsch trat zögernd durch die hohe Flügeltür. Draußen schien die Sonne, doch schwere Brokatstoffe vor den Fenstern ließen kaum Licht in den Saal. Er blieb stehen, der Eichenholzboden knarrte unter seinem Gewicht.

»Treten Sie näher, nur keine Angst. Mit Angst werden Sie diesen Job nicht lange machen.«

Ihre Stimme war rohe Seide, die über nackte Haut reibt. Verführung pur. Quetsch spürte eine seltsame Erregung, die seine Motorik beeinflusste. Machte einige Schritte vorwärts und stolperte.

»Sie scheinen nicht gut zu Fuß zu sein. Das sollten Sie aber. Gut möglich, dass Sie laufen müssen. Weglaufen, meine ich. Dazu möchte ich Ihnen raten. Nehmen Sie die Beine in die Hand, wenn es die Situation verlangt. Spielen Sie nicht den Helden. Wenn Sie tot sind, nützen Sie mir nichts.«

Quetsch versuchte seine Augen an das Dunkel zu gewöhnen. Die Stimme drang aus den unbestimmten Tiefen des Raumes.

»Sie sehen aus, als seien Sie leiblichen Genüssen nicht abgeneigt. Das ist gut. Menschen, die nicht genießen, haben keine Freude am Leben. Menschen ohne Freude am Leben hängen nicht daran. Damit werden Sie Ihrer Aufgabe nicht gerecht. Können Sie mir folgen, Herr Quetsch?«

Seine Augen durchdrangen die Dunkelheit. Am Ende des Saales flimmerte blaues Licht. Ein paar Computer, der Widerschein ihrer Bildschirme erhellten die Umrisse einer Frau. Trotz der Entfernung fiel Quetsch ihre stolze Haltung auf.

»Wie ist es mit Ihnen?«, fragte er, während er den Raum durchquerte. »Haben Sie Freude am Leben?«

Die Frau kam ungewöhnlich schnell auf ihn zu. Quetsch sah feine Gesichtszüge und lange schwarze Haare, zu einem dicken Zopf geflochten. Ein blauer Morgenrock umhüllte ihre zerbrechliche Figur. Quetsch beugte sich zu ihrem Rollstuhl herab, nahm die ausgestreckte Hand. Die Frau drehte ihren Kopf, er blickte erschrocken in eine leere Augenhöhle. Sah eine von Geschwülsten überzogene Wange, sah feuerrote Narben, die sich wie Kainsmale in seine Netzhaut brannten.

»Sie stellen die richtigen Fragen.« Die Frau lächelte, jedoch nur die linke Gesichtshälfte, die andere blieb maskenhaft starr. »Wie Sie sehen, bin ich so etwas wie ein doppelter Mensch. Wenn Sie wollen, Vergangenheit und Gegenwart in einem. Ob ich Freude am Leben habe? Das hängt davon ab, ob wir uns einigen können. Weil ich mich mit Ihnen über die Zukunft unterhalten möchte. Über Ihre und über meine. Sind Sie dazu bereit, Herr Quetsch? Ist die Zukunft ein Thema, das Sie interessieren könnte?«

Quetsch schätzte ihr Alter zwischen vierzig und sechzig, je nachdem, welche Gesichtsseite er betrachtete. Geschickt arrangierte sie es, dass er an ihrer unversehrten Seite Platz nahm. Sie klatschte in die Hände, aus einer Tür trat eine Frau mittleren Alters. Blütenweiße Küchenschürze, in den Händen ein silbernes Tablett, zierliche Teetassen, Quetsch hatte Mühe, sie nicht sofort zu zerbrechen. Der Duft von frischgebackenem Kuchen stieg ihm in die Nase, bevor er sich besinnen konnte, hatte er drei Stücke verdrückt. Die Gräfin betrachtete ihn, während seine Haut zu jucken begann.

»Greifen Sie zu, es ist genug da.«

Diese Stimme. Er spürte Schwingungen von Obertönen.

»Es ist genug von allem da. Dieses Schloss ist alter Familienbesitz. Ich habe es behalten. Es gehört zu den wenigen Besitztümern, die ich übernommen habe. Auf ihm lastet kein Schmutz, es stammt aus dem Erbe meiner Mutter.«

Quetsch schob beide Hände unter den Hintern, bewahrte sie vor dem gierigen Griff nach dem Kuchen. Er schaute seine Gastgeberin aufmerksam an. Ihren Tee hatte sie nicht angerührt.

»Die alte Dame?«, fragte er.

»Lisa. Meine Gouvernante, seit der Kindheit.«

»Wieso haben Sie mich angerufen?«

»Ich habe das gelesen.«

Sie hielt ihn einen Zeitungsartikel hin. Quetsch war fassungslos. Diesen Artikel hatte er selbst geschrieben. Sein bester, wie er fand, und er hatte ihn mal wieder einen guten Job gekostet. Die Geschichte? Es ging um einen Mann, der bei der Arbeit immer einschlief. Stand kurz vor der Rente, und schlief ständig ein, keiner wusste warum, also schmiss man ihn raus. Am seinem letzten Tag ließ er einen Haufen Geld mitgehen.

»Warum haben Sie den Artikel geschrieben?«

»Für diesen Diebstahl brummte man ihm vier Jahre auf. Keiner interessierte sich für das Warum. Aber ich wollte wissen, was bringt jemand dazu? Er stand schließlich vor der Rente. Also habe ich mich ein wenig umgehört. Fand heraus, dass seine Frau einen Unfall hatte. Jemand hatte sie vor die S-Bahn geschubst. Beide Beine ab. Wer's war, kam nicht raus. Jedenfalls saß ihr Mann von da an jeden Tag bei ihr am Krankenbett, war immer da, denn sie war nah dran, den Verstand zu verlieren. Wegen der Phantomschmerzen in den Stümpfen. Das passiert, wenn es die Nerven abdrückt. Da hilft keine Betäubung, da hilft nichts. Deshalb schlief er bei der Arbeit ein. Am Tag, als er rausgeschmissen wird, räumt er den Schreibtisch auf, da liegen Papiere rum, die trägt er zum Chef. Der ist nicht da. Dafür liegt da ein Umschlag. Er schaut rein, da sind vierzig Tausender drin. Schmiergeld. Er kriegt den Trotz und nimmt das Geld. Kauft ein Auto mit Lenkradschaltung für seine Frau, weil er glaubt, damit findet sie ins Leben zurück. Nach ein paar Tagen steht die Polizei vor der Tür, führt ihn mit 'ner Menge Getöse ab. Darüber hab ich geschrieben.«

»Der Artikel erschien aber nicht?«

»Woher wissen Sie das? Stimmt, der Chefredakteur und der Schmiergeldempfänger waren Stammtisch-Brüder. Ein Anruf, die Sache war vom Tisch. Dann stirbt die Frau, aber zur Beerdigung lassen sie den Mann nicht raus. Da hat er sich am selben Tag in der Zelle erhängt. Darüber hab ich wieder geschrieben.«

Und den Artikel am Chefredakteur vorbei ins Blatt geschmuggelt. Resultat: Anklage für den Schmiergeld-Chef, Tritt in Hintern für Quetsch.

Der holte Luft. »Also: Woher wissen Sie von all dem?«

»Sagen wir, ich interessiere mich für Sie. Weil ich mich für Schicksale interessiere. Das Schicksal sorgt mitunter für unvorhergesehene Wendungen im Leben, finden Sie nicht?«

Quetsch wusste nicht, ob sie eine Antwort erwartete, und es fiel ihm auch keine ein. Sie sprach weiter im Plauderton, aber er spürte ein Hadern mit jedem Wort.

»Meine Kindheit war Musik, Malerei und Ballett. Woher unser Geld stammte, wusste ich nicht. Dass man keines haben konnte, blieb mir verborgen. Eines Tages machten wir einen Ausflug zu unserem Landsitz am Bodensee. Bei Tettnang, vielleicht kennen Sie die Gegend, sie ist sehr schön. Da war plötzlich ein Knall, und meine Mutter und mein Vater lösten sich vor meinen Augen auf. Ich lag vier Wochen im Koma, danach kamen acht Monate mit nie gezählten Operationen. Erst dann erfuhr ich, was geschehen war: Der Wagen meines Vaters war mit einer Panzerfaust beschossen worden. Eine Waffe, die aus unserer eigenen Fabrik stammte. Da lernte ich, woher unser Reichtum kam.«

Quetsch rutschte auf dem Stuhl hin und her, fühlte sich unwohl.

»Mein Vater war Mitglied der NSDAP. Wehrwirtschaftsführer beim Reichsminister für Rüstung und Kriegsproduktion Speer. Er war verantwortlich für Millionen von Fremdarbeitern im Reich. Oder sagen wir besser Zwangsarbeiter, Sklaven? Einige tausend davon arbeiteten auch in unserer Fabrik. Einer hieß Pavel Kuka. Ein einfacher Bauer aus dem Hultschiner Ländchen. Wissen Sie, wo das ist? Tschechien, an der Grenze zu Polen. 1938 von Deutschland besetzt, war Kuka unter den Ersten, die nach Kriegsbeginn und der Eroberung Polens in eine deutsche Fabrik verschleppt wurden. Er war noch unter den Lebenden, als die Franzosen kamen. Ich habe mit ihm gesprochen. Von ihm erfuhr ich, dass mein Vater der Weiße Engel genannt wurde. Weil er stets einen blütenweißen Arbeitsmantel trug, auf dem nie ein Stäubchen zu finden war. Unvermittelt tauchte er in der Fertigung auf, kontrollierte die Drehteile für Gewehre, Kanonen, Zündervorrichtungen. Bei unpräziser Arbeit gab er seinem Adjutanten einen Wink. Das Todesurteil für den Arbeiter. Es wurde sofort vollstreckt. Alle mussten zusehen. Das war mein Vater.«

Quetsch wollte etwas sagen, aber wusste nicht was.

»Mein Vater gehörte zur Elite. Männer wie er machten Hitler erst möglich. Auch nach dem Krieg konnte man nicht auf ihn verzichten. Solche Leute passen immer ins Räderwerk der Macht. Doch was geschieht, wenn ein Stäubchen dieses Zahnwerk blockiert? Pavel Kuka war dieses Stäubchen. Er war der Attentäter. Eine schöne Geschichte für die Zeitungen, aber die Firma tat alles, um nicht in die Schlagzeilen zu geraten. Kuka wurde gefasst, man verurteilte ihn. Er saß vier Jahre und 83 Tage im Gefängnis – exakt so lange, wie er Zwangsarbeiter in unserer Fabrik gewesen war. Am 84. Tag schnitt er sich die Pulsadern auf.«

Inzwischen war es draußen dunkel geworden. Nach und nach flammten Lampen auf, hielten den Lichtpegel konstant. Quetsch konnte nicht ausmachen, ob dies automatisch geschah oder von einer unsichtbaren Hand gesteuert wurde. Lange saßen sie schweigend, die Gräfin verloren in ihren Erinnerungen. Unvermittelt richtete sie sich auf.

»Ich war verlobt, als das alles passierte. Mein zukünftiger Mann besuchte mich einmal. Er sah mein verunstaltetes Gesicht. Er drehte sich um. Er ging wortlos. Ich war keine gute Partie mehr. Wenn ich Ihnen seinen Namen nenne, kennen Sie ihn. Er ist heute ein sehr erfolgreicher Politiker. Glauben Sie, seine Entscheidung war richtig?«

Quetsch fühlte eine ausgetrocknete Kehle. »Sie war falsch«, sagte er. Seine Stimme zu rau, zu ungestüm.

LOKALJOURNALIST KEIN BISSCHEN ABGEBRÜHT.

Zu seiner Überraschung lachte sie.

»Wissen Sie, weshalb ich Sie für den Job möchte?«, fragte sie.

Quetsch zuckte mit den Schultern.

»Sie sind ehrlich. So jemanden brauche ich.«

»Tja«, sagte Quetsch, »da wüsste ich doch mal gerne, um was für einen Job es eigentlich geht.«

Die Bildschirme der Computer flimmerten vor seinen Augen. Quetsch, mit dem Duft ihres Parfums in der Nase, sah fasziniert ihre Hände über die Tastatur gleiten. Unfehlbar. Er selbst hackte noch immer mit zwei Fingern im Adlersuchsystem auf die Tasten. Irgendwo knarrte Holz. Langsam füllte sich der Bildschirm mit Zeichen. Buchstaben. Sie flimmerten, tanzten vor Quetschs Augen. Quetsch sah ihre Gedanken wie Sprechblasen aufsteigen: Wollte die Dinge nicht länger aufschieben. Platzte vor gefangener Energie. Zwei Hände, die sich zu Fäusten ballten.

»Wissen Sie, was das ist?« Ihre Stimme brüchig wie morsches Holz.

Quetsch konnte den Blick nicht von ihr wenden. Schwach sah sie aus, und stark zugleich. Verletzlich, aber mit einem Panzer überzogen.

»Namen. 5.823 Namen. So gesehen eine anonyme Masse. Die meisten von ihnen sind längst tot. Doch ihre Namen leben weiter. Denn in jedem steckt eine Geschichte. Eine Geschichte wie die von Pavel Kuka. 5.823 ungeschriebene Geschichten. Ich suche jemand, der mir eine davon schreibt.«

Sie drehte sich zu ihm. Das halb zerstörte Gesicht gnädig vom Schatten verdeckt, die andere Hälfte im bläulichen Licht des Bildschirms.

»Zwangsarbeiter aus der Datenbank einer Waffenfabrik im Süden Deutschlands. Diese Menschen, deren Namen Sie hier lesen, mussten Waffen bauen, mit denen im Krieg ihre eigenen Familien getötet wurden. Aber das ist nur ein kleiner Teil dieser Geschichte. Ein anderer Teil wird heute geschrieben und heißt Wiedergutmachung. Fünf Milliarden Euro wurden ausgehandelt. Das klingt nach viel Geld, und ist doch nur ein Tropfen auf den heißen Stein. Finden Sie nicht auch, Herr Quetsch? Die Strategie der Firmen ist einfach: Alle Überlebenden sind im Greisenalter. Das Problem erledigt sich von selbst, wenn man nur lange genug wartet.«

Quetsch fühlte sich schlecht. Das war große Politik, damit kannte er sich nicht aus. Auf dem Bildschirm lächelte ein junger Mann.

»Das ist Jack Hinkley«, sagte die Gräfin. »Summa cum laude in internationalem Völkerrecht an der Harvard University. Vertritt die Interessen der Zwangsarbeiter gegen die Bundesrepublik Deutschland. Er wurde vorige Woche tot aufgefunden. Die Polizei sagt, es war ein Autounfall. Ich will, dass Sie hinfahren und ein paar Fragen stellen.«

»Warum?«, fragte Quetsch.

»Weil ich nicht an Autounfälle glaube. Weil ich will, dass Sie über Jack Hinkley eine Geschichte schreiben.«

Quetsch dachte an die Jahreshauptversammlung der Brieftaubenzüchter, die Sitzung des Ortschaftsrates, die Einweihung einer überdachten Bushaltestelle. Das waren seine Themen.

»Das kann ich nicht«, sagte er.

»Ich zahle das Zehnfache Ihres üblichen Gehalts.«

»Keine Ahnung, wie ich so was anfangen soll. Das ist einfach nicht meine Liga.«

»Ein Asylant fand die Leiche. Er machte eine wirre Aussage. Fahren Sie hin, reden Sie mit ihm.«

»Wohin? Wo ist das überhaupt? Wie heißt die Firma?«

Die Gräfin lächelte. »Es sind die Walden-Werke. Sie gehörten meinem Vater. Den Ort kennen Sie gut. Er heißt Schilberg. Schilberg an der Donau.«

Quetschs Gesicht hatte die Farbe von Käsekuchen.

»Das ist doch, wo ich herkomme«, sagte er ungläubig.

»Na bitte«, sagte die Gräfin, »dann ist es ja für Sie ein Heimspiel.«

Ein Kopf wie ein Bienenstock, im Bauch ein schwerer Stein.

Der Taxifahrer drehte sich um. »Chef, es ist Ihr Geld. Wo soll's denn hingehen?«

Quetsch, aus dunklen Gedanken schreckend, nannte Mekatas Adresse. Seine Augen durchbohrten die Nacht, fanden die Vergangenheit. Sah Generationen von Menschen, hineingeboren in diese Stadt, sah sie aufwachsen, alt werden, sterben. Sah Häuser, die nicht mehr waren, und Straßenzüge, die keiner mehr kannte. Sah Aufmärsche und Flaggen, Panzer und Soldaten, sah die Flüchtenden, das Feuer, den Zusammenbruch und den Wiederaufbau. Er sah das Heer der Maurer, Kelle und Spachtel zur Hand, sah den Mauerbau, sah die Rosinenbomber den Himmel dunkel färben. Sah Demonstrationen, Flüchtende, Tote, sah die, die am Ende auf der Mauer tanzten. Dann machten sich seine Gedanken auf und davon, weg von der Stadt, zogen südwärts wie Vogelschwärme, überquerten Deutschland: Groß war es geworden und bedeutend, und ganz und gar klein und unwichtig war dieser Ort im Schwäbischen, am Ufer der Donau. Quetsch hatte vergessen, dass es ihn gab. Spürte Bedrohliches auf sich zukommen, ekelte sich vor dem kalten Schweiß, der seinen Körper überzog. An der nächsten Straßenecke ließ er den Fahrer halten. Sprang aus dem Wagen. Eine Telefonzelle leuchtete, versprach schnelles Vergessen und Verdrängen. Quetsch wählte die Nummer der Gräfin, es klingelte nur einmal, ihre Stimme, ein Hauch von Seide.

»Nein«, sagte Quetsch. »Das ist wirklich nichts für mich.«

Hörte ein leises »Schade«, ein Knacken, das Freizeichen. Quetsch legte auf. Im Taxi ließ er sich auf den Rücksitz plumpsen. War noch nie in seinem Leben so müde gewesen. Und so hungrig.

Weiter oben in der Stadt fieberte das Fest seinem Höhepunkt entgegen. Als Quetsch Mekatas Wohnung betrat, nichts als Bett und Schlaf und den verlockenden Gedanken ans morgendliche Frühstück im Sinn, hatte der Orient Einzug gehalten. Die Absteige war in ein Kalifenschloss verwandelt, eine Mischung aus Harem und Opiumhöhle. Mädchen tanzten, eingehüllt in Tücher, die Nabel freigelegt, aus denen Diamanten blitzten. Auf Kissen hockten Methusalems, zogen an blubbernden Wasserpfeifen, unterhielten sich in einer Sprache, die Quetsch an das Stampfen von Lokomotiven erinnerte. Schreiende Musik lag über allem, wilde Klänge aus den Tiefen Anatoliens. Und dazwischen Mekata, mächtige Göttin in weißem Schleier, steuerte mit einem Tablett voller Süßigkeiten auf Quetsch zu, der sich fremd und verloren vorkam.

»*Hayirli Bayramlar!* Heute feiern wir *Scheker Bayram*, das Zuckerfest. Willkommen in der Familie.«

Jemand zog ihn am Arm auf ein weiches Kissen: Kerem. Schob ihm das Mundstück einer Wasserpfeife ins vor Staunen offene Maul, verleitete ihn zum kräftigen Saugen. Quetsch, die Gedärme in Aufruhr, erwartete die sofortige Katastrophe. Das Gegenteil trat ein: Kühler, angenehmer

Rauch zauberte ein Lächeln auf sein Gesicht. Sein Hintern sank noch tiefer in die Kissen, die Süße von Weihrauch, Myrrhe und Cannabis brachte Vergessen und Genesung. Kerem sah es mit Vergnügen. Winkte mit der Hand drei Mädchen heran. Zwei setzten sich links und rechts neben Quetsch, die dritte kniete vor ihm. Während ihm die eine Scheherazades Geschichten aus 1001 Nacht ins Ohr säuselte, die andere ihm mit Rosenblättern den Schweiß von der Stirn tupfte, entzog ihm die dritte das Mundstück und fütterte ihn mit *Beyin Tavasi*, gebratenem Hirn, und mit *Yumurtali Hamsi*, Sardellen in Ei. Mit *Zeytinyagh Yaprak Dolmasi*, mit Reis, Korinthen und Pinienkernen gefüllte Weinblätter, und mit *Imam Bayildi*, was so viel heißt wie: den Imam hat's umgehauen, und das zu Recht, denn in keinem anderen Gericht der Welt vermählen sich Auberginen so wunderbar mit Knoblauch, Peperoni und Paprikas. Quetsch saß fest im Sattel, seine Kiefern kauend wie ein Mahlwerk: *Güzel Hanim Corbasi* verschlang er, Schöne-Frauen-Suppe, gewürzt mit Rosenpaprikapulver, und *Cerkez Tavuglu*, höllisch scharfes Tscherkessenhuhn, das selbst dem Teufel Respekt einflößt. Er trank schwarzen Wein von den Ufern des Marmarameers und Raki, Anisschnaps mit Rosinen. Als Quetsch glaubte, nichts, aber auch gar nichts passe mehr in ihn hinein, zauberte das Mädchen *Hanim Göbegi* hervor, Frauennabel, Plätzchen in Sirup gebacken, und steckte ihm goldgelbe Stücke *Baklava*, wunderbar süße Nuss-Honig-Schnitten, in den Mund. Erst danach, nachdem Kerem die Mädchen weggeschickt hatte und heißer Mokka seine Zunge benetzte, kam die Zeit zum Reden.

»Wisdom is hidden in the holy smoke of a pipe«, sagte Kerem.

Quetsch, mehr liegend als sitzend, schüttelte den Kopf. »Bitte«, protestierte er, »red deutsch mit mir.«

»Im Ramadan hat Allah seinem Propheten den Koran offenbart«, sagte Kerem. »Selbst für dich hat er ein paar Seiten vorgesehen. Wie wirst du sie füllen?«

»Keine Ahnung«, antwortete Quetsch. Sein Bauch ein Ballon, der abheben wollte. Erzählte von seinen Erlebnissen.

»Du hast also gekniffen«, sagte Kerem.

Quetsch zog es vor, nicht zu antworten. Fand einen interessanten Kringel aus Rauch, der spiralenförmig zur Decke aufstieg. Folgte ihm mit den Augen und schlief darüber ein.

Blendendes Licht weckte ihn. Rings um ihn Stimmen, das Klirren von Geschirr. Die Blase zum Platzen voll, der Mund ausgetrocknet. Brauchte zehn Minuten, um aufstehen zu können. Draußen war vom Kalifenschloss nichts mehr zu sehen. Statt tanzender Mädchen Mekata in Küchenschürze, Klobürste in der Hand, statt der Weisen des Orients Kerem, Zigarette im Mundwinkel, Staubsauger in die Armbeuge geklemmt.

»Wo ist alles hin?«, fragte Quetsch. Begriff nichts. Die Zeit hatte sich weiterbewegt und ihn zurückgelassen, wieder einmal. Kerem knurrte aus dem Mundwinkel.

»Little lullaby. Dreamed his sweety-sweet dreams, deux jours.«

»Was?«, fragte Quetsch. »Was sagt er?«

»Du hast zwei Tage geschlafen«, antwortete Mekata. »Jetzt ist Zeit zum Essen.«

»Augenblick«, meinte Quetsch, »gib mir eine halbe Stunde.«

Er ging ins Badezimmer, zog sich aus. Weicher Körper, das Gesicht wie ein Pfannkuchen. Schleppte seinen schweren Körper unter die Dusche. Wie immer Schwierigkeiten, das Wasser einzustellen. Mal zu heiß, mal zu kalt. Der Vorhang aus Plastik wickelte sich um ihn, klebte an ihm fest. Wie nur diesen Geschmack aus dem Mund bekommen?

Später saß er eine halbe Stunde auf dem Klo. Das war vor der Wohnung, wurde von drei Parteien benutzt. Jeder hatte seine Kiste mit Zeitschriften deponiert. Kerems ausländische Zeitungen. In der zweiten Familie gab es einen Fan von Modellflugzeugen aus dem Zweiten Weltkrieg: Quetsch las gelangweilt einen Artikel über die gute, alte Tante Ju. In der dritten Kiste fand er unter *Haus & Hund* und *Ein Herz für Tiere* einen Stapel Pornohefte, eingepackt in eine Uralt-Ausgabe der Volksstimme Wedding. Quetsch studierte erfreut die Schlagzeilen:

POLIZEI NIMMT BRÄUTIGAM IM STANDESAMT FEST.

METZGER VON BULLE BEWUSSTLOS GETRETEN.

105-JÄHRIGE FEIERT GEBURTSTAG AUF KAFFEEFAHRT.

Dann fand er einen Artikel mit seinem Namen:

FRAU BRINGT SCHWEIN DAS EINMALEINS BEI.

Quetschs Laune verbesserte sich schlagartig. Das war seine Welt. Da war er aufgehoben, da gehörte er hin. Was kümmerten ihn Zwangsarbeiter, Entschädigungen, Stiftungsinitiativen? Er war schließlich einer, der die Zeitung von hinten las, der bei den Lokalnachrichten begann.

Kerem war anderer Meinung, während er umständlich die Pfeife stopfte, glühende Kohlenstücke auf den Tabak legte, am Mundstück saugte. Blubbern erfüllte die Küche, der Duft würzigen Tabaks.

»Habe ich dir schon mal vom Anton erzählt, genannt Toni, die Lok?«, begann er. »Nein? Kollege von der Arbeit, hat die DB 365 gefahren, beste Rangierlok von Welt, und Toni, das war der beste Lokführer drauf. Im Winter 97 stand ein Zug Kohlen vom Niederrhein auf den Gleisen, den hatten die Buchhaltungsfrösche vergessen. Da hieß es, der muss ganz schnell weg, es kommt ein Tankzug mit dreißig Waggons. Der Toni und ich, wir haben den Kohlenzug runtergeschleppt, und da passiert's, eine Pleuelstange vom Getriebe reißt sich los. Der Toni runter und nachgeschaut, und wie er sich bückt, haut es die Verbindung ab und klatscht ihm ins Genick. Hat ein bisschen geknackst, aber weiter war nichts, ein paar Wochen Schmerzen hat er gehabt und musste eine Halskrause tragen, sah ganz schön bescheuert aus. Sieben Jahre später, kein Mensch hat mehr daran gedacht, war die Hochzeit von seinem Sohn, Toni Junior. Der hat ebenfalls als Rangierer gearbeitet, und seine Frau auf dem Nachtzug nach Hamburg. Sie war Liegewagenschaffnerin, da ist er jede Nacht nach Hamburg gefahren und morgens wieder zurück, war immer pünktlich zum Dienst. Am Tag der Hochzeit standen wir Spalier, hatten eine Lore auf Schienen gesetzt, in der musste der Toni seinen Sohn und die Braut durch einen Weidenbogen schieben, den haben die Frauen geflochten. Der Toni legt sich ins Zeugs, da macht es Knacks, und er bricht zusammen. Alle glauben, der macht Spaß, aber wie er nicht wieder aufsteht, wird es uns allen mulmig. Toni Junior ist raus aus der Lore und hin zum Vater, aber es war zu spät, es war so was von zu spät, denn das Genick war gebrochen, er war mausetot. Die verdammte Stange hatte ihm eine Fraktur verpasst, ein Riss im obersten Wirbel, fein wie ein Haar, den haben alle übersehen auf dem Röntgen. Wäre leicht gewesen, die Sache in Ordnung zu bringen, aber so ist der Toni jahrelang auf der Schwelle ins Jenseits rumspaziert, hat nichts davon geahnt, bis das Schicksal sagte, du hast mich lange genug rausgefordert, jetzt ist Schluss.«

Kerem fingerte an der Pfeife, die nicht ziehen wollte. Die Erinnerung ging ihm an die Nieren. Brauchte drei Streichhölzer, bis eines brannte. Quetsch schwieg.

»War wie ein Fluch auf dem jungen Paar. Haben die Hochzeit nachgeholt, aber von Anfang an war der Wurm drin. Streit ohne Ende um Kaisers Bart. Nach einem Jahr haben sie sich getrennt. Sie ist wieder auf dem Nachtzug, aber er hat alles hingeschmissen. Lebt von der Stütze.«

Kerem fingerte an den Kohlestücken. Die Pfeife kokelte.

»Gibt es einen Grund, weshalb du mir das erzählst?«, fragte Quetsch vorsichtig.

Kerem legte verärgert die Pfeife weg. »Manchmal trägt man was mit sich rum, um das man sich kümmern muss. Sonst ist es eines Tages zu spät!«

»Was hat das denn mit mir zu tun?«

»Du schaust auch lieber weg als hin«, rief Kerem. »Und so jemand will Journalist sein!«

Stand auf, hochroter Kopf, rannte aus der Küche, knallte die Tür hinter sich zu.

»Was hat er nur?« fragte Quetsch.

Mekata stellte einen Teller Kebab vor ihn. »Denk nicht drüber nach«, sagte sie. »Ich hab keine Ahnung, von was er redet.«

In der Nacht erwachte Quetsch aus dünnem Schlaf. Hatte geträumt, wusste nicht mehr, was. Stand auf, sah auf dem Weg zum Klo glimmendes Licht in der Küche. Fand Kerem. Die Pfeife brannte. Quetsch setzte sich zu ihm.

»Ich mach's«, sagte er.

Dem Mann mit den Stummelfingern liefen Tränen über die Wange. Hatte auch viel mit sich rumzutragen. Sein Leben abgespalten vom großen Strom, wusste nicht, wo seine Packen abladen. Hinter dem Küchenfenster ein roter Schimmer des frühen Morgens, und Quetsch mit einem Gefühl im Bauch, das ihm nicht gefiel.

4

Stuttgart beim Landeanflug: Quetsch suchte nach der Stadt, die man nicht sieht. Die in einem tiefen Tal kauert, ihre Geheimnisse und ihre Schönheit versteckt wie eine vorsichtige Jungfrau. Eine, die es einem nicht leicht macht. An der die Leute vorbeifahren, ohne zu ahnen, dass sie da ist. Oben, auf der Filderebene, zeigt die Jungfrau ihr hässliches Gesicht. Sechsspurige Autobahnen, endlose Industrieanlagen, Messe, Musical und Casino wie Missgeburten auf brachen Feldern. Das Umland mit Dörfern, die keine mehr sind, vom Speckgürtel der Stadt erfasst. Das Flugzeug zog eine Schleife über dem Filstal, wo Weinberge bis vor die Autostadt von Daimler wachsen. Der Flughafen picobello, man könnte vom Boden essen. Ein Taxi brachte Quetsch an den Rand des Kessels, wo aus dem Nichts die Stadt auftaucht. Nachts ein Lichtermeer, tagsüber vibrierend vom Fleiß ihrer Bürger. Eine rasende Fahrt hinab über Serpentinen, die jedem Alpenpass zur Ehre gereichen würden. Der Taxifahrer schwamm durch den Verkehr, Spuren wechselnd, Freiräume erkennend. Quetsch sah doppelt so breite Autos wie anderswo, die doppelt so schnell fuhren wie anderswo. Der Taxifahrer grinste, schnitt einem lebensmüden Radfahrer den Weg ab.

»D' Daimler un' d' Porsche«, sagte er. »Mir sin a Autostadt. 's erste Mal im Ländle?«

Quetsch schüttelte den Kopf. Aber es war lange her. Kerem hatte Recht: Während seiner Wanderjahre hatte er den Südwesten Deutschlands gemieden. Warum, wusste er nicht. Besser gesagt: Er wollte nicht drüber nachdenken.

»Ein Hotel«, sagte er. »Können Sie was empfehlen?«

»Hano. 's kommt druff a, was Se zahle könnet.«

Quetsch sah draußen großartige Gebäude vorbeifliegen, Museen, Banken, First-Class-Hotels. Hatte keine Ahnung von der Stadt. Reich war sie. Über einer Steinburg drehte sich der Daimler-Stern. Schnell war alles gegangen, schneller, als er denken konnte. Sein Anruf am frühen Morgen, und ihre Stimme, klar und ausgeschlafen. Ganz so, als habe sie nur auf ihn gewartet. Schien nicht im Geringsten erstaunt. Eine Stunde später brachte ein Kurierdienst einen Umschlag. Drinnen ein Scheck, der Quetsch aus dem Gröbsten rausholte. Die Anweisung, in Stuttgart mit Janko Kravic zu sprechen, der im Elisabethen-Hospital lag, Zimmer 1823. Ein Flugticket Berlin-Stuttgart. Das war alles.

»Wellet Se eins, wo's nette Mädle gibt? Oder liaber was Ruhiges?«

Quetsch hatte Schwierigkeiten, sich auf die verknotete Sprache einzustellen, die einmal seine eigene gewesen war. Nette Mädle wollte er jedenfalls keine.

»Was Ruhiges«, sagte er. »Ohne Außenklo.«

»Sell gibt's bei uns net«, protestierte der Taxifahrer. »Mir sin' schließlich net in Berlin«.

Das Hotel lag in Halbhöhenlage, aus der Badewanne genoss Quetsch einen fantastischen Blick auf die Lichter der City. Fantastisch auch der Preis: 250 Euro pro Nacht – »des isch normal«, hatte der Fahrer gesagt, ihm den Koffer bis an die Rezeption getragen, dezent die Hand aufgehalten. Quetsch schob einen Zehner hinein, erntete dafür einen viertel Bückling. Lektion eins gelernt: In Stuttgart regieren die großen Scheine. Nach dem Bad legte er sich ins Bett. Vielleicht war das alles ja ganz einfach. Morgen das Interview mit Kravic, das machte er mit links. Darüber schlief er ein, ohne zu ahnen, wie sehr er sich irrte.

Im Frühstücksraum braungebrannte Männer, gossen sich Milch über ihr Müsli, einen Klecks Magerjoghurt darauf. Quetsch schämte sich für seinen übervollen Teller.

»Ärztekongress«, raunte die Bedienung. »Männer diskutieren über Inkontinenz. Mich sollten die fragen, ich weiß Bescheid. Meine Mutter hat's. Da brauch ich keinen Kongress, um zu wissen, das geht immer in die Hose. Schmeckt's?«

Quetsch, mit vollem Mund, fragte nach dem Elisabethen-Hospital. Ihre Antwort: Immer dem Leichengeruch nach.

»Ist kein Geheimnis. Im Elisabethen wird gerne gestorben. Meine Tante marschierte auf zwei gesunden Beinen rein. Drei Tage später hat man sie rausgetragen, mit den Füßen voraus.«

Das Elisabethen-Hospital war ein grauer Komplex, der Einheitsbrei der Fassade durchbrochen von Miniaturbalkonen. Davor Gitter, damit keiner hinabspringen konnte, dahinter Menschen, in Bademänteln und mit Zigaretten im Mund. Quetsch hastete an den Mauern vorbei, hinter denen Bypässe gelegt, Beine amputiert, künstliche Darmausgänge gebastelt wurden. Hinter denen man schnell den Löffel abgab, wenn man nicht aufpasste. Endlich der Eingang. Dort sah er sich einer Ordensschwester gegenüber, die aus dem Nichts auftauchte. Graue Kutte, graue Haube, Augen wie Eis, schmallippiger Mund, der noch nie gelacht hatte.

»Herr Kravic steht unter Schock«, sagte sie. »Besuche sind verboten.«

Quetsch machte einen Diener. »Klemens Maria Mayer«, antwortete er. »Innenministerium, Referat IV, Asylfragen. Vergelt's Gott, dass Sie sich so gut kümmern.«

Die Ordensschwester trat näher. Quetsch las Hass in diesen Augen. Ihre Stimme ein Reibeisen.

»Sagten Sie kümmern?«

Quetschs Gesicht, ausdruckslos wie Novemberregen. »Ja«, antwortete er.

Roch gedünstete Zwiebeln und Achselschweiß.

Die Ordensschwester flüsterte: »Na, Sie haben 'ne Ahnung. Kommen Sie.«

Neonlicht fiel auf Rollbetten vor grün gestrichenen Wänden. Türen, die sich öffneten und schlossen, Treppenhäuser, in denen Schritte verhallten. Irgendwo, im Bauch der Krake, eine Tür aus Metall. 1823 stand darauf. Quetsch fragte sich, woher die Gräfin das wusste. Er hatte keine Antwort.

»Wenn's nach mir ginge«, sagte die Ordensschwester, »weg mit der ganzen Brut. Dahin, wo der Pfeffer wächst.«

Sie verschwand, wie sie gekommen war. Quetsch verharrte minutenlang vor der Tür. Fühlte eine Furcht in sich aufsteigen, die er nicht einordnen konnte. Atmete tief durch, klopfte an. Drinnen ein klirrendes Geräusch, dann Ruhe. Quetsch öffnete die Tür, streckte seinen Kopf in einen fensterlosen Käfig. Sah ein vergittertes Bett, ein Galgen auf Rollen, an dem die Kanüle einer Infusion baumelte. Janko Kravic kauerte in einer Ecke, die Arme schützend über dem Kopf, die Augen aufgerissen, den Blick in eine andere Welt gerichtet. Quetsch machte einen Schritt vorwärts, noch einen und noch einen, schloss die Tür hinter sich. Sank langsam, ganz langsam an ihr herab, spürte so was wie Dankbarkeit, als sein Hintern den eiskalten Boden berührte. Streckte die Beine aus, faltete die Handflächen wie zum Gebet, sah Fäden von Speichel aus dem Mund des Mannes hängen, dem die Angst den Verstand entführt hatte.

Quetsch wusste nicht, wohin dieser Blick gerichtet war. Ahnte, dass er die Mauern durchschnitt wie warme Butter, über Länder und Grenzen streifte, irgendwo Halt machte, wo Ruhe und Frieden herrschte. Dass dieses Bild ein Strohhalm war, an den sich der Mann klammerte, in trügerischer Hoffnung. Quetsch schmeckte eine ungezügelte Wut. Auf Unbekannt. Auf Kriegstreiber und Mörder, von Machtgeilheit und Geldgier Getriebene, denen es gleichgültig war, ob sie einen oder tausende Kravic auf ihren Schlachtfeldern hinterließen. Ach, was wusste er schon, dicker, dummer Quetsch, seine Welt hübsch geordnet wie ein Geranienkasten vor dem Fenster. Begnügte er sich nicht damit, den Lauf der Dinge mit den Augen von Kaninchenzüchtern und Briefmarkensammlern zu betrachten? Hatte er nicht sein Leben der selbstverordneten Dummheit gewidmet? Hier, in Zimmer 1823, spürte Quetsch, das alles hatte jetzt ein Ende.

Wie als Ausblick, was einem das Leben bereitstellt, beschließt man erst einmal, den Fluss zu befahren, entsprang Kravics Mund ein Ton wie das Röcheln eines Strangulierten. Die Bilder hatten ihn eingeholt, versetzten seine Muskeln in Zuckungen, als stände er unter Strom. Schaum trat vor seinen Mund, die Augen drehten sich ins Weiße. Quetsch sprang auf, schlug auf den Alarmknopf neben dem Bett, war im nächsten Augenblick zur Tür hinaus und rannte den Gang hinab. Mit Sicherheit war's besser, wenn man Klemens Maria Mayer vom Referat IV hier nicht antraf.

Die Stadt. Das Land. Quetsch betrachtete den Übergang. Drehte er den Kopf nach rechts, sah er Wohnsiedlungen, Industrieflächen, Bürohochhäuser. Drehte er den Kopf nach links, sah er die Berge der Schwäbischen Alb. Vulkanischen Ursprungs, aufragende Höcker, grün bewachsen, darüber Morgennebel, gegen den die Sonne kein Mittel fand. War sich alles andere als sicher, das Richtige zu tun. Seine Flucht aus dem Krankenhaus, die Sorge, wieder einmal auf dem falschen Dampfer zu sein: Quetsch, der blinde Passagier des Lebens.

Und die Angst, in dieses Dorf zu fahren, an das er nur schlechte Erinnerungen hatte.

Quetsch stieg in den Bus und fragte sich, wie um alles in der Welt er herausfinden sollte, was mit Jack Hinkley geschehen war?

5

Die Einfahrt nach Schilberg, seine Hände feucht vor Aufregung. Alles war anders als früher, war irgendwie sauberer. Blumentröge voller Geranien, Schilder mit der Aufschrift »Industriegebiet Häfelesacker«. Ein Wohngebiet erstreckte sich über den Hügel, der früher zum Schlittenfahren gedient hatte. Quetsch sah Ein- und Zweifamilienhäuser, verschachtelt wie Hamsterkäfige. Auf dem Gehsteig ein Mädchen, Sonnenbrille keck auf der Nase, neben ihr ein Hund an einer Art Pferdegeschirr. Sie stoppte kurz, lauschte auf den Motor des Busses, ging weiter.

»Armes Ding«, dachte Quetsch. »Nichts zu sehen, wo es so viel zu sehen gibt.«

Den Bäcker gab's noch. Daneben die Stelle, wo der Unfall ... Quetsch biss sich auf die Lippen, bis er Blut schmeckte. Dann war der Bus raus aus dem Dorf. Hatte glatt vergessen, auszusteigen.

»Chef, anhalten!« rief er.

Der Fahrer fluchte, stoppte, die Türen öffneten sich. Quetsch stolperte hinaus, sah die verlassene Tankstelle, daneben Container. Eine Handvoll Kinder spielten auf dem Asphalt dazwischen. Barfuß, mit Leibchen, die irgendwie zu groß oder zu klein waren. Quetsch winkte ihnen zu. Glückliche Kindheit. So war er früher auch rumgelaufen. Sah auf einmal in erstarrte Gesichter. Der Bus fuhr weiter, aus dem Container stürzten Männer. Hände packten ihn, jemand riss an seinen Haaren, eine Frau mit wutverzerrtem

Gesicht. Quetsch sah wie in Zeitlupe eine Faust, sah in Augen, die tot waren wie die einer geschlachteten Kuh. Große, braune, tote Augen, die genau so schnell verschwanden wie sie vor ihm aufgetaucht waren.

Als Quetsch wieder zu sich kam, leckte eine Zunge über sein Gesicht, wieder und wieder. Der Hund des Mädchens. Sie kauerte daneben.

»Hallo«, sagte sie, »sind Sie wach?«

Aus den Tiefen seines Bauches grollte Donner. So schlimm konnte es nicht um ihn stehen, wenn sein Magen Hunger meldete. Der Platz lag wie ausgestorben, die Kinder verschwunden, die Schläger ebenso, die Container machten einen verlassenen Eindruck.

»Keine Angst«, sagte er, »wie du siehst, lebe ich noch.«

»Ich kann Sie nicht sehen«, antwortete sie. »Ich bin blind.«

»Und ich ein Idiot«, dachte Quetsch, behielt es aber für sich. Fragte stattdessen: »Wie hast du mich gefunden?«

»Nessie hat«, sagte das Mädchen. »Sie hat die feinste Nase der Welt«.

Quetsch rappelte sich hoch. Sein Anzug: Nur noch Risse und Löcher, von Stofffetzen zusammengehalten.

»Nessie«, sagte er. »Hast dir einen saftigen Knochen verdient.«

»Nessie mag keine Knochen«, sagte das Mädchen. »Sie ist Vegetarierin.«

»Tatsächlich?« Quetsch war verdutzt. »Das ist der erste vegetarische Hund, den ich kennenlerne.«

»Nessie ist kein Hund. Sie ist eine Hündin«.

»Du nimmst es aber genau.«

»Sie ist meine beste Freundin. Haben Sie kein Gepäck?«

Quetsch fuhr der Schreck in die Glieder. Sein Koffer war verschwunden.

»Kommen Sie mit«, sagte das Mädchen.

»Wohin«, fragte er.

»Da, wo ich trainiere.«

Dieses Mädchen versetzte ihn in Erstaunen.

»Ich zeige Ihnen den Weg«, sagte sie.

Nebeneinander standen sie vor der Kirche. Quetsch, den Kopf in den Nacken gelegt, blickte nach oben. Ein Glockenturm, der in früheren Zeiten als Wehrturm gedient hatte. Ein großes Schiff, zwei Seitenflügel mit kleineren Türmen. Das Hauptportal mit den Schnitzereien, die ihn immer in fantastische Welten entführt hatten: Träumend war er davor gestanden, und die Fratzen im schweren Eichenholz nahmen ihn mit in die Unterwelt, wo Dämonen um lodernde Feuer tanzten und auf Trompeten aus Rauch spielten. Wenn der Gottesdienst zu Ende war, die Gläubigen schwatzend herausströmten, wurde er von ihnen zur Seite geschoben.

»Sie sind noch da«, murmelte er.

»Ich finde sie unheimlich«, sagte das Mädchen. »Nessie auch.«

»Kannst sie doch gar nicht sehen.«

»Aber fühlen. Nessie fühlt sie auch.«

Quetsch lächelte. »Ich ebenfalls«, sagte er. »Deshalb haben mich keine zehn Pferde da reingebracht.«

»Sie gingen nicht in der Kirche?«

»Eher selten.«

Die Wahrheit war: nur einmal. Da trugen sie einen Sarg hinaus, der so leicht war, dass zwei Mann genügten.

Das Portal öffnete sich knarrend. Kühle Luft umströmte Quetsch, vermischt mit dem Duft von Weihrauch. Ein kleiner Mann in einer Soutane. Unbestimmbares Alter. Dünner Haarkranz um den Schädel. Auf dem Gesicht ein Grinsen.

»Maria«, sagte er. »Wen bringst du mit? Josef, der Zimmermann, ist es nicht. Also kann's nur Quetsch sein. Der Junge, der es immer nur bis vors Portal schaffte. Irgendwann kommen sie alle zurück.«

Quetsch nahm's mit Erstaunen. Pfarrer Rudolf Hohninger erinnerte sich an ihn. Drückte ihm die Hand wie einem alten Freund. Helle Augen, die ihn musterten. In ihn hineinsahen, dort entdeckten, was für keinen bestimmt war.

»Komm«, sagte Hohninger, »du siehst mitgenommen aus. Dagegen habe ich die richtige Medizin.«

An der Schwelle zögerte Quetsch. Spürte plötzlich Marias kleine Hand in seiner. Damit ging's leichter. Ein Schritt noch, und er stand im Bauch der Kirche. Hinter ihm schloss sich das Portal. Ihn fröstelte. Der Raum war spärlich beleuchtet. Bemalte Fenster färbten die Strahlen der Sonne blau. Hinterglasmalerei. Damit kannte er sich aus. Hatte mal einen Artikel darüber geschrieben, als er vier Monate im bayerischen Städtchen Selb Halt machte. Während der Teilung Deutschlands war der Eiserne Vorhang keine hundert Meter von der Redaktion entfernt gewesen. Es gab einen Fußballverein, und man erzählte sich, kickten die Spieler übers Tor, brauchten sie ein Visum, um den Ball zu holen. In Selb gab's Bier in Maßkrügen, Knödel, Schweinebraten und anderes Essen nach seinem Geschmack, dunkle Wälder und Geschichten über Schmuggler, die Bundesgrenzschutz und tschechische Armee an der Nase herumführten. Und einmal im Jahr das Fest der europäischen Kirchenmalerei.

»Noch immer derselbe Träumer.« Hohninger riss ihn aus den Erinnerungen. Die warme Hand von Maria in seiner, bis sie in der Sakristei waren. Quetsch staunte Bauklötze. Ein Billardtisch, der den Raum beherrschte. An der Wand, neben dem Kruzifix, in Reih und Glied die Queues.

»Turnierqualität«, sagte Hohninger mit Stolz in der Stimme. Aus einem Tabernakel fischte er eine Flasche mit einer klaren Flüssigkeit. Quetsch tränkte ein Taschentuch damit und betupfte seine Blessuren. Probierte ein Schlückchen, befand die Medizin gut genug, um sie auch innen anzuwenden. Hohninger drückte ihm ein Queue in die Hand.

»Spielchen?«

Quetschs Queue schlidderte über den Tisch, ohne die weiße Kugel zu berühren. Hohninger verzog das Gesicht, als habe er Zahnschmerzen.

»Lass es dir von jemand zeigen, der's kann.« Maria legte ihr Queue in die Beuge zwischen Daumen und Zeigefinger, traf traumwandlerisch sicher das Dreieck der aufgestellten Kugeln. Vier davon verschwanden polternd in den Löchern. Maria lauschte. »Die halbe 5, die halbe 7, die halbe 10. Die volle 3.«

Quetsch, den Mund vor Staunen offen. Hohninger beugte sich über den Tisch.

»Erinnerst du dich an den Song von The Who? Da gibt's Tommy, the Pinball Wizard. *That deaf dumb and blind kid sure plays a mean pinball.*«

»Aber klar«, sagte Quetsch. »Meine Musik.«

Und er sang, nicht so gut wie Pete Townshend, aber ebenso laut:

»*He stands like a statue*
Becomes part of the machine
Feeling all the bumpers
Always playing clean
He plays by intuition
The digit counters fall
That deaf dumb and blind kid
Sure plays a mean pinball.«

Hohninger lachte. »Maria ist mein Pinball Wizard. Sie wird die Billardwelt erobern, du wirst es erleben. Sie trainiert jeden Tag.«

»Wie machst du das?«, frage Quetsch. »Wie triffst du die Kugeln?«

»Sie müssen dran glauben. Versuchen Sie es.«

Quetsch beugte sich über den Tisch.

»Nein, nein«, protestierte das Mädchen. »Sie zweifeln. Schließen Sie die Augen. Sehen Sie die Kugeln?«

Quetsch sah nichts. Natürlich sah er nichts. Er richtete sich wieder auf.

»Sie sind noch lange nicht so weit«, sagte Maria ernst.

»Hier, mein Freund.« Der Pfarrer reichte ihm die Flasche. »Das tröstet.«

Quetsch genoss die Kühle der Kirche. Sie saßen vor dem Altar, jeder mit seinen Gedanken beschäftigt. Das einzige Geräusch war das regelmäßige Fallen der Kugeln. Maria trainierte.

»In diese Kirche kommt praktisch niemand mehr.« Hohninger sprach mehr zu sich. »Die Leute haben keine Zeit für das Wort Gottes. Wie oft wendest du dich an ihn, mein Sohn?«

»Nie!«, antwortete Quetsch. Erschrak über seine laute Stimme, den trotzigen Tonfall.

»Wegen deiner Mutter?«, fragte Hohninger.

Quetschs Stimme war belegt. »Wo war Gott an diesem Tag? Hat er wohl 'n Nickerchen gemacht?«

ABGEBRÜHTER REPORTER SAGT, WIE'S IST.

»Als sie den besoffenen Fahrer zu acht Monaten Führerscheinentzug verknackten, und mehr nicht? War da Gott auf der Seite der Spediteure? Nein, nein, mein Lieber, mit dem bin ich durch.«

»Karl-Heinz Wegner«, sagte Hohninger. »Der besoffene Fahrer. Nach dem Unfall hat er sich nie wieder in ein Fahrzeug gesetzt. Davon weißt du nichts. Kam für lange Zeit nach Schussenried in die Klapse. Weißt du natürlich auch nicht, bist ja abgehauen, nie wieder hier aufgetaucht. Tja, dort hat er aufgehört zu essen. Sie mussten ihn zwangsernähren. Sprach auch nicht mehr. Zwangsersprechen gibt's zum Glück noch nicht. Wenn du mich fragst, ich habe nicht das Gefühl, dass Gott in dieser Sache auf der Seite der Spediteure stand.«

Er stand auf, streckte sich. Seine Knochen knackten.

»Arthrose«, sagte er. »Zu feucht, die Kirche. Übrigens: Maria ist die Tochter vom Wegner.«

Hohninger bewohnte einen Raum im Erdgeschoß des Pfarrhauses, Küche und Wohnzimmer in einem. Risse zogen sich wie Spinnweben durch die Wände.

Maria war nach Hause gegangen. Hohninger entsorgte Quetschs zerrissene Kleidung, lieh ihm eine Soutane. Quetsch kochte inzwischen Kartoffeln, bereitete eine Marinade zu aus Kräutern, Öl, Essig, ein wenig Zucker, viel Knoblauch. Hatte gleich festgestellt, die Stärken des Pfarrers lagen nicht in der Küche. Töpfe und Pfannen stammten aus vergangenen Epochen, das Besteck war rostig. Neben dem Gasherd eine uralte Spüle, daneben ein Tisch mit einem Fernseher drauf, zwei Sessel. Quetsch warf sich hinein, versank ins Nirgendwo. So hatte er noch nie Kartoffeln geschält. Hohninger schaute zu, seine Hände umklammerten ein Weizenbierglas, frisch eingeschenkt, das dritte des Abends.

»Das machst du sehr gut«, sagte er.

»Kartoffelsalat zuzubereiten ist eine Kunst.« Quetsch probierte, und befand für gut. »Den besten macht Mekata, Türkin aus Berlin.«

»Bist du verheiratet?«

Die Frage kam zu schnell für Quetsch. »Hochwürden, ich bitte Sie.« Er leerte sein Glas in einem Zug. Öffnete umständlich eine neue Flasche, überlegte, wie er das Thema witzig und schnell abtun könnte. Nichts fiel ihm ein.

»Also ja oder nein?«

»Nein.« Das Bier schäumte über, zu ungestüm eingegossen. Schlürfte den weißen Schaum, der schneller herausquoll, als er trinken konnte.

»Nervös?«

Quetsch gab den Kampf mit dem Bier auf. Die Lachfältchen um die Augen des Pfarrers wie ein strahlender Kranz.

»Wissen Sie«, sagte Quetsch, »bin nie der Frau begegnet, die es mit mir aushalten kann.«

»Ich bin kraft Amtes nicht der Fachmann auf diesem Gebiet. Aber wer kochen kann, für den hält unser Herr auch das

Glück der Liebe bereit. Vielleicht musst du nur ein wenig warten.«

Quetsch schöpfte Kartoffelsalat auf zwei Teller. »Ja«, sagte er, »einer wartet immer. Und der bin in der Regel ich.«

Dann sprachen sie nicht mehr. Als die Schüssel leer war, bot Hohninger Quetsch einen krummen Hund an, dünne Zigarren, die aussahen wie abgestorbene Äste. Bald füllte harziger Rauch den Raum.

»Jetzt mal raus mit der Sprache«, sagte Hohninger. »Warum bist du hier?«

»Jack Hinkley. Fällt Ihnen zu dem was ein?«

Das klang doch gar nicht schlecht. Wie Peter Falk in Columbo. Noch schnell die Stirn in Dackel-Falten legen ...

Das Lachen des Pfarrers unterbrach seine Gedanken.

»Du bist doch nicht etwa unter die Detektive gegangen? So siehst du gar nicht aus. Ich würde auf Reporter tippen.«

Quetsch staunte. Wieder lachte der Pfarrer, streckte ihm seinen Presseausweis hin.

»Den fand ich in deinem Hemd. Das heißt, in den Fetzen, die davon übrig waren. Was ist eigentlich passiert?«

Quetsch kam sich dumm vor. Drei Sätze brauchte der Pfarrer, um den Spieß umzudrehen. Ihn in die Ecke zu drängen. Na ja, es hatte keinen Zweck, jemand anderes sein zu wollen als der, der er war. Der Protokollant des Alltäglichen. Erzählte kurz und bündig.

Hohninger nickte. »Die Asylanten haben Angst. Seit der Sache mit Kravic.«

»Janko Kravic?« fragte Quetsch.

»Du kennst ihn? Also doch Detektiv?«

»Nein.« Energisches Kopfschütteln auf Seiten Quetschs. Entschloss sich, die Karten auf den Tisch zu legen. Erzählte von Anfang an, das dauerte drei Bier. Begann bei Edwin Reist, ließ weder Daggi aus noch den Jungen auf den Rollerskates, sprach von Mekata, Kerem, der Gräfin. Von ihrem Auftrag, dem Scheck, und wie er im Krankenhaus das Gespenst eines Mannes namens Janko Kravic fand. Als er fertig war, meldete sich sein Bauch zu Wort und forderte Nachschlag. Im Küchenschrank lag hartes Brot, vor dem Fenster ein Ring Schwarzwurst, neben der Zahnbürste des Pfarrers eine Tube Feuersenf. Genug, um den Abend zu überleben. Quetsch schnitt daumendicke Scheiben, die er abwechselnd sich und dem Pfarrer auf den Teller häufte. Dieser kaute gedankenverloren.

»Die Gräfin«, sagte der. »So so.« Und nach einer langen Pause: »Irgendwas ist faul. Das sind doch arme Schweine, die dich vermöbelt haben, ob du es glaubst oder nicht.«

»Ich bin das arme Schwein«, sagte Quetsch und betastete seine Blutergüsse. »Die haben mein Leben geklaut.«

»Was?«

»Meinen Koffer. Mein treuester Begleiter. Er ist weg.«

Er gähnte. Bemerkte eine plötzliche Müdigkeit. Hatte gar nicht darüber nachgedacht, wo er die Nacht verbringen konnte. Hohninger übte sich in Gedankenlesen.

»Wie wäre es mit Kirchenasyl? Was würde besser zu Schilbergs heimgekehrtem Sohn passen?«

6

Quetsch wäre keine Wette eingegangen, dass er auch nur ein Auge schließen würde, als er es sich auf dem Billardtisch bequem machte. Schlummerte trotzdem ein und träumte davon, mit seiner Mutter auf einem Baumhaus zu sitzen, hoch über der Welt. Vor seinen Augen verfaulten die Holzbretter in beängstigender Geschwindigkeit. Als nur das Letzte übrig war, sah seine Mutter ihm in die Augen und sagte: »Junge, du musst …«

Der Rest des Satzes ging unter im Tanz der Kirchenglocken. Er fuhr auf, eine letzte Ahnung der Mutter verschwand vor seinen Augen. Ihre Stimme klang nach: »Junge, du musst …«

Brauchte Minuten, um sich zu orientierten. Was hatte sie ihm sagen wollen? Was musste er? Es war der Hunger, der ihn vom Billardtisch trieb, weniger die Aussichten auf das, was Kerem einen Spürnasentag nennen würde.

Frühstück mit Hohninger: Fehlanzeige. Quetsch stand vor verschlossenem Pfarrhaus, kam sich albern vor in seiner Soutane. Ein Zettel klebte an der Tür: »Bin bald zurück«. Seiner Stimmung nach müsste es in Strömen regnen, stattdessen lachte die Sonne von einem kornblauen Himmel. Eines stand fest: Um unauffällige Nachforschungen anzustellen, hatte er entschieden die falsche Kleidung an. Fasste den heroischen Beschluss, noch vor dem Frühstück ein Bekleidungsgeschäft aufzusuchen. Seine Geldbörse lag im Pfarrhaus. Ungewöhnliche Situationen brauchen ungewöhnliche Maßnahmen, dachte er. Ging zurück in die Kirche, plünderte den Opferstock. Viel drin war nicht, die Schilberger nur wenig spendabel. Quetsch fühlte sich beobachtet, fuhr herum. Die Kirche war leer. Ihm schien, als durchbohre ihn der Gekreuzigte mit Blicken. Einem Impuls folgend beugte Quetsch die Knie.

»Ist nur vorübergehend«, murmelte er. »Ich bringe es zurück, ganz bestimmt.«

Seine Barschaft bestand aus 21 Euro 86 Cent. Das sollte für Kleidung und Frühstück genügen. Schließlich war er auf dem Land.

Die zu kurze Soutane reichte Quetsch nur bis zu den Knien. In diesem Aufzug einmal durchs Dorf, und jeder wusste Bescheid. Wünschte sich weit weg, an einen Schreibtisch in der letzten Lokalredaktion der Welt, mit Aufgaben, die er bewältigen konnte: dreißig Zeilen übers Maibaumsetzen des Ortsbauernvereins, siebzig Zeilen über den Paragraph 17 der Tierzuchtverordnung, der die Gemeinde verpflichtet, Kühen einen Bullen zu stellen oder die künstliche Besamung zu gewährleisten, bei einer Deckumlage in Höhe von drei Euro. Stattdessen biss er die Zähne zusammen, als er an kichernden Kindern vorbeistolperte, an Rentnern mit Einkaufstaschen, die sich nach ihm umdrehten. Stürzte sich auf das erste Bekleidungsgeschäft wie ein Ertrinkender auf den Rettungsring. Dezente Musik, dicker Teppichboden; in langen Reihen aufgereiht hing Sakko neben Sakko. Ein beschlipster Verkäufer, das Gesicht ein einziges Fragezeichen, stellte sich ihm in den Weg: »Mein Herr, Sie wünschen?«

21 Euro 86 Cent. Dafür erhielt er in diesem Edelladen vielleicht ein Paar Socken. Und das in Schilberg? Zu seiner Zeit gab's nur ein Geschäft, das hieß ... Am liebsten hätte er gejubelt für diese Eingabe des Himmels: »Maiers Kleiderparadies«. Wenn's noch da war, fand er dort Rettung.

Ging rückwärts zur Tür, verabschiedete sich mit einem genuschelten »Gesegneten Tag, mein Sohn«, rannte die Straße hinab, als sei der Leibhaftige hinter ihm her. Das Schicksal war auf seiner Seite. Ein kleines Stück Kindheit tat sich vor seinen Augen auf, als er heftig atmend vor dem Schaufenster stand. Hier hatte seine Mutter für ihn eingekauft, wollene Hosen, Hemden mit braunen und grauen Karos, dicke Socken, Unterhosen, die bis zu den Achselhöhlen reichten. Damals war er zeternd vor dem Laden gestanden, erinnerte er sich lächelnd, heute durchströmte ihn ein warmes Gefühl der Dankbarkeit. Er betrat das Geschäft, noch immer bimmelte die alte Ladenglocke mit dem Dreifachakkord, noch immer war's drinnen dunkel wie in einem Fuchsbau. Er brauchte einige Zeit, um Wendelin Maier hinter dem Ladentisch zu entdecken. Krummer Rücken, das Gesicht zerfurcht wie ein Hutzelbrot, darauf ein fröhliches Lachen:

»Quetsch! Oder täuschen mich meine alten Augen? Was hast du für komische Sachen an?«

Quetsch, frisch eingekleidet, einen Becher Kaffee in der Hand, ein Butterhörnchen im Mund. So ließ sich's leben. Sein Geld reichte auch nicht für Maiers Kleiderparadies, aber der alte Mann hatte es sich nicht nehmen lassen, ihn von Kopf bis Fuß in das zu stecken, was er »einen reellen Anzug« nannte: Braune Wollhose, Karohemd und Strickweste.

»Das Geld bringst du gelegentlich mal vorbei.«

Hatte Quetsch von oben bis unten gemustert, aus einer Schublade noch eine Krawatte gezogen, von einem Blau wie der Himmel draußen, sie ihm umgebunden.

»Windsor-Knoten«, sagte er. »Ziehst du die Krawatte über den Kopf aus, brauchst du den nie mehr zu knüpfen. Oder verstehst du was davon?«

Quetsch verneinte. Musterte sich im Spiegel. Der kleine, dicke Junge von damals war ein großer dicker Junge geworden. Sonst hatte sich nichts verändert. Kein Wunder, weshalb ihn jeder im Dorf erkannte. War dabei so sicher gewesen, vergessen zu sein, in diesem Ort, den er doch selbst vergessen hatte.

»Es gibt die, die gehen. Und die, die bleiben«, sagte Wendelin. »Die, die bleiben, vergessen nichts.«

Quetsch kaute an seinem Hörnchen, und kaute an den Worten des alten Mannes. »War vorhin in einer Boutique, da gab's Anzüge wie in der Großstadt.«

Wendelin nickte abwesend. Die, die bleiben. Die, die gehen. So wie seine Frau. Vor drei Jahren im Laden zusammengesackt, vor einem Mann, der zwei Blaumänner auf einmal wollte. Kein Wort des Abschieds, kein Wort davon, sich eines Tages wiederzusehen, in einer Welt, die man ihnen in der Kirche versprach seit frühester Kindheit. Nach ihrem Tod ging er nicht mehr hin. Ihr Grab überwucherten dornige Pflanzen, konnte auch dagegen nichts machen, weil ihn die Erinnerung durchschüttelte, dass ihm wirr im Kopf wurde.

»Ha!«, sagte er, die Gedanken wie lästige Fliegen vertreibend. »Hat sich gemausert, das Nest. Verdanken wir alles dem Doktor Reichert und der Fabrik.«

Wieso, wollte Quetsch fragen, was hat es damit auf sich? Aber Wendelin hatte keine Antworten mehr. Vor Quetschs Augen fiel er zu Boden, den Mund aufgerissen, knackende Kieferknochen, Hände zu Fäusten geballt. Sein linker Fuß schlug für Sekunden den Takt einer Musik, die nur er hören konnte, und als Quetsch sich über ihn beugte, sah er einen

Schimmer in den Augen, wie vor Freude über ein langersehntes Wiedersehen.

Nun gab's keinen mehr in Schilberg, der nicht über seine Anwesenheit Bescheid wusste. In Trauben standen die Leute vor dem Laden, tuschelten, und er wusste, über wen. Drinnen ein junger Arzt, der konnte auch nichts tun. Zwei Männer in dunklen Anzügen schlossen den Sarg. Rudolf Hohninger kam mit rotem Gesicht hereingeweht wie ein Herbststurm.

»Kaum ist Quetsch da, sind die ruhigen Zeiten vorbei.« Sah ein Gesicht weiß wie eine Milchsuppe, schlug aufmunternd auf eine breite Schulter. »Na, na. Wir müssen alle mal gehen. Der gute Wendelin war dreiundneunzig. Gott der Herr allein weiß, wenn's an der Zeit ist.« War sich dessen selbst nicht sicher.

»Dabei sah er aus wie siebzig.« Quetsch suchte Trost, wo's keinen gab. Wollte es nicht glauben. Hatten doch eben in schönster Weise geplaudert, nun benötigte er die Vergangenheitsform. Kam sich klein und unwichtig vor, vergänglich wie Rauch, den ein Wind auflöst. Dreiundneunzig Jahre gelebtes Leben lagen in dieser Kiste, dreiundneunzig Jahre Geschichten, die keiner mehr erfuhr. Die wahrscheinlich auch keinen interessierten. Fuhr sich mit der Hand über die Augen. Wieder einmal kam alles anders.

Anruf bei Kerem. Der kleine Türke atemlos. »Quetsch, tu es complètement fou. Ein paar Tage unterwegs, schon gibt's was auf die Mütze. You need a gun! Da oben weht ein kalter Wind.«

Quetsch wehrte ab. Das war doch alles nur ein Missverständnis, und mit einer Waffe würde er sich selbst erschießen. »Ich bin halt kein Detektiv. Und du guckst zu viel Fernsehen.«

»Frag ihn, ob er genug isst.« Quetsch hörte Mekatas Stimme so nahe, als stände sie neben ihm.

»You heard it«, murrte Kerem. »Sie macht sich Sorgen um deine Leibesfülle. Ich nicht. Ich mach mir Sorgen, dass dich einer ausknipst.«

Quetsch konnte nichts Gefährliches an seiner Arbeit entdecken. Verspürte dagegen plötzlichen Appetit. Verabschiedete sich rasch, um einen Happen zu sich zu nehmen.

Das »Gasthaus zur Rose« war wie für ihn gemacht. Polstergarnituren, rote Lampenschirme, schmiedeeiserne Aschenbecher, ein Stammtisch. An dem saßen acht Männer, deren Köpfe sich ihm wie auf Kommando zuwandten. Quetsch grüßte, keiner grüßte zurück. Man sah ihm zu, bis er sich gesetzt hatte, widmete sich dann wieder dem Bier, dem Gespräch. Eine blonde Frau, die ihre besten Zeiten hinter sich hatte, brachte die Karte. Quetsch sah Lebensgier in ihren Augen, sah Fingerspitzen in den Farben von Zigarettenfiltern, sah eine Bluse, die zwei Knöpfe zu weit offen stand, sah darunter Rotes blitzen. Sah genug, um sich intensiv der Speisekarte zu widmen. Saure Kutteln mit Bratkartoffeln, dazu eine Halbe, das erschien ihm ein guter Anfang. Das Bier kam sofort, dazu die Meldung, Kutteln seien aus, die Küche empfehle stattdessen Saure Nierle.

»Dürfen's auch Nierle sein?« Die blonde Frau beugte sich weit über den Tisch.

Er nickte ergeben. Natürlich. Ist recht so.

Beim Stammtisch drüben ging's heftig zu. Quetsch erkannte zwei ehemalige Klassenkameraden: Matze Merzenich und Gunter Swoboda. Merzenich, klein und kräftig, Swoboda, lang, dünn, genannt Stecken. Waren schon damals unzertrennlich gewesen. Dicke Freunde, man hatte gemunkelt, schwul. Deshalb hatten sie sich rasch Freundinnen zugelegt, alle paar Monate neue, bis die Gerüchte verstummten. Wirklich gute Aufreißer waren selten. Die meisten hatten nur eine große Klappe. Merzenich und Swoboda hatten mehr. Hatten Erfolg. Und nach Erfolg sah auch aus, was Quetsch jetzt sah: Merzenich in einem Zweiteiler, der für andere Orte als das

Gasthaus Rose bestimmt war. Swoboda nicht ganz so vornehm, aber ebenso teuer gekleidet: Ein blauer Trachtenanzug fiel um seinen knochigen Körper, an dem zu wenig Fleisch war, um dem Stoff Halt zu geben. Quetsch aß seinen Teller leer, bestellte neues Bier, stand auf, ging hinüber.

»Hallo«, sagte er. »Das ist ja 'ne Überraschung. Ich meine, euch hier zu sehen.«

»Ach wirklich?« Merzenichs Stimme so seidig wie sein Anzug. »Wir leben hier. Du nicht. Du bist auf Besuch. Hört man jedenfalls.«

Quetsch nickte. »Darf ich?«

Swoboda schob einen Stuhl heran. Jovial, ein Meister des Bücklings. Stellte ihn der Runde vor. Dann die Frage, vor der sich Quetsch gefürchtet hatte.

»Dann mal raus mit der Sprache. Was treibst du so in der Welt?«

»Reporter. Schreibende Zunft.« Quetsch gönnte sich ein Lächeln.

Merzenich die personifizierte Ungläubigkeit. »Ist nicht wahr! Du? Müllmann hätt ich dir zugetraut.«

Wartete den Lacher ab. Quetsch bereute seinen Ausflug. Stammtisch ist feindliches Gebiet. Ein Minenfeld. Musste man seinen Mann stehen.

»Na, na. Hast ja immer gerne von mir abgeschrieben«, erwiderte er. Zu lahm, zu harmlos für Merzenich.

»Hört euch das Riesenbaby an. Nichts für ungut, ich geb einen aus. Auf die alten Zeiten. Bienchen, ein Glas Frischmilch für den Kleinen.«

Der Stammtisch lachte. Quetsch sah aus den Augenwinkeln: die Angesprochene nicht.

Quetsch erhob sich, mit kleiner Verbeugung. »Tut mir leid, die Herren gestört zu haben«, sagte er. »Schönen Abend noch.«

Trat den geordneten Rückzug an. Irgendwie verhakte sich die Tischdecke an seinem Gürtel. Gläser, Kuttelteller, Bratkartoffeln landeten auf Stammtischhosen. Merzenich kannte Flüche, von denen Quetsch nie gehört hatte.

»Tut mir leid«, sagte er. »Echt.«

Eine kleine Lüge am Tag war doch gestattet.

Das Industriegebiet Häfelesacker war größer als das Dorf. Quetsch traute seinen Augen nicht. Dort, wo in seiner Kindheit Schafe geweidet hatten, erhoben sich neue Fabrikgebäude. Die angebrachten Schilder ließen ihn wissen, dass die Walden-Werke auf Lasertechnologie, Elektronik und Feinwerktechnik setzten. Quetsch ging eine hufeisenförmige Straße entlang. Wunderte sich über die Ruhe. Hörte hier und dort das Summen eines Generators, das rhythmische Klacken einer Maschine, das war alles. Waffen herzustellen war heutzutage eine stille Angelegenheit.

Er erreichte ein Gründerzeitgebäude. Roter Backstein, frisch saniert: das alte Herz der Walden-Werke. Darum ein Zaun, stacheldrahtgespickt. Quetsch sah Männer in weißer Arbeitskleidung vor dem Haus. Ein Wachmann mit Hund lief auf ihn zu. Rief ihm etwas zu. Er beschloss, ins Dorf zurückzukehren. Hier gab es nichts weiter zu sehen.

Das Ärztehaus stand im Dorfzentrum. Der Bau ein Verbrechen aus Beton, orange gestrichen, mit nutzlosen Erkern und Balkönchen. Quetsch fand den Namen. Doktor Friedrich Brack. Arzt für Allgemeinmedizin. Der Fahrstuhl war außer Betrieb, Quetsch quälte sich drei Stockwerke hoch. Die Sprechstundenhilfe steckte ihn in die Schublade »herzkrank«. Ihre Stimme grell wie der Nagellack, den sie auftrug.

»Sie müssen warten. Der Doktor hat einen Notfall.«

Quetsch ging ins Wartezimmer. Die scheußlichen Gemälde an den Wänden mit verschobenen Gesichtern auf grauen Quadern waren mit Andrea Brack signiert.

Quetsch durchwühlte die Zeitschriften. Nur Fachliteratur. Ganz unten eine Donau-Post der vorigen Woche. Im Schnelldurchgang las Quetsch einige Artikel. Im Impressum ein Name, den er kannte: Micha Müller. Früher: Müller, der scharfe Rettich. Mit ihm hatte er manche Schlacht geschlagen an der Lokalfront im westfälischen Hagen, wo Autobatterien und

Zwieback zu Hause waren. Den hatte es in den Süden verschlagen? Das waren gute Nachrichten. Ein Geräusch schreckte ihn auf. Quetsch sah draußen Matze Merzenich vorbeihasten.

»Herr Quetsch in Sprechzimmer drei.«

Die Nagellackstimme klang auch über Lautsprecher nicht geschmeidiger. Quetsch erhob sich. Mochte keine Ärzte. Zu weiß, zu glatt, zu klug für ihn.

Brack wusch sich die Hände, als Quetsch eintrat. Erkannte den Arzt aus Maiers Kleiderparadies gleich wieder. Sah in wasserblaue Augen.

»Wo fehlt's uns?«

»Fange ich erst einmal damit an, ist Ihr Tag gelaufen. Meine Zipperlein kann ich gar nicht mehr aufzählen.«

»Abnehmen. Mehr bewegen. Das hilft.« Gut gemeinter Rat, unfreundlich ausgesprochen. Dr. Friedrich Brack war nicht auf Smalltalk aus. »Machen wir's kurz. Meine Zeit ist knapp.«

Ärzte und Beamte. Zwei Berufsgruppen, mit denen Quetsch nichts anfangen konnte. Aber so, wie's aussah, hatte er heute mit beiden zu tun. Nach dem Gespräch mit Brack wollte er den Ortspolizisten befragen. Nicht dass er sich viel davon versprach. Aber irgendwo musste er ja anfangen.

»Jack Hinkley. Sie haben den Totenschein ausgestellt. Er ist also ertrunken?«

»Was geht Sie das an?«

Quetsch dachte an Merzenich und beschloss den Frontalangriff. »Stellen wir uns vor, Sie hätten sich getäuscht. Kleiner Kunstfehler. Da würden Sie eine Menge Ärger kriegen. Ihre Frau müsste die Malerei aufgeben.«

Brack zuckte zusammen. »Werden Sie ja nicht frech«, sagte er. »Man hat mich gewarnt. Wir brauchen hier keine Schnüffler.«

Ein seltsames Glücksgefühl durchströmte Quetsch. Strahlte über das ganze Gesicht. Hielt Brack die Hand hin, vergeblich. Das trübte nicht den Augenblick. Hier war eine Geschichte versteckt, und er, Quetsch, würde sie ans Tageslicht bringen.

Eine kleine Gasse, die »Der Mühlengraben« hieß, als vor drei Jahrhunderten Schilberg das Mühlenrecht erhielt, was ein wenig Wohlstand unter die Leute gebracht hatte. Quetsch grinste: Wissen aus dem Geschichtsunterricht, 5. Klasse, längst verloren geglaubt, wie so vieles. Der alte Semmelbeck mit der feuerroten Nase, in der Tasche stets den Flachmann, »um euch Saubande auszuhalten, und du, Quetsch, erzähl mal was über den Mühlenbann von 1729.« Aber weil Quetsch beharrlich schwieg, wie's seine Art war, beantwortete er seine Frage in schönstem Frühneuhochdeutsch selbst:

»Die ney zu erbauente Mihle zu Schilberg, mit allen Vorträg an die Gemeind und Bürgerschaft, recht gutth umb gegangen vom Miller und seinem Mihlarzt.«

Thomas Kern saß damals neben ihm, zeigte ebenso wenig Interesse am Mühlenwesen wie Quetsch. Heute war er der Mann der öffentlichen Ordnung. Einer, der sich durchboxte. Kein Hasenfuß, so viel war sicher.

Die Polizeidienststelle bestand aus zwei Räumen mit schmalen Fenstern im Erdgeschoss eines Fachwerkhauses. Einen Computer entdeckte Quetsch nicht, dafür thronte eine graue Adler-Schreibmaschine wie ein Dinosaurier auf dem Schreibtisch aus Stahlrohr, dessen Kunststoffplatte mit Papieren übersät war. Kern hockte missmutig dahinter, ließ die Hände drohend über der Tastatur schweben, Zeigefinger ausgestreckt, in langen Abständen hackten sie suchend nach unten: Klack. Klack. Klack. Er sah nicht auf, murmelte unentwegt: »Scheißjob. Scheißjob.«

»Wie lange brauchst du für einen Brief?«, fragte Quetsch.

Der Finger fuhr nach unten. Klack.

»Scheißjob«, sagte Kern. »Man hat mich gewarnt, dass dein fettes Gesicht bald hier reinschneit.«

Aha, dachte Quetsch. Schon der Zweite, der gewarnt wurde. Aber von wem? Und warum?

Kern erhob sich. Quetsch sah eine Gestalt ähnlich der seinen, darüber ein grinsendes Gesicht.

»Fettsack«, sagte Kern.

»Selber«, antwortete Quetsch.

Sie schüttelten sich die Hand.

»Hab gehört, du verdingst dich als Lohnschreiber.« Kern zwinkerte ihm zu. »Kannst gleich bei mir anfangen.«

»Danke fürs Angebot«, sagte er. »Zur Zeit kein Bedarf. Wie hältst du das hier aus?«

Kern zog ihn mit sich. Im hinteren Raum, einer Zelle von vier auf vier Metern, stand neben einem Kühlschrank das größte Fernsehgerät, das Quetsch je gesehen hatte. Davor ein Ohrensessel und ein Fußschemel. Auf dem Boden stapelten sich DVDs. Kern blies triumphierend die Backen auf.

»Plasma-Bildschirm, Breitbild-Format, HDTV, Subwoofer, Surround-Dolby. Anders gesagt: Superklares Bild, bis in die Ränder. Tonqualität, nahe an THX. Bin dabei, mir ein Archiv anzulegen. Eine Arbeit, die den ganzen Mann fordert. Die 1000 besten Filme, gesichtet und bewertet von Thomas Kern. Und was steht auf Platz 233? Einmal darfst du raten.«

Quetsch zuckte die Schultern. Mit Filmen kannte er sich nicht aus. Er liebte Bücher, das Rascheln von Papier beim Umdrehen der Seiten. Ging er mal ins Kino, um einen Film zu sehen, der ihm als Buch gefallen hatte, war es stets eine herbe Enttäuschung. Ausnahme: »Der englische Patient.« Das Buch von Michael Ondaatje hatte ihn umgehauen. Und beim Film von Anthony Minghella hatte er geheult und sich in Kristin Scott Thomas verliebt.

»Was weiß ich«, sagte er.

»Ganz der Alte. Von nichts eine Ahnung. Ich sag's dir: ›Am Großen Weg‹. Kleiner Junge verbringt Sommerferien auf dem Land. Kommt dort einem Geheimnis auf die Spur. Es geht ums Erwachsenwerden. Und über die Liebe. Also über Sachen, von denen du keine Ahnung hast.«

»Musst du grad sagen, Fettsack«, murrte Quetsch.

Kern wies mit großer Geste auf den Sessel. »Aber ich stehe zu meinen Schwächen. Setz dich, ich schließ ab. Bier gibt's im Kühlschrank.«

Zwei Stunden später gab Quetsch ihm recht. ›Am Großen Weg‹ war ein toller Film, und Richard Bohringer und Anémone klasse Schauspieler.

»So verbringst du also deinen Tag?«, fragte Quetsch.

»Leben wir etwa zum Arbeiten?« Kern war ehrlich empört. »Abwechslung muss sein. Hier passiert ja nichts.«

»Vor kurzem schon«, sagte Quetsch vorsichtig. »Da habt ihr Jack Hinkley aus dem Wasser gefischt.«

Kern kniff ein Auge zusammen. »Der Ami? Oh Gott! Was für ein Generve. Versuch mal, eine Leiche in die USA zu bringen. Tja, wer baden will, muss vorher schwimmen lernen.«

»Einen Freischwimmer hatte Jack Hinkley vielleicht nicht«, sagte Quetsch, »aber ein Harvard-Diplom summa cum laude für internationales Völkerrecht.«

Kern pulte Essensreste aus den Zähnen. »Ist ja ein Ding. Warum schauen wir uns nicht Nummer 232 an? ›Tampopo‹ heißt der Streifen. Darin will 'ne Frau eine Nudelküche aufmachen, und ein Lastwagenfahrer hilft ihr dabei. Lastwagenfahrer, Quetsch.«

Der biss sich auf die Lippen. »Was sucht ein Anwalt aus Washington in Schilberg? Einer, der NS-Zwangsarbeiter vertritt? Hast du dich das nie gefragt, großer Kommissar?«

»Ich sag's dir ganz ehrlich. Mir ist das vollkommen egal. Die sollen nicht so viel saufen, die Amis. Vertragen unser Bier nicht. Willst du wissen, was passierte? Dieser Hinkley kam in die Rose, als gehörte er dazu. Drei, vier Halbe auf den Durst, dann noch ein paar Kurze, das können dir alle bestätigen. Setzte sich in seine Karre, und schwupps ging's über die Brücke. Mit oder ohne Freischwimmer, das spielte auch keine Rolle mehr.«

»Ein Jammer«, sagte Quetsch.

»Meine Rede. Aber ich frag mich was anderes: Warum zum Teufel interessiert das den fetten Quetsch?«

»Sentimentale Anwandlungen«, sagte Quetsch. »Weißt ja, die Heimat und ihre Geschichten. Nicht die olle Mühlen-Kiste vom Semmelbeck. Mehr die jüngere Vergangenheit.«

»Verbrenn dir nicht die Griffel. An der Heimat und ihren Geschichten. So was kann schneller passieren, als einem lieb ist.«

Quetsch wuchtete sich mit Mühe aus dem Ohrensessel. »Ist das eine Warnung?«, fragte er.

»I wo«, wehrte Kern ab. »Nur ein Hinweis. Komm wieder vorbei. Für ›Black Rain‹. Da ist Michael Douglas auf der Spur eines Verräters ...«

»Schon gut«, unterbrach Quetsch. »Danke fürs Bier.«

Die Stimme von Thomas Kern, sanft und einschmeichelnd. »Keine Ursache, Fettsack. Ich hoffe, es ist gut angelegt.«

Marie stand auf der anderen Straßenseite. Quetsch ging zu ihr, räusperte sich, wollte sie nicht erschrecken.

»Hallo«, sagte sie, »was haben Sie drei Stunden da drin gemacht?«

Quetsch mit offenem Mund. »Woher ...?«

»Nessie sah Sie reingehen«, sagte Marie. »Und wollte nicht mehr weiter. Da hab ich gewartet.«

»Ach ja?« Quetsch streichelte die Hündin, die begeistert seine Hand leckte. »Musst du nicht trainieren?«

»Jeden Tag dasselbe.« Marie zog eine Schnute. »Manchmal steht's mir bis hier.«

Ihre Handkante an der Nase.

Quetsch überlegte. Vielleicht war's töricht, aber auch einen Versuch wert.

»Kennst du einen alten Herrn, der Semmelbeck heißt?«, fragte er.

»Ja«, sagte Marie. »Der wohnt bei uns um die Ecke. Papa hilft ihm im Garten. Weil er nicht mehr arbeiten kann. Papa, meine ich.«

Quetsch mit dem Gefühl, auf dünnem Eis zu stehen. Darunter dunkles Wasser. In dem man ertrinken konnte, wenn man nicht aufpasst. So, wie man auch in der Donau ertrinken konnte.

Die Stimme des Mädchens besorgt. »Ist Ihnen schlecht? Sie sehen gar nicht gut aus.«

»Woher weißt du, wie ... Ach, vergiss es.«

Maries Hand in seiner, ein beruhigendes Gefühl.

HOBBYDETEKTIV BRAUCHT KINDLICHEN BEISTAND.

Das Haus frisch verputzt, gepflegter Vorgarten. Sorgsam drapierte Gartenzwerge. Hier hatte jemand viel Zeit. Vom Dach blitzte es. Quetsch schaute hoch.

»Unsere Solaranlage«, sagte Marie. »Photovoltaik. Damit heizen wir. Papa sagt, das sollte jeder, dann gäbe es keinen Klimawandel.«

»Da hat er wohl recht, dein Papa«, nuschelte Quetsch. Mit jedem Schritt wurden seine Beine schwerer. Da drinnen war der Mann, der seine Mutter totgefahren hatte. Der eine so außergewöhnliche Tochter hatte, dass Quetsch sich bei dem Gedanken ertappte, wie es wohl wäre, wäre sie seine. Wie sollte er diesem Mann entgegentreten?

»Ist dein Papi überhaupt zuhause?«, fragte er. Vielleicht gab's noch ein Schlupfloch?

Wieder die Schnute. »Der geht nie weg.«

Und dann war's auch schon passiert. Er sah in das Gesicht von Karl-Heinz Wegner. Sah Nichterkennen auf diesem Gesicht, dann Ungläubigkeit, Angst. Schatten, die wie Sturmwolken heranfegten. Eine Hand, die Marie packte, eine Tür, die ins Schloss fiel. Und Nessie, die winselnd davorstand. Quetsch bückte sich, kraulte sie hinter den Ohren.

»Na«, sagte er leise. »Das haben wir uns aber anders vorgestellt, nicht?«

Drehte sich um, ging davon. Ohne sie zu sehen, nahm er die Bewegung hinter dem Vorhang wahr, das entsetzte Gesicht des ehemaligen Kieslasterfahrers. Quetsch war auf einmal wie Marie: Sehen, ohne hinsehen zu müssen.

Das Haus war klein und hatte zwei Stockwerke, Quetsch kannte den Grundriss auswendig: in der Mitte die Eingangstür, schmale Stufen in einem dunklen Treppenhaus. Licht fiel nur durch die Glasbausteine am Treppenabsatz. Beide Wohnungen gleich geschnitten: Winziger Flur. Links davon ein kleines Zimmer. Zwei weitere nach vorne zur Straße. Rechts vom Flur Bad, Küche, Vorratsraum, Klo. Sechzig Quadratmeter gemütliches Zuhause, wenn jemand wie seine Mutter die Einrichtung besorgte: mit Trockenblumensträußen auf dem Büffet, mit langstieligen Kerzen in Haltern aus Metall, mit dicken Teppichen auf den einfachen Holzböden. Unter ihnen wohnte der alte Rehm. Kriegsversehrter, zog den ganzen Tag an stinkenden Stumpen, die er auch zum Sprechen nicht herausnahm. War umgeben von einer Wolke kalten Rauchs. Zum Einzug als Gruß an die Mutter: »Zwei Sachen, die ich hasse: Franzosen. Und Kinder. Mach dich also unsichtbar, Madame.«

Aber seine Mutter hielt sich lieber an das Sprichwort: »Steter Tropfen höhlt den Stein.« Ein halbes Jahr später rutschte Rehm mit Quetsch über den Fußboden, brummte wie ein Auto, pfiff wie eine Lokomotive, und wenn der Coq au Vin auf den Tisch kam, nahm er sogar die Zigarre aus dem Mund. Nach dem Unfall stand er als Einziger vom Dorf am Grab. Drückte Quetsch einen Umschlag in die Hand, fuhr noch am selben Tag zur Schwester ins Ruhrgebiet, kam nie mehr zurück. Im Umschlag steckten zweitausend Mark.

»Genug Zeit vertrödelt«, sagte Quetsch zu sich selbst, »davon wirst du auch nicht schlauer.«

Er setzte sich in Bewegung, doch nach wenigen Metern verfiel er wieder in Agonie. Das Exerzitium der Langsamkeit sagt: »Gehe zwanzig Minuten halb so schnell wie gewöhnlich.« Das hatte er vor. Wollte und konnte sich dem Haus nicht in Eile nähern. Ihm fiel ein, was er über Jakobsweg-Pilger geschrieben hatte. Die waren auf dem Weg nach Santiago de Compostela durch Saarlouis gekommen. Ihm, dem Gegenteil des rasenden Reporters, standen sie gerne Rede und

Antwort. Das Exerzitium der Langsamkeit. Jederzeit und überall anwendbar.

Wenn man will, aber nicht kann.

Wenn man muss, aber nicht will.

Quetsch hatte das Gefühl, nach Hause zu kommen, ohne den nötigen Schlüssel zu haben.

Das Haus war anders als die anderen. Als Einziges im Dorf unbewohnt, heruntergekommen, ein wahrer Schandfleck. Ist doch seltsam, dachte Quetsch, in diesem totsanierten Ort. Er spürte die plötzliche Gefahr, etwas, was sich von hinten näherte, schnell, viel zu schnell. Sehen, ohne sehen zu müssen. Hörte das Aufheulen eines Motors, rannte los und warf sich mit einem mächtigen Satz gegen die Haustür. Er spürte den Schmerz wie eine glühende Klinge in der Schulter. Einhundertzehn Kilogramm Lebendgewicht, gepaart mit nackter Angst, besiegten Tür, Schloss und Angel. Quetsch krachte auf den nackten Steinboden des Flurs, mit ihm der Gedanke: So musste es seine Mutter erlebt haben. Nur hatte es für sie kein rettendes Mauseloch gegeben.

Quetsch saß minutenlang keuchend im Flur, lauschte in das leere Haus. In der Dämmerung sah er Kabel wie sich windende Würmer an Decken und Wänden. Schimmel auf herabgerissenen Tapeten. Das gemütliche Zuhause war eine tote Höhle; hier lebte schon lange keiner mehr. Irgendwo tropfte Wasser. Ansonsten Stille, unterbrochen von seinem Atem. Der Schmerz in der Schulter war kaum auszuhalten. Bewegte er sich, wurde ihm schwarz vor Augen. Also sitzen bleiben, einfach sitzen bleiben und über die Absurdität des Lebens nachdenken. Ein Vierteljahrhundert, nachdem er dieses Haus verlassen hatte, betrat er es wieder mit einem Hechtsprung: Wer kann so etwas voraussehen? Wer weiß, was aus einem Ort wird nach zehn, fünfzehn oder zwanzig Jahren? Man schmiedet Pläne, doch alles kommt anders. Ein Auto kommt angerast, und die Ereignisse wiederholen sich. Quetsch spürte Zorn, der immer größer wurde. Der es ihm gestattete, sich aufzurappeln, die Schwärze vor den Augen zu vertreiben. Zwei Tage war er in Schilberg, war verprügelt worden, beleidigt, bedroht, um ein Haar vom Auto überfahren. Langsam hatte er die Nase voll.

»Ausgekugelt.« Dr. Friedrich Brack schüttelte den Kopf. »Wie haben Sie denn das hingekriegt? Und wie um alles in der Welt sind Sie überhaupt noch hierhergekommen?«

»Zu Fuß«, stöhnte Quetsch. Nie in seinem Leben war ihm ein Weg so weit erschienen. Kein Mensch auf der Straße, das Dorf wie ausgestorben.

»Passen Sie auf. Das wird jetzt unangenehm.«

Er setzte Quetsch auf einen Stuhl. Packte mit beiden Händen die verletzte Schulter, presste mit aller Kraft. Quetsch hörte ein Krachen, das er nicht hören wollte, fühlte einen Schmerz, den er nicht fühlen wollte, ließ den Schrei fahren, den er bis jetzt unterdrückt hatte. Schweiß brach ihm aus allen Poren, sein Atem stockend wie ein kaputter Blasebalg.

»Das war's«, sagte Brack. »Ist wieder drin. Ich mach Ihnen einen Stützverband. Sie dürfen auf keinen Fall den Arm bewegen. Das Gelenk kann jederzeit wieder rausspringen.«

Jede Bewegung schmerzte. Brack fixierte die Schulter mit einem festen Verband.

»Wie ist das passiert?«

Die Stimme von Brack: Teilnahmslos. Und doch glaubte Quetsch, einen Unterton der Angst zu hören.

»Bin die Treppe runtergefallen«, antwortete er.

Plötzlich begann Friedrich Brack zu reden. Wie ein Wasserfall, ohne Atem zu holen: Nach so einer schweren Verletzung solle er sich Ruhe gönnen. Ruhe sei das Wichtigste. Am besten, er fahre nach Hause, lege die Beine hoch und gönne sich Ruhe. Was er brauche, sei Ruhe.

Ruhe, Ruhe, Ruhe.

Bracks Beschwörungsformel verfehlte nicht seine Wirkung. Quetsch spürte eine Müdigkeit aufsteigen. Konnte ein Gähnen nicht unterdrücken. Hatte in den letzten beiden Tagen mehr Abenteuer erlebt als in den zehn Jahren zuvor.

Brauchte er so was? Wollte er sich nicht lieber hinlegen und schlafen? Vor seinen Augen, halb geschlossen unter der Last zentnerschwerer Lider, stiegen Bilder auf, sein Traumhäuschen in den Vogesen. Ein Bett würde er sich bauen, draußen auf der hölzernen Veranda. Das Dach mit wildem Wein überwuchert, mit einem Blick ins Tal, der ihn für alle Mühen des Lebens entschädigte. Er liebte es, draußen zu schlafen, nichts als das Rauschen der Tannen zu hören, das Gezwitscher der Vögel, das Zirpen von Insekten. Kein Lärm, kein Verkehr, keine Autos. Keine Autos. Keine Autos. Quetsch schreckte auf, sah in das vorwurfsvolle Gesicht von Brack, der sich über ihn beugte.

»Sie hören ja gar nicht zu«, beschwerte sich der Arzt.

Quetsch erhob sich ächzend, Entschuldigungen murmelnd. Wie unhöflich von ihm. Da meinte es jemand gut mit ihm, und er verschloss die Ohren.

»War ein anstrengender Tag«, nuschelte er.

Brack hielt ihn fest. »Bitte«, sagte er. »Fahren Sie nach Hause.«

Quetsch machte sich los. »Ganz bestimmt. In ein paar Tagen. Muss aber zuvor was erledigen.«

Beim Hinausgehen sah er Licht in einem der Behandlungszimmer. Ein Schatten fiel auf den Flur. War das der Grund, weshalb Brack noch in der Praxis war?

»Egal«, dachte Quetsch. Wollte nur noch ein Bier, dann ins Bett.

Aus beidem wurde nichts. Quetsch lauschte auf das Wassergeplätscher vom Narrenbrunnen, auf dem ein Narro in Häs und Gschell an die fünfte Jahreszeit, an die schwäbisch-alemannische Fasnet erinnerte. Wenn die Leute vom Schmotzigen Donnerstag bis Aschermittwoch außer Rand und Band durch die Straßen zogen, die Wirtschaften in sechs Tagen mehr Umsatz machten als im Rest des Jahres, dann zog auch der Narro mit seinem Narrenbuch umher. Las daraus die Verfehlungen der Bürger des Ortes vor, in humorvolle Verse verpackt. Jetzt blickte er auf Quetsch herab und Weisheit spiegelte sich in seiner Maske.

»Ja, ja«, murrte Quetsch. »Du weißt, wo's langgeht. Aber ich auch.«

Was nicht stimmte: Er konnte sich keinen Reim aus all dem machen. Wusste nur: Je mehr sie ihn dazu bringen wollten, zu verschwinden, desto stärker war sein Entschluss, zu bleiben.

Ging langsam die Dorfstraße hinunter, als er Motorengeräusch hörte. Ein Auto fuhr auf ihn zu, er erstarrte im Scheinwerferkegel wie ein Hase im Licht. Dann quietschten Bremsen. Quetsch stand wie angewurzelt, weil ihm die Beine den Dienst versagten. Im Wagen brachte seine vermeintliche Standfestigkeit Merzenich einen Rüffel ein.

»Der Kerl hat Eier. Da musst du andere Geschütze auffahren.«

Einer, der sprach, und einer, der zuhörte. Der Sprecher, das Gesicht rot vor Wut. Der Zuhörer, die Lippen zusammengekniffen.

»Auf was wartest du? Ich will mich mit ihm unterhalten.«

An einem Tag fast zweimal überfahren zu werden, und das auf dem Dorf? Als Matze Merzenich aus dem Wagen stieg, wunderte sich Quetsch schon nicht mehr. Kleine Puzzleteile, die sich zusammenfügten. Welches Bild würde am Ende entstehen?

»Los, rein«, sagte Merzenich.

Quetsch rührte sich nicht.

»Mach schon.« Die Stimme, noch immer seidig, aber mit rauem Unterton. Quetsch war bereit, es auf die Spitze zu treiben. Schüttelte den Kopf.

»Morgen«, sagte er. »Morgen ist auch noch ein Tag.«

Merzenichs Gesicht wie ein Pitbull vor der Beute. Quetsch drehte ihm den Rücken zu, ging langsam vom Auto weg. Das Exerzitium der Langsamkeit. Ob's für diesen Moment die richtige Übung war? Gäbe es ein Exerzitium der schnellen Flucht, hätte Quetsch nichts dagegen gehabt. Seine Nerven drohten, ihm einen Streich zu spielen: Hirn an Füße: Rennen, so schnell ihr könnt. Hatte ihm nicht die Gräfin dazu geraten? Woher wusste sie, dass es dazu kommen würde?

Aber noch hatte er sich unter Kontrolle. Und dann hörte er die Stimme von Dr. Diethelm Reichert. Schwarz wie eine sternenlose Nacht. Eine Stimme, die Macht über Menschen hatte, die überzeugen und Meinungen im Handumdrehen ändern konnte.

»Herr Quetsch. Bitte. Ich möchte ein paar Worte mit Ihnen wechseln.«

Quetsch machte auf dem Absatz kehrt und stieg ein. Draußen stieg Nebel auf, ausgespuckt vom nächtlichen Fluss. Die Nacht war weich wie ein Wattebausch.

7

Jahrelang war er durch Deutschland gezogen, hatte das Leben kleiner Menschen aufgezeichnet, deren Erlebnisse im Mahlstrom der Geschichte nicht mehr bedeuteten als Fliegendreck auf der Windschutzscheibe von Reicherts Limousine. Die Artikel, die er schrieb, hatten selten eine Haltbarkeit von mehr als einem Tag. Nichts ist so alt wie die Zeitung von gestern, heißt es. Und doch ist manchmal auch das eine Lüge.

Etwas in Reicherts Stimme ließ Quetsch alles vergessen. Ließ ihn vergessen, wo er war. Ein prächtiges Landhaus in einem weitläufigen Park. Viel hatte er nicht gesehen, es war schon zu dunkel. Aber vom Tor, das Merzenich diensteifrig öffnete, bis zum Haus brauchte der Wagen zehn Minuten. Das Haus: Geweihe an den Wänden, ausgestopfte Tiere in jedem Winkel. Mit seiner Frage, ob denn in den Wäldern ringsum überhaupt noch etwas lebe, sammelte er beim Hausherrn keine Punkte. Dr. Diethelm Reichert. Fabrikant, Landtagsabgeordneter, passionierter Jäger. Mit einer Stimme, die einlullte, die Zweifel ausräumte, die überzeugte. Die noch nie versagt hatte. Und jetzt Quetsch. Der auch mit der Frage: »Was sind Sie eigentlich für ein Doktor? Tierarzt?« auf der Sympathieskala immer tiefer rutschte. Aber was sollte er machen? Er mochte nun mal keine Menschen, die tote Tiere an Zimmerwände nagelten. Und vor allem mochte er keine Menschen, die sich zwischen ihn und sein Bett stellten.

Am Salon gab's nichts auszusetzen. Prasselndes Kaminfeuer, antike Möbel, die nach Quetschs Ahnung mehr kosteten als er in fünfhundert Jahren verdienen würde. Schwere Sessel, die Merzenich auf ein Handzeichen von Reichert ans Feuer rückte. Quetsch plumpste hinein, hatte auch nichts gegen das Glas einzuwenden, welches schwer und fest in seiner Hand ruhte. Trank. Nickte anerkennend.

»Aqua vitalis, Wasser des Lebens.« Reichert mit echtem Stolz. »Reiner, unverfälschter Single-Malt. 25 Jahre alt. Den kriegen Sie nur bei mir oder ...«

»... in Bowmore, wo er herkommt«, sagte Quetsch. »Gutes Tröpfchen. Slainte!«

Quetsch spürte, wie das Sympathiethermometer den Minusbereich erreichte. Das hatte man davon, wenn man zur falschen Zeit am falschen Ort zu viel wusste. Hier kam's aufs dankbare Abnicken an. Doch was geistige Getränke betraf, konnte Quetsch es mit Bacchus persönlich aufnehmen, das Resultat einsamer Junggesellenjahre. Die nächste Stunde saß er vor dem Feuer, streckte hin und wieder die Hand aus, ließ sich von Merzenich nachschenken, blendete den Wortschwall seines Gegenübers aus, der zeigen musste, dass er mehr von den schottischen Lowlands und Highlands verstand als die Leute, die dort lebten. Reichert dozierte über die Vorzüge von Castlemilk-Moorit-Schafen, lamentierte über die Unsitte, verschnittenen Blend-Whisky zu trinken, und endete damit, dafür gäbe es in Schottland nichts Anständiges zu essen. Wer Haggis versucht habe, dieses unappetitliche Gemenge aus Innereien und Hafermehl, wisse Bescheid. Quetsch schreckte beim Stichwort Essen auf. Blickte verdutzt in ein zorngerötetes Gesicht.

»Ich meinte es nur gut mit Ihnen«, schmeichelte die Stimme, der sich noch nie jemand auf so infame Weise widersetzt hatte. »Aber Sie enttäuschen mich.«

Quetsch ratlos. Brauchte nach dem Aufwachen immer eine Zeitlang, um die Welt zu begreifen. Und einen starken Kaffee. Das war's. Ein starker Kaffee, vermutete Quetsch, würde ihn nach vorne bringen.

»Sehr interessant, was Sie da sagen.« Seine Stimme ein verschlafenes Nuscheln. Aufzuwachen und fremde Menschen um sich zu haben, war er nicht gewohnt.

»Könnte ich einen Kaffee bekommen? Schwarz, stark, ohne Zucker?«

Etwas an seinem Gegenüber geriet für einen Moment außer Kontrolle. Später würde Quetsch lange darüber nachgrübeln. Im Augenblick sah er nur, wie die Maske der Selbstsicherheit für einen Wimpernschlag fiel, das Antlitz eines verwundbaren Menschen sichtbar wurde. Nie zuvor hatte jemand Diethelm Reichert so gesehen. Nie danach würde jemand Diethelm Reichert so sehen. Quetsch aber wusste: Was immer dieser Mann auf dem Kerbholz hatte, tief innen plagte ihn ein Gewissen. Und er ahnte noch etwas: Um das zu vertuschen, ging er über Leichen.

Reichert erhob sich. »Sie sind sich des Ernstes Ihrer Lage nicht bewusst«, sagte er. »Auf Nimmerwiedersehen, Herr Quetsch.«

Quetsch sah zwei Dinge: Reichert, wie er das Zimmer verließ. Merzenich, der einen Revolver zog und auf ihn richtete.

»Aufstehen, mein Freund«, sagte er. »Zeit für einen Spaziergang.«

Quetsch war viel zu verblüfft, um zu reagieren. Er erhob sich. Merzenich stieß ihn mit dem Revolver vor sich her, hinaus aus der Wärme des Kaminzimmers in die Kühle der Nacht. Keine Sterne am Himmel für einen würdevollen Abschied.

Quetsch verlor jedes Bewusstsein für Zeit. Der Nebel verschluckte die umliegenden Hügel. Verschluckte jeden Laut. Verschluckte Quetsch, der plötzlich von wildem Aktionismus getrieben davonstürmte. Zur Seite sprang. Stehen blieb. Den Atem anhielt. Seine Faust gegen den schwang, der ihm fluchend folgte. Hörte den Schrei, Merzenich stürzte wie ein gefällter Baum vor seine Füße. Quetschs hundertzehn Kilogramm Lebendgewicht hatten das Ihrige getan. Er beugte sich über den röchelnden Merzenich, starrte auf dessen verschobene Nase, die gar nicht mehr ins Gesicht passen wollte. Konnte nicht anders, als ein ums andere Mal zu murmeln: »Mensch, Klassenkamerad, musste das sein?«

Was jetzt? Zurück zum Haus? Um sich doch noch ein Loch ins Fell brennen zu lassen? Merzenich einfach liegen lassen? Ging auch nicht. Quetsch hob die Waffe auf. Ein kleines Ding, unscheinbar in seiner Hand und doch so gefährlich. Konnte schneller, als ein Kolibri mit den Flügeln schlägt, ein Leben auslöschen.

Schneller als ein Kolibri.

Mit den Flügeln schlägt.

Ein Leben auslöschen.

Sein Leben auslöschen. Was zum Teufel hatte er diesen Leuten getan?

Auch darauf gab's keine Antwort. Quetsch hievte sich Merzenich über die gesunde Schulter, stapfte in die Zuckerwattenacht, die der nahe Fluss bescherte. Ihm fiel ein, er hatte noch immer kein Quartier bezogen. Daran klammerte er sich: Du musst ein Zimmer mieten. Nach einer Stunde erklomm er eine Böschung und sah vor sich die Brücke über die Donau. War das die Stelle, an der ein gewisser Jack Hinkley in den Fluss gestürzt war? Quetsch erreichte die Mitte der Brücke, legte Merzenich auf dem Boden ab. Zog die Waffe aus der Tasche. Entschied sich für einseitige Abrüstung. Hörte ein Platschen und fühlte sich erleichtert, als die Donau das Ding in sich aufnahm. Teil eins war erledigt, jetzt kam Teil zwei. Merzenichs Handy, die Freude der modernen Kommunikation. Wählte den Notruf, verstellte die Stimme, berichtete vom Unfall auf der Brücke, mit Panik in der Stimme, »ein Schwerverletzter, kommen Sie schnell!« Sah nicht zurück, als er in Richtung Dorf davonstapfte. Seiner Meinung nach hatte er heute genug für andere getan. Jetzt bin ich dran, dachte Quetsch. Ein Bier und ein Bett. Ob man beides in Schilberg mitten in der Nacht bekam?

Dreißig Minuten strammer Fußmarsch. Einmal musste er ins Gebüsch ausweichen, als flackerndes Blaulicht verriet, dass seine Strategie aufging. Kaum zehn Minuten später kam der Polizeiwagen zurück, und Quetsch erfreute sich am Gedanken, Thomas Kern von der Glotze weg in die Nacht geordert zu haben. Setzte seinen Weg fort. Kam an den Containern der Asylanten vorbei und verfiel unwillkürlich in Laufschritt, obgleich alles still lag. Ohne zu wissen, wohin er wollte, folgte er einer Kraft, die ihn magnetisch mit sich zog. Bis zum Gasthaus Rose. Das war es also gewesen. Wenn ihn sein Instinkt nicht trog ... Die Tür zum Gastraum stand offen. Drinnen leuchtete eine schummrige Lampe über der Theke. Die blonde Frau, die Merzenich Bienchen genannt hatte, polierte mit rot umrandeten Augen Gläser. Blickte auf, kam ihm entgegen. Um ihren Mund ein kleines Lächeln.

»Da bist du ja endlich«, sagte sie. »Wo hast du dich bloß rumgetrieben?«

Ergriff seine Hände, Quetsch blieb keine Zeit, sich über ihre Vertraulichkeit zu wundern. So war es immer mit ihm und dieser Art Frauen, die das Leben hart angefasst hatte. Sie sah auf seinen Verband.

»Männer«, sagte sie, und meinte es auch so. Kannte ihre Aufgabe. »Dann komm mal mit.«

König Quetsch, der Erste. Ausgekleidet und in eine Badewanne gesetzt. Eingeseift von Kopf bis Fuß, dickflockigen Schaum auf dem Haupt, und Wasser, warmes Wasser über den ganzen Körper. Dringt in jede Pore, in jede Ritze, ebnet den Weg für ihre Hände, die biegsam und weich wie das Wasser ihn umspielen, umschmeicheln. Ihn in ein Handtuch hüllen, abrubbeln, mit einem Fön die letzten Tropfen aus den Haaren treiben, die ihn zum königlichen Lager führen. Die ihm Salben auf den geschundenen Körper tragen, der in die Schlacht gezogen war und nicht heil, aber lebend daraus zurückkehrte. Der sich nun den Händen der Frau anvertraut, die den Krieger wiederherstellt, damit er sich morgen erneut dem Feind widmen wird. König Quetsch, der Erste. Er wusste nicht einmal ihren Namen.

»Sabine«, antwortete sie. »Und nenn mich niemals Bienchen, hörst du?« Dann war ihre Stimme wieder weg, als sie etwas verschluckte, was aus ihm herauswuchs, er sah es nicht ohne Stolz. Verwundet, übermüdet und hungrig, und doch, darauf war bei Quetsch Verlass, das funktionierte immer. Das ist mein ausgeglichenes Gemüt, sagte er sich, die Reicherts und Merzenichs dieser Welt haben sicher ihre Probleme damit.

»Oh«, sagte Sabine, »jetzt ist er weg.«

Und König Quetsch dem Ersten wurde gewahr, dass selbst er im Akt der Liebe nicht an den Kampf denken durfte. Er war ein gelehriger Schüler. Richtete sich ächzend auf, nahm die Frau in seine Arme, wälzte sich auf sie wie ein Walross. Erstickte ihr übermütiges Kichern mit seinem Mund.

»Augenblickchen«, sagte er. »Das haben wir gleich.«

Irgendwann weckte ihn der Duft von Kaffee, von getoastetem Brot. Streckte sich, zog einen weiteren Geruch in die Nase, der aus den Laken stieg. Mit dem Geruch kam die Erinnerung. Sabine, im Morgenmantel, streckte den Kopf ins Zimmer.

»Morgen, Murmeltier.«

Quetsch staunte mit offenem Mund, als sähe er sie zum ersten Mal. Was in gewisser Weise stimmte, denn der müde Zug in ihrem Gesicht war wie weggezaubert. Vor ihm stand eine Frau, frisch wie ein zweiter Frühling. Sie küsste ihn auf dem Mund, rümpfte die Nase, streckte ihm eine Zahnbürste entgegen. Quetsch verstand und gehorchte. Dann schlüpfte sie unter die Decke. Seitlich lagen sie, ihre Beine um die seinen geschlungen. Ihre Brüste suchten Halt auf seinem Bauch, ihr Blick suchte Halt in seinen Augen. Nur kleine Bewegungen, das Wiegen eines Schiffs bei leichtem Seegang. Kein Wort sprach sie, und doch erzählte sie ihre Geschichte. Quetsch erfuhr von einer Jugend im Fränkischen, ereignislos, tödliche Langeweile, eine Flucht. Danach eine Odyssee ähnlich der seinen, die sie in Städte führte, deren Namen die Freuden des Lebens versprachen und die doch nichts boten als den täglichen Kampf ums Überleben.

»Nicht leicht für eine Frau, die nichts gelernt hat«, erzählten ihre Augen. »Wer nichts wird, wird Wirt; das galt auch für mich, und so wurde ich Tellerwäscherin, Kellnerin, Kaltmamsell, zog von Hotel zu Hotel, von Pension zu Pension, bediente in Garmisch-Partenkirchen Nordlichter von der Waterkant, die sich beim Skilaufen die Beine brachen, und auf Sylt handfeste Bayern, die in der Strömung eines feindlichen Meeres ertranken. Wo immer ich mich aufhielt, waren die falschen Leute zur falschen Zeit am falschen Platz. Irgendwann die Bruchlandung auf der A5 Frankfurt – Basel, Raststätte Breisgau. Fünf Jahre dort geblieben, war gar kein so schlechter Job. Kaum einer, der zweimal kam und Rechte als Stammgast einforderte. Nur Leute, die das Woher und Wohin im Kopf hatten, nichts vom Bleiben wissen wollten. Unter ihnen einer, der kam dann doch immer wieder. Merzenich. Zu dem ich mich eines Tages ins Auto setzte. Das war vor drei Jahren. Jahre, die länger waren als alle Jahre davor.«

Quetschs Augen sagten: »Du hättest wieder gehen können.«

Die Antwort: »Wenn das so einfach wäre.«

Da verschlossen sich Quetschs Augen. Der Seegang wurde stärker. Langsam trieb er die Liebenden voran, in eine Welt aus rauschendem Wasser und weißer Gischt, wo alle Gedanken ausgesperrt blieben, vor allem die um eine gemeinsame Zukunft, die es nicht geben konnte.

»Du musst weg«, sagte Quetsch später.

Sie sah ihn an. Stand auf mit einem Lachen, das keines war.

»Und du sorgst dann für mich, stimmt's?«

Quetsch sah ihr nach, wie sie die Tür öffnete, hinausspähte, nackt in den Flur huschte. Ein Gemisch aus Wut und Trauer setzte sich in ihm fest. Biss in das Kissen wie ein Hund. Ein paar falsche Worte, und der Zauber zwischen zwei Menschen löst sich in Nichts auf. Alles, was letzte Nacht geschehen war, spukte im klaren Licht des Morgens als grelles Rätsel durch seinen Kopf. Versuchte, den Bienenstock da drin zur Ordnung zu rufen. Schilberg, sein Dorf, sein Geburtsort, seine Wurzeln. Die das Schicksal gekappt hatte, die er nicht mehr fand. Und einige Herren, die ihm nicht wohlgesinnt waren. Die seinen Tod in Kauf nahmen.

REPORTER BEI GEFÄHRLICHEM EINSATZ GETÖTET.

Verdammt, er war nicht im Irak oder in Afghanistan. Dort, wo Journalisten im Kampf um die Wahrheit täglich ihr Leben aufs Spiel setzten. Er war in Scheiß-Schilberg, niemand kannte Klein-Scheiß-Schilberg, und er, Quetsch, war nicht im Auftrag des Stern oder des Spiegel unterwegs. Der Deutsche Journalistenverband würde ihm kein Denkmal setzen.

»Idiot.« Seine Stimme gedämpft durch das Kissen. »Nicht sie muss verschwinden. Du musst.«

Er wälzte sich aus dem Bett. Anruf bei Kerem. Sein türkischer Freund lachte nicht mehr.

»Du Anfänger hast echt die Knarre ins Wasser geschmissen?«

Quetschs Stimme eindringlich. »Hast du eine Idee? Was das alles bedeutet?«

Kerem, ehrliche Angst in der Stimme. Kannte aus der Heimat genügend Geschichten, wo Männer plötzlich verschwanden. Wo Frauen wussten, wann es an der Zeit war, schwarze Kleidung anzulegen. Manchmal fand man die Männer wieder. Blies der trockene kaukasische Wind aus dem Osten und trieb Felsen und Baumwurzeln vor sich her, öffnete er schlampig gebuddelte Erdlöcher. Dann stand man plötzlich vor denen, die vermisst waren, und keiner, der in diesen Augenblicken nicht dachte, hoffentlich waren sie wenigstens tot, bevor sie verscharrt wurden. Daran dachte Kerem, aber Mekata dachte an anderes.

»Ihr Dummköpfe«, schalt sie, klapperte mit Pfannen und Töpfen. Quetsch, konditioniert wie ein Pawlow'scher Hund, lief knapp tausend Kilometer weiter südlich das Wasser im Mund zusammen. »In alten Häusern stecken alte Geheimnisse.«

Quetsch ratlos. Kerem nicht. Sein Aufschrei brachte Quetschs Trommelfell zum Klingeln.

»Bien sur! That's it! Du sagst, das Dorf strahlt wie ein frisch geputzter Kinderpopo? Nur dein Haus nicht. Warum?«

»Was weiß denn ich«, murrte Quetsch. »Keine Ahnung.«

» ›Keine Ahnung‹ kommt im Wortschatz eines Reporters nicht vor«, schimpfte Kerem. »Beweg deinen Hintern. Find es raus!«

»Frag ihn, ob er genug isst.« Das war Mekata.

Kerem protestierte. »Er soll nicht essen, er soll seinen Job machen. Und wenn du wieder einen Revolver findest, wirf ihn nicht gleich in die Donau!«

Quetsch fand Sabine im Männerklo. Sie schrubbte die Pissbecken mit einer Wut, als läge darin die Lösung aller Probleme. Wehrte seine Umarmung ab. Quetsch sah Tränen und wusste kein Mittel dagegen. Draußen schien die Sonne, aber ihn fror. Sabine wandte sich ihrer Arbeit zu, als sei er nicht da.

8

Stand wieder vor dem Haus, glotzte, konnte nicht glauben, was er sah. Über Nacht waren die Bagger gekommen. Ein Kran, mit einer schweren Eisenkugel, die sich wieder und wieder in die Eingeweide des Hauses hämmerte. Das ächzte und schwankte, erbrach sich schließlich, erbrach Mauern und Fenster und Ziegel und Erinnerungen und alte Geheimnisse, die ihm, Quetsch, gehörten. Nicht den Männern in blauer Arbeitskluft, die mit Pickeln und Schaufeln auf das Haus einschlugen, als gälte es, die Verteidigungsanlagen einer feindlichen Burg zu brechen. Quetsch stürmte auf die Männer zu. Vergessen das Exerzitium der Langsamkeit. Er brüllte Worte in einer Sprache, die er nicht kannte, riss Pickel und Schaufeln aus verdutzten Händen, wollte das Haus mit seinem eigenen Leib schützen. Ein Hüne von Mann stellte sich ihm in den Weg, Quetsch sah die Kante einer Schaufel, blockte sie mit der gesunden Schulter ab. Dann rannte er die Straße hinab, so schnell wie selbst in schlanken Jugendtagen nicht. Bog in einen Hof ein. Ein Schuppen, wie damals, ein Hund an der Kette, auch wie damals, vermutlich ein anderer, ist doch egal. Die Mauer dahinter, die zählte. Wenn alles noch wie früher war, reichte die Kette des Hundes nicht. Quetsch sprang, klammerte sich mit den Fingern an die Kante, musste dem Unterschied Anerkennung zollen, fünfzig Kilogramm mehr drüberzuhieven als vor Jahren. Ließ sich auf der Mauerkrone nach unten fallen, landete schwer auf dem Hintern. Aufrappeln, weiterrennen. Durch das Gemüsebeet, in dem heute ein Gewächshaus stand, durch eine runde Gartentür in römischem Stil, die es damals nicht gegeben hatte. Nochmals nach rechts, über einen Jägerzaun, der kein Hindernis war, und Quetsch stand vor der Rückseite seines Hauses. Hier waren die Fenster schwarz und blind, Brennnesseln rankten in die Höhe. Durch die schlug er sich zu einer niedrigen Kellertür. Verschlossen, er warf sich dagegen. Holz splitterte, nochmals und nochmals, dann war der Weg frei. Quetsch stürmte ins Haus. Über ihm rammte sich die Eisenkugel durchs Gebälk. Die Treppe hoch, an Rehms Wohnung vorbei. Am Haken vor der Tür das Schild, das ihm einen Schock versetzte. Von seiner Mutter angebracht, als sie einzog, in der Hoffnung, endlich Frieden zu finden. *Madeleine Quetsch.*

Liebevoll nahm es Quetsch ab. Drückte die Klinke der Tür hinab. Verschlossen. Ein Brausen in der Luft, das hässliche Bersten von Stein, das Zersplittern von Holz. Quetsch warf sich auf dem Boden, die Eisenkugel zog dicht über seinem Kopf ihre zerstörerische Bahn. Sein Schrei verhallte ungehört im donnernden Einbruch des Dachstuhls. Die Kugel kam zurück, Quetsch blinzelte durch Staub und Rauch: Wo die Tür gewesen war, sah er einen zersplitternden Rahmen. Der Weg war frei. Keinen Augenblick zu verlieren. Sprang auf die Beine, ein paar Schritte, und er stand, wo er nicht geglaubt hatte, jemals wieder zu stehen.

Um ihn Staub und Dreck, er sah ihn nicht. Draußen das Lärmen der Baumaschinen, er nahm es nicht wahr. Uhren hörten auf zu ticken. Er, Quetsch, dessen Kindheit und Jugend so jäh geendet hatte, fand sich plötzlich in einem Netz der Erinnerungen wieder. Erinnerungen, die er all die Jahre nie zugelassen hatte. Es gab immer einen Grund, vor ihnen davonzulaufen, zu arbeiten, zu schreiben, sich zu betrinken. Aber nun. Nun sah er in der Ecke den Schaukelstuhl seiner Mutter, er wiegte sich leise, als sei sie gerade aufgestanden, um in die Küche zu gehen: Willst du etwas essen, mein Kleiner, ich habe Mandelkuchen gebacken, willst du ein Stück? Und der Kleine, der damals schon eineinhalb Zentner auf die Waage brachte, oh ja, der wollte, wollte immer, und sie bat ihn, das Radio auf ihren Lieblingssender einzustellen oder ihr vorzulesen. Was er tat, zu ihren Füßen sitzend, den Mund voller Mandeln, Marzipan und süßem Teig, und so las er ihr die Geschichten aus seinen Lieblingsbüchern vor. Karl May, der sich so trefflich an Orte träumen konnte, die er nie gesehen hatte ... Karl May war seine Erlösung, Old Firehand, der Schütze, der nie fehlte, sein Lieblingsheld. Alles lange her, alles schon gar nicht mehr wahr, und doch, wie durch Zauberhand, aus einer längst vergangenen Zeit ins Heute gerückt, der schaukelnde Stuhl, der knarrende Boden, nur das aufkommende Brausen in der Luft störte. Quetsch ignorierte es, näherte sich Schritt für Schritt dem Schaukelstuhl, der ihm süße Erinnerung und gnädiges Vergessen versprach. Ein Wind, der anhob, um Sturm, um Orkan zu werden, ein Prasseln wie Peitschenhiebe auf nackter Haut, und dann Schreie, gellende Schreie, woher kamen die, es war doch niemand hier, und als es ihm klar wurde, es war das Haus, das schrie, während man seine Knochen brach, war es schon fast zu spät. Die Eisenkugel erschien aus dem Nirgendwo, zerschlug seine Träume, pulverisierte den Schaukelstuhl, änderte ihre Bahn und schwang Quetsch entgegen, wie eine tödliche Glocke, zu spät für ein letztes Gebet ...

denn dein ist das Reich

... Quetschs Gesichtsfeld erfüllt von kreischendem Metall ...

und die Kraft

... so muss es gewesen sein, als sie vom Lastwagen ...

und die Herrlichkeit

... die Aussichtslosigkeit des letzten Moments ...

in Ewigkeit

und ein Lebenswille, den er so noch nie gespürt hatte, warf ihn zu Boden. Dann schlug die eiserne Faust zu, und alles um Quetsch wurde zu einem Brei aus verschluckten Bildern und Tönen, Gerüchen, Hitze und Staub. Und die eiserne Faust fraß alles, fraß selbst das letzte Amen.

Was er danach sah, war Dunkelheit. Was er spürte, war Kälte. Was er dachte, war typisch für Quetsch: Haben sie geschwindelt, die Pfaffen. Weder Flammen noch jubilierende Engel. Statt dessen ein Meer aus Nichts.

Wellen. Weshalb lag er im Wasser? An welche Gestaden hatte es ihn gespült, an welches Ufer getrieben? Das Wasser war klebrig, warm. Und danach wieder das Nichts. Um ihn war so viel von diesem Nichts.

Ein Gedanke. Wie die Spitze eines Bohrers, der sich in Betonwände frisst. Langsam, stetig, mit hässlichem Geräusch, zunächst nur ein kleines Loch, doch groß genug, dass Licht einfallen konnte. Licht, Licht, und mit ihm der Gedanke: Du musst deine Aufgabe erfüllen. Das erheiterte ihn. Er, Quetsch, der seit Jahren allen Aufgaben aus dem Weg ging, zog sich an diesem Gedanken aus stockfinsterer Nacht? Nein. Das war lächerlich. Und damit ließ er sich wieder zurücksinken in das Dunkel, das ihn gnädig aufnahm. Und er nahm das Gefühl mit, dieses Mal würde die Nacht für immer sein.

Auf einmal sah er sich selbst, sah sich auf dem Boden liegen in seinem Blut, zusammengekrümmt, eine große, massige Gestalt, wie eine Kugel, schwarz war die, und eine Zahl stand auf ihr, acht.

Jemand sagte: »Ich kann das nicht«, aber eine andere Stimme sagte: »Es ist ganz leicht. Sie müssen einfach dran glauben.«

Maria. Sie stieß ihr Queue über den Tisch, rammte es in seine Seite, und er sah sich selbst. Quetsch, die Billardkugel, die schwarze Acht, knallte gegen die Bande, hoppla, das tut weh, und dann ging es gegen die anderen Kugeln, die auch alle Quetsch waren, die rote Fünf und die blaue Drei und darüber die raue Stimme von Pete Townshend:

»He plays by intuition. The digit counter fall. That deaf dumb and blind kid sure plays a mean pinball.«

Und Quetsch, die schwarze Acht, rollte auf ein Loch in der Ecke des Tisches zu und fiel hinein. Fiel durch einen engen Schacht, nahm seinen Weg durch die Eingeweide des Billardtischs, und er wusste, wenn er jemals da unten ankam, wo die anderen Kugeln ruhten, würde es das Ende sein. Da waren Gänge und Stollen, durch die er rollte, sprang und kullerte, und die Billardkugel fand daran so viel Spaß, dass er sie lachen hörte, lauthals lachen hörte, sein eigenes Lachen dröhnte ihm in den Ohren, haben denn Billardkugeln Ohren?, und dann konnte er sein Lachen sogar sehen, wie es sich vor ihm verbeugte, das wurde ja immer seltsamer, und dieses Lachen berührte ihn, schüttelte ihn, er fuhr auf.

Fuhr auf aus der Lache aus Blut, noch immer schallend lachend, und sah in das Gesicht, das ihn anstarrte wie ein Gespenst. Quetschs Lachen erstarb so schnell, wie die Schmerzen kamen.

»Also wirklich«, sagte Karl-Heinz Wegner. »Ihren Humor, den hätte ich gern.«

Wie er in Wegners Haus gekommen war, konnte er später nicht mehr sagen. Das blitzte und blinkte vor krankhafter Sauberkeit. Quetsch schien es, als schufte hier der Meister Proper persönlich. Wegner verarztete ihn.

»Bin bei den Rettungssanitätern. Sie glauben nicht, wie viel halbtote Unfallopfer ich schon verbunden habe«, sagte er.

Daraufhin herrschte betretenes Schweigen, und als Quetsch glaubte, er platze gleich, drückte Wegner ein »Entschuldigung« über die Lippen. Lange saßen sie da, zwei Menschen, die das Schicksal aneinandergekettet hatte, ohne zu fragen, ob sie das auch wollten. Als Quetsch das Schweigen nicht mehr aushielt, fragte er: »Sie haben nicht zufällig was zum Essen im Haus?«

Wegner schaute ihn erstaunt an, murmelte etwas von »Aufschnitt im Kühlschrank« und ging in die Küche. Quetsch hörte ihn rumoren, sah ihn mit einem kleinen Teller Käse zurückkehren. Quetsch schüttelte den Kopf, und Wegner begriff. »Fehlt die Frau im Haus«, sagte er. Und wie entschuldigend: »Eine, die sehen kann.«

Setzte sich wieder, die Hände kneteten unablässig die Knie, der Rücken war durchgedrückt, jeder Muskel, jede Sehne zum Zerreißen gespannt. Ein Zittern ums Kinn.

»Sie haben Blut verloren«, sagte Wegner mit gepresster Stimme, »sollten eigentlich ins Krankenhaus. Sicher wieder ein Riesenquatsch, den ich da anstelle. Wie alles, was ich tue.«

Quetsch sagte nichts. Da saß er dem Mann gegenüber, der seine Mutter auf dem Gewissen hatte, und schaffte es nicht, ihn zu hassen. Wie sehr er sich auch bemühte – er spürte nur eine große Traurigkeit, eine enorme traurige Erschöpfung. Und das war das Letzte, was er wahrnahm.

Quetsch erwachte in einem fremden Bett, über sich ein Gesicht, das er noch nie gesehen hatte. Es strahlte ihn an: »Sie sind wach? Das wird den Herrn Doktor aber freuen.« Dann verschwand es. Quetsch träumte wieder weg, hörte kurze Zeit später eine Stimme, die er kannte. Er sah sich um. Das war nicht Bracks Dorfpraxis. Ein großes Zimmer, geschmackvoll eingerichtet. Teures Holz und Marmor. Brack trat ein.

»Sie werde ich wohl nie los.« Er setzte sich zu Quetsch auf den Bettrand. »Wie geht's Ihnen?«

Quetsch betastete seinen Bauch. »Hunger«, antwortete er.

»Schwester Agnes«, sagte Brack, »bringen Sie dem Patienten was zu essen. Und sonst?«

»Eine Dampfwalze hat mich überfahren.«

»Wenn Sie so weitermachen, kommen Sie in ein medizinisches Fachbuch, als Anschauungsobjekt.«

»Ich muss also sterben?«, fragte Quetsch.

»Heute nicht«, sagte Brack, und in seiner Stimme lag Zorn, aber auch Furcht. »Für morgen lege ich meine Hand nicht ins Feuer.«

Damit ließ er ihn zurück. Agnes brachte Schleimsuppe, und Quetsch schickte sie weg mit dem klaren Auftrag, Bratwürste, Senf, Schwarzbrot und Bier zu besorgen. Ließ sich in die Kissen sinken, dachte nach. Dann lenkte ihn köstlicher Duft ab.

»Schleimsuppe ist nicht meine Sache«, sagte er zu Agnes. »Ich steh auf Handfestes.«

»Da haben wir ja was gemeinsam«, antwortete sie augenzwinkernd.

Quetsch biss in eine Bratwurst, ignorierte das Jammern seines Kiefers. Nahm einen Schluck Bier, bevor er die Frage stellte: »Wie komm ich in dieses Bett?«

Agnes sah ihn belustigt an. »Der verrückte Wegner hat Sie reingeschleppt. Das war vielleicht ein Bild.«

»Der verrückte Wegner?«

»So heißt der bei uns. Ist bei den Sanis. Ich darf das ja nicht sagen, aber der übertreibt's gewaltig. Ist irgendwo ein Unfall – und hier ist immer irgendwo ein Unfall –, steht er als Erster auf der Matte. Versucht selbst dann noch Wiederbelebung, wenn alles schon zu spät ist. Ein Lebensrettungsfanatiker ist der. Wissen Sie, was das Beste ist?«

Quetsch schüttelte stumm den Kopf. Nein, er wusste nicht, was das Beste ist.

»Wenn einer umkommt auf der Straße, dann stellt der Wegner ein Kreuz auf. Mit so Lichtlein davor, na Sie wissen schon, so ewige Lampen. Von hundert Kreuzen hier im Gäu sind die meisten von ihm. Bei dem ist echt was ausgetickt.«

»Du weißt ja gar nicht, wie recht du hast«, dachte Quetsch, aber laut sagte er: »Und das hier? Ich dachte, Herr Brack ist ein einfacher Landarzt?«

Sie zwinkerte ihm mit einer verschwörerischen Geste zu. »Normalerweise kommt einer wie Sie hier nicht rein. Nur Leute mit 'nem Geldscheißer. Doktor Bracks Donau-Klinik ist für die großen Nasen reserviert.«

»Wie kommt er denn zu diesem Palast?«

»Ehrgeiz. Beziehungen. Finanziert hat's der Reichert.«

»Der gute Mensch von Schilberg«, seufzte Quetsch.

»Werf ich dir einen Stein in den Garten«, sagte Agnes, »wirfst du mir auch einen. Da er immer zuerst wirft, stehen alle in seiner Schuld.«

»Klingt ja wie ›Der Pate‹«, sagte Quetsch und schälte sich aus den Kissen.

»Was machen Sie da?«, wollte Agnes wissen.

»Dringende Geschäfte.« Sah an sich herab. Trug ein kurzes Nachthemd, das kaum sein Geschlecht verdeckte. Agnes lächelte mit der Miene der verkannten Kennerin.

»Wo sind meine Kleider?«, fragte er.

»Im Müll«, antwortete sie. Ließ die Augen nicht vom Hemdsaum.

Quetsch mit dem Gefühl, dass die Zeit im Kreis gegangen war. Keine Kleider, und er mal wieder im Büßerhemd.

»Da steck ich ganz schön in der Klemme«, sagte er. »Oder helfen Sie mir?«

»Warum sollte ich«, antwortete sie. Ging trotzdem nach draußen, kam kurze Zeit später mit einem Armvoll Hemden, Hosen, Socken und Unterwäsche. »Von der Caritas. Spenden für die Asylanten.«

»Warum bringen die Leute ihre Sachen nicht selbst dort vorbei?«, fragte Quetsch. Wühlte sich durch den Stoffberg, fand genug Auswahl in seiner Größe. Es gab auch andere gute Esser in Schilberg.

»Spenden ja«, sagte Agnes. »Kontakte nein.«

»Reinster Ablass«, murrte Quetsch. »Damit wäscht sich die schwarze Seele nicht rein. Wie sehe ich aus?«

»Furchtbar«.

Quetsch nickte. Was er vorhatte, war Wahnsinn. Jeder Knochen in seinem Körper schmerzte. Wie kam er darauf, plötzlich den Helden spielen zu wollen?

Stand zum dritten Mal vor dem Haus. Viel übrig war nicht, die Abrissbirne hatte ganze Arbeit geleistet. Jetzt, bei Nacht, glotzte die durchlöcherte Außenwand wie ein Gespenst auf ihn herab. Quetsch spürte, die Seele hatte dieses Haus verlassen. Er konnte nur noch eines tun. Marschierte über die Straße, trat ein. Die Treppe ein Torso, konnte jederzeit unter ihm zusammenbrechen. Es kümmerte ihn nicht. Irgendwie schaffte er es nach oben in die Wohnung. Wo der Schaukelstuhl gestanden hatte, gähnte ein Loch im Boden. Quetsch kniete sich nieder, tastete mit der Hand die Ränder entlang. Stieß auf einen harten Gegenstand. Es kostete ihn einige Anstrengung, die kleine Metalldose aus dem zersplitterten Holz zu ziehen. Endlich hielt er sie in den Händen – eine blaue Dose mit geschnörkelter Aufschrift: »Weltspartag 1962« stand darauf. Quetsch steckte sie in die Tasche und machte sich aus dem Staub.

Die Tür zum »Gasthaus zur Rose« stand offen, aber keine schummrige Lampe leuchtete, und keine Sabine wartete mit einem Lächeln. Mit dem Eifer des Liebenden tapste Quetsch die Treppen hoch zu dem Zimmer, in dem er und sie – war es heute gewesen oder gestern oder schon vor Tagen, Wochen, Monaten? – dieses Spiel gespielt hatten, welches die Welt draußen zu einem Nichts schrumpfen lässt und die Welt drinnen zum Mittelpunkt des Universums macht. Im Bett die Laken und Kissen so exakt geglättet, wie man das nur im Schwäbischen findet. Auf dem Kissen, mittig, ein Brief. Darauf stand mit feiner Handschrift: »Für Quetsch«.

Quetsch nahm den Umschlag, öffnete ihn. Ein Zettel fiel heraus: »Schön war's mit dir. Trotz allem. Mach's besser. Sabine.«

Quetsch ließ sich aufs Bett fallen. Dieser Ort schnürte ihm die Luft ab. Er holte die Blechdose aus seiner Hosentasche, hielt sie unschlüssig in der Hand. Die Büchse der Pandora wollte geöffnet werden. Zwei Fingernägel brachen, bis er den Rost an den Rändern weggekratzt hatte. Er hob den Deckel. Drinnen steckte Papier. Zog es heraus, entfaltete es vorsichtig. Wasser- und Schimmelflecken. Trotzdem gut lesbar. Die ersten Worte brannten sich in sein Hirn:

Deutsches Reich.

Darunter: Der Reichsadler.

Darunter: Ein Hakenkreuz.

Darunter: Zahlen. Namen. Photos.

Quetsch hörte Schritte, einen Fluch, stopfte das Papier zurück in die Dose, sah den Revolver, das verschwollene Gesicht von Matze Merzenich. Ein ohrenbetäubender Knall. Quetsch spürte einen Luftzug, ein Brennen neben seinem Kopf. Die Kugel schlug hinter ihm in die Wand.

»Die Nächste lässt dir die Luft raus, Fettsack.« Merzenichs Gesicht wutverzerrt, seine Stimme gepresst.

Quetsch sah aufgeplatzte Lippen und eine Nase, deren Unförmigkeit ihn ekelte.

»Gehen so alte Schulkameraden miteinander um?«, fragte er.

Wieder die falschen Worte, die Antwort kam postwendend. Erneut der Knall. Dieses Mal ritzte die Kugel seine Haut. Quetsch schrie auf, mehr aus Schreck.

»Ich an deiner Stelle würde ganz lieb sein.« Die Schüsse hatten bei Merzenich Druck abgebaut. Seine Stimme war ruhig. »Seit zehn Jahren bin ich Schützenkönig von Schilberg. Solltest du vielleicht wissen. Will ich einen Streifschuss, kriegst du einen. Will ich dir die Eier abschießen, auch kein Problem. Wenn ich dir jetzt also sage, wir beide gehen nach unten und du machst keine Fisimatenten, was wird Fettsack dann antworten?«

»Dass du die Hände hochnimmst!« Es war nicht die Stimme von Quetsch. Hinter Merzenich sah er die Silhouette von Sabine. Merzenich ließ die Waffe fallen und hob die Arme.

Ihre Stimme war schrill: »Mein Auto steht unten.«

Quetsch schob sich an Merzenich vorbei, der keinen Blick von Sabine ließ. Draußen ein kleiner, nachtblauer Peugeot mit laufendem Motor. Quetsch kletterte hinein. Sabine kam ihm nach, stieg ein, fuhr los. Niemand folgte ihnen.

»Was hast du vor?«

»Dich in der Stadt abliefern. Mich aus dem Staub machen.«

»Wozu die Mühe?«

»Weil ... weil ...«, sie sah ihn von der Seite an. »Ach, verdammt. Weil du es mir wert bist.«

Quetsch sah grüne Wiesen vorbeifliegen, später Industrieflächen, Tennishallen, Autofriedhöfe. Das hier war reinstes Amateurtheater, eine miserable Vorstellung, selbst für ihn, abgehärtet in der Berichterstattung zahlloser Laienschauspiele. Also schwieg er bis Stuttgart. Als er aus dem Auto stieg, küsste Sabine ihn auf die Wange. Quetsch sah ihr nicht nach, steuerte statt dessen die nächste Konditorei an, legte einen Fünfziger auf den Tisch und bedeutete der erstaunten Verkäuferin, wahllos einzupacken, was ihr in die Hände kam. Draußen riss er die Tüte auf und nannte das erste Teilchen, in das er biss, Sabine.

9

Quetsch wälzte sich im Bett. Im Bauch einen Stein, ach was, einen Findling. Die Augen quollen aus den Höhlen, seine Haut war übersät mit Pusteln. Er stand auf, ging ins Bad. Fand, was er brauchte, und machte sich ans Werk.

Es fiel Quetsch leicht, die Festung Elisabethen-Hospital zu nehmen. Sein sehenswerter Turban erlaubte es dem bedauernswerten Unfallopfer, ungestört durch das Labyrinth der Gänge zu spazieren. Sein Orientierungssinn führte ihn, ohne zu irren, zum Zimmer 1823. Er öffnete die Tür. Der große, muskulöse Mann, der über das Bett von Janko Kravic gebeugt war, fuhr erschrocken auf. Quetsch erkannte sofort das Gesicht mit den toten Augen wieder. Und das Gesicht erkannte ihn. Der Mann hob abwehrend eine Hand. Quetsch tat es ihm nach. Ein absurder Anblick. Zwei Männer, zwei Hände gehoben, Handflächen einander zugewandt, und doch, in den Zeiten der Sprachverwirrung, ein Zeichen. Quetsch trat langsam an das Bett. Janko Kravics Kopf zuckte wie unter ständigen Stromschlägen. Aus dem Mund floss ein dünnes Rinnsal gelben Speichels, den der Mann mit den toten Augen geduldig mit einem Tuch abtupfte. Quetsch sah, wie er das Tuch zwischen die Stummeln seiner Finger klemmte.

»Ich habe Handball gespielt«, sagte der Mann. »Für mein Land.«

Die Hand mit dem Tuch begann zu zittern. Quetsch spürte die Augen des anderen auf ihm. Er entdeckte einen Schimmer, wo andere nichts als Leere gesehen hätten. Kramte all sein Wissen über Handball aus der Zeit zusammen, als er in Castrop-Rauxel ein paar Wochen den Sportreporter gegeben hatte. Wie hatte das Blatt geheißen? Die Frühpost, richtig. Der Höhepunkt seines Schaffens war das Aufstiegsspiel der Damen-Kegelmannschaft in die zweite Bundesliga gewesen.

GUT HOLZ – KEGELDAMEN RÄUMEN AB hatte er getitelt, und die Spielführerin hatte ihm private Nachhilfe gegeben. Dann kam ihr Mann von der Auslandsmontage zurück, und Quetsch war weitergezogen. Geblieben waren angenehme Erinnerungen an Spiele, die sie »Abräumen« und »Große Hausnummer« nannte, und sein Halbwissen über Dinge, die ansonsten nicht in sein Leben passten. Wie Kegeln. Wie Leichtathletik. Wie Handball.

Die Hand mit dem Tuch zitterte stärker. Als der Mann den Mund öffnete, schien seine Sprache zu schwimmen wie Öl auf Wasser.

»Gehe nach Kiel. Nach Kiel, ja, nach Kiel, haben sie gesagt.«

»Aber sicher«, antwortete Quetsch. »Deutscher Meister, Champions-League-Gewinner. Da spielen die Besten der Besten.«

»Gaben mir Vertrag. Guter Vertrag. Hier!« Er zog mit Mühe einen Fetzen Papier aus der Hosentasche, reichte ihn Quetsch.

Quetsch konnte einige Worte entziffern: SPIELERVERTRAG ... ZWISCHEN ... Mehr war nicht mehr zu lesen. »Den solltest du besser gut aufheben«, sagte er vorsichtig. Gab das Papier zurück, sah, wie die verkrüppelten Finger darüberstrichen, es mühsam falteten, zurück in die Tasche schoben. »Kiel«, sagte der Mann.

Er starrte auf seine Hände, groß wie Teller und völlig nutzlos.

Quetsch erschrak, als der Mann sich plötzlich damit gegen die Stirn schlug, abwechselnd, links, rechts, in langsamem Rhythmus, aber mit Urgewalt. So abrupt er begonnen hatte, hörte er wieder auf.

Quetsch spürte Schweiß auf der Stirn. »Wie heißt du?«, fragte er. Der Mann schwieg. Quetsch wiederholte die Frage. Begann in Gedanken zu zählen, um seine Ungeduld zu zähmen. Als er bei dreiundfünfzig war, hörte er ein geflüstertes: »Sinischa Kravic.«

»Sinischa, warum bist du auf mich los?«, fragte Quetsch und zählte.

Dreiundzwanzig. Die Antwort. »Männer kamen.«

»Was für Männer? Was wollten sie?« Dieses Mal musste er bis einhundertdrei zählen. »Schlagen. Wollten Sinischa schlagen.«

»Aber, aber«, flüsterte Quetsch. »Ein Kerl wie du. Wollten die Männer ...«

Die Tür öffnete sich, herein schlurfte ein junger Mann im weißen Kittel, ein Gestell mit Eimer, Schrubber und Besen vor sich herschiebend. Brackiges Wasser spritzte auf den Boden. War schon wieder an der Tür, als Quetsch reagierte. »He! Was soll das?«

Über das Gesicht des Jungen huschte ein Schleier aus Verdruss. Er gähnte.

»Was soll was? Draußen ist kein Platz für das Geraffel.«

Quetsch protestierte. »Das ist ein Krankenzimmer. Keine Abstellkammer.«

»Wen juckt's«, murrte der Junge. Zog die Worte wie Kaugummi. »Der hier spürt nichts mehr.« Die Tür schlug hinter ihm zu. Quetsch spürte Zorn in sich aufsteigen. Eine Hand ohne Finger legte sich auf seine Schultern. Er fuhr herum. Sinischa stand vor ihm.

»Mit vier Jahren habe ich angefangen, Handball zu spielen«, flüsterte er. »In Osjiek. Dünn war ich damals, aber flink, man bemerkte mich. Später Zagreb, Belgrad, wir wurden jugoslawischer Meister. Dann Europapokalsieger, das Land jubelte. Serben, Kroaten, Slowenen, Bosnier, alle. Aber Männer brachten Krieg. Vater sagte, geh ins Ausland, Spanien, Deutschland. Ich blieb.«

Quetsch schwieg. Die Hand ohne Finger lag auf seiner Schulter.

»Kennst du Jo Deckarm?«, fragte Sinischa. »Bester Handballspieler der Welt. Am Tag meiner Geburt, am 30. März 1979, spielte er in Ungarn. Europacup der Landesmeister, gegen Banyasz Tatabanya. Kein Gegner für Gummersbach, im Hinspiel hat Deckarm die Ungarn allein besiegt. In der 23. Minute, um 17.15 Uhr – das ist meine Geburtsminute – stieß er mit einem Gegenspieler zusammen, Lajos Panovics. Deckarm knallte mit dem Kopf auf den Betonboden.«

Sinischa keuchte, als hätte er selbst ein anstrengendes Handballspiel hinter sich gebracht.

»Doppelter Schädelbasisbruch. Hirnhautriss. Schädel-Hirn-Trauma. Jo Deckarm lag 132 Tage im Koma. Ist danach gelähmt, kann nicht essen, nicht sprechen, kann gar nichts. Es war kein Krieg in der Sporthalle. Es war ein Unfall.«

Quetsch kam es vor, als sei die Welt auf einen kleinen Kern geschrumpft. Nur Sinischa, er und Janko, dessen ununterbrochener Speichelfluss das Laken nässte.

»Trotzdem hatte er Glück«, sagte Sinischa. »Weißt du, wieso?«

Quetsch schüttelte den Kopf. Wo war hier Glück?

»Deckarm hatte einen Freund. Sein Jugendtrainer. Werner Hürter. Der half ihm, gehen, essen, sprechen und schreiben zu lernen. Es dauerte dreizehn Jahre lang. Dreizehn Jahre hat er mit Jo trainiert, jeden Tag. Bis er selbst starb. Das ist ein Freund. Hast du einen?«

Quetsch fühlte sich immer unwohler. Hatte er Freunde? Kerem vielleicht, auch einer ohne Finger, und Mekata. Zwei Türken, er wusste kaum etwas von ihrem Leben. Wurde aufgenommen, zahlte schon lange nichts mehr, nahm die Gastfreundschaft wie selbstverständlich an. Vielleicht waren sie seine Freunde, aber war er ihr Freund? Quetsch biss die Zähne zusammen, dass es knirschte.

»Ich hatte einen«, sagte Sinischa. »Wir spielten zusammen. Bei Auswärtsspielen und im Trainingslager teilten wir ein Zimmer, und einmal, nach einer Siegesfeier, sogar eine Frau. Ich im Rückraum, er am Kreis. Du verstehst nichts vom Handball, aber da braucht man blindes Vertrauen. Das hatte ich zu ihm. Blindes Vertrauen.«

Sinischa streckte seine Hände aus. Quetsch fiel auf, dass die Stummel unterschiedlich lang waren, die Schnittflächen schräg.

»Als die Männer kamen«, sagte Sinischa, »waren sie vermummt, aber ihn habe ich trotzdem erkannt. Blindes Vertrauen. Ich frage dich: Ist es besser, wenn dein Leben von einem unbekanntem Lajos Panovics zerstört wird oder von deinem besten Freund?«

Quetsch fühlte sich in die Enge getrieben, hatte die Worte verloren.

»Ich will, ich kann, ich muss!« Sinischa flüsterte wieder, und Quetsch hatte Mühe, ihn zu verstehen. »Das hat Werner Hürter zu Jo gesagt, dreizehn Jahre lang. Ich will! Ich kann! Ich muss! Das ist in meinem Kopf: Ich will, ich kann, ich muss.«

Von Janko Kravic kam ein gurgelndes Geräusch. Gelber Schleim troff ihm aus Mund und Nase. Sinischa beugte sich über das Bett, und tupfte ihm mit dem Tuch das Gesicht ab.

»Wir leben in Angst. Mein Vater hat etwas gesehen, was er nicht sehen sollte. Auch bei euch ist Krieg. Von diesem Morgen an kamen die Männer. Wir glaubten, du bist einer von ihnen. Deshalb habe ich dich geschlagen.«

Sinischa drehte Quetsch den Rücken zu, als er sich über seinen Vater beugte. »Jo Deckarm studierte Mathematik und Sport, ich auch. Am Tag seines Unfalls war er fünfundzwanzig Jahre alt – wie ich, als mir mein Freund die Finger abschnitt. Glaubst du, das hat was zu bedeuten?«

10

Die Welt draußen war noch nie so schön gewesen. Aus dem Elisabethen-Hospital stürmend riss sich Quetsch vor den verblüfften Augen der Passanten den Turban herab. Hatte das Gefühl, feiern zu müssen, dass er lebte, vielleicht zu viel Fett am Leib trug, aber ansonsten ohne Blessuren war – hatte es das Leben nicht gut mit ihm gemeint? Musste er nicht dankbar sein? Und wenn nicht dankbar, dann eben undankbar fröhlich? Zum Danken braucht es einen Empfänger, feiern konnte er allein. Er überquerte den Kleinen Schlossplatz und sah die Arkaden des Königsbaus im Schein der Abendsonne aufleuchten. Beim Durchpflügen des Mahlstroms der Einkaufswütigen auf der Königsstraße rempelte ihn jemand an. Quetsch blickte in ein Bubengesicht, stapfte hinüber zum Café vor dem gläsernen Würfel des Kunstmuseums, orderte ein Bier. Das Gewünschte kam prompt, der italienische Kellner knallte den Kassenbon auf den Tisch.

»Macht fünf achtzig.«

Quetsch tastete und erschrak. Seine Brieftasche und die Blechdose waren verschwunden. So schnell war er schon lange nicht mehr auf den Beinen gewesen. Stieß den Kellner zur Seite, stürzte sich ins Getümmel der Königsstraße, hatte dort ein junges Bubengesicht entdeckt, das mit großen Augen weitere Opfer ausspähte. Quetsch kam über ihn wie ein Gewitter.

»Schlawiner, Saubüble, gib mir mein Geldbeutel zurück«, schimpfte er, und wunderte sich, aus welchem vergessenen schwäbischen Schimpfwörtertopf er diese Ausdrücke schöpfte. Fuhr mit der Hand in die Jutetasche des Jungen, fand darin Brieftasche und Dose. Wie aus dem Nichts tauchten neben ihm der Kellner und ein Polizist auf.

»Thomas Brelag«, sagte der Polizist zu dem Buben. »Sieht aus wie fünfzehn, ist aber neunzehn. Diesmal bist du dran, du Ratte. Um wie viel hat er Sie erleichtert?«

Quetsch sah die flehende Bitte in dem Bubengesicht, schüttelte den Kopf. »War nur ein Irrtum«, murmelte er. Zog einen Zehner aus der Brieftasche, reichte ihn dem Kellner.

»Der Rest ist für Sie.«

»Kann ich gehen, ich kann doch gehen?« Thomas' Stimme klang hoch und unnatürlich, wie wenn man Lachgas verschluckt.

»Hau ab, Ratte!«, schimpfte der Polizist. »Und was Sie angeht, Sie Schlaumeier«, wandte er sich an Quetsch, »Nächstenliebe ist da fehl am Platz. Wenn wir uns den greifen, setzen wir ihn in den nächsten Flieger nach Albanien oder Taka-Tuka-Land oder wo immer der Knilch herkommt. Systemschmarotzer brauchen wir nicht.«

»Was soll das denn heißen?«, fragte Quetsch.

»Hier leben Leute, die hart arbeiten«, mischte sich der Italiener ein. »Scheißer wie der verderben das Geschäft.«

Quetsch zupfte an dem Geldschein, den der Italiener noch immer in der Hand hielt.

»Hab's mir anders überlegt«, brummte er. »Wer so hart arbeitet wie Sie, braucht kein Trinkgeld.«

Suchte in seiner Brieftasche nach Münzen, zählte umständlich fünf achtzig ab.

»Und wo finde ich jetzt den Landtag?«, fragte er den Polizisten. Der kniff ein Auge zusammen und Quetsch sah Rädchen, die sich drehten. Weil man nie wusste, wen man vor sich hat, deutete der Polizist in die Richtung jenseits des Parks. Quetsch machte sich auf den Weg.

Der Landtag war ein rechteckiger Klotz an einer der Hauptverkehrsadern der Stadt. Unablässig hämmerte das nie abreißende Band der Autos den Abgeordneten ein, woher der Reichtum des Landes kam. Entsprechend regierten sie. Fahren die Autos, geht's uns gut, fahren sie nicht, geht's uns schlecht. Wer in Stuttgart den Feinstaub geißelte, wurde auf dem Rathausplatz geteert und gefedert. Quetsch legte den Kopf in den Nacken, sah durch verglaste Fensterfronten Grün zwischen hässlichem Beton: Gummibäume, Zimmerpalmen, Bromelien. Der Portier ließ die Sportseite der Stuttgarter Nachrichten sinken, die er im Laufe der endlosen Tage auswendig lernte.

»Wann wird der VfB mal wieder Meister?«, fragte Quetsch freundlich. Der Portier verzog angewidert das Gesicht. Schob das Revers seiner Jacke beiseite, deutete auf das Abzeichen der Stuttgarter Kickers.

»Oha«, sagte Quetsch, »da haben Sie aber nichts zu lachen.«

»Awawa«, erwiderte der Portier, »’s goht uffwärts. Bald semma wieder oba. Was will er?«

Quetsch beugte sich vor. Die schwäbische Unart, Fremde in der dritten Person Singular anzusprechen, steigerte seinen Blutdruck. »Zu Doktor Reichert.«

»Net do.«

»Wo ist er?«

»Koi Ahnung.«

»Wann kommt er wieder?«

»Woiß i net.«

Quetsch schob sich noch weiter ins heilige Refugium des Portiers.

»Freundchen«, sagte er und wunderte sich, welchen Ton er anschlug, »so erlebst du die Glanzzeiten der Kickers aber nicht.«

Junge, Junge, was war nur in ihn gefahren?

»An mir hen scho viele vorbei wella«, erwiderte der Portier ungerührt. »I hock no do, do liegat Sie längst im Sarg, bei Ihrem Cholesterinspiegel.«

Er zauberte einen fettfreien Joghurt aus einer Schublade, schaufelte mit einem Plastiklöffel zwei Bissen hinunter, verstaute den Rest wieder.

»Mei Schicht dauert acht Stund. Äll Stund zwei Löffele. Macht sechzehn Löffele pro Schicht. Des isch so viel, wie Joghurt ins Becherle passt. Do glotzet Se, aber des isch schwäbische Disziplin.«

»Und wann ist Ihre Schicht vorbei?«

»In zwei Löffele.«

»Und dann?«

»No kommt die Ablösung.«

»Ich warte.«

»Von mir aus. Dohinte stehn Stühl.«

Quetsch setzte sich in Bewegung. Der Portier rief ihm nach. »Wellet Se d’ Zeitung? Steht eh nix Gscheids drin!«

Quetsch ergriff das Blatt. Ließ sich auf einen Stuhl fallen, blätterte sich durch zum Lokalteil. Ach, wie schön war diese Welt:

RENTNER BAUEN KLEINGARTENANLAGE.

NEBEN AUTOBAHN WACHSEN DIE BESTEN KRAUTKÖPFE.

SPANNER IN STÄDTISCHER SAUNA VON NEUNZIGJÄHRIGER VERJAGT.

Quetsch las jeden Artikel von vorne nach hinten und wieder zurück, schmunzelte über SCHMIDENER BAUER ZÜCHTET VIERECKIGE KARTOFFELN und erschrak über GUMMIBOOT IM NECKAR GEKENTERT: HUND VERMISST.

Als es nichts mehr zu lesen gab, blätterte er weiter. Sport und Kultur ließ er aus, Politik überschlug er. Im Wirtschaftsteil stieß er auf eine kurze Meldung, die ihm das Maul offenstehen ließ:

FEINDLICHE ÜBERNAHME DER WALDEN-WERKE?

Stehen die Walden-Werke vor einer feindlichen Übernahme? Der Marktführer von Feinwerktechnik und Waffensystemen kommt nicht aus den Schlagzeilen, seit ...

Der Rest war ein Tintenfleck. Quetsch erhob sich, stapfte zum Portier, hielt ihm das Blatt vors Gesicht.

»Was haben Sie da angerichtet?«, herrschte er ihn an.

»Tintenfass-Malheur. I han jetzt Feierobend!«

»Haben Sie denn keinen Computer?«

»Hab die letschta vierzig Johr koin braucht, un werd auch jetzt koin braucha. Grüß Gott zusamma.«

Damit packte er seine Aktentasche, zwängte sich an Quetsch vorbei.

»Wo ist die Ablösung?«, fragte Quetsch.

»Nach mir die Sintflut«, sagte der Portier, »mein Bus fährt siebenunddreißig. Den han i in vierzig Johr nit oinmal verpasst, und wär's au heit net. Sie solltet abnehma.«

»Sonnenklar«, murmelte Quetsch. Er wartete ab, bis der Portier verschwunden war, schob sich hinter die Loge. Eine in schwarzes Schweinsleder gebundene Kladde lag auf dem Tisch. Fein säuberlich in langen Spalten aufgelistet las er die

Namen der Abgeordneten, Uhrzeit ihres Erscheinens, Uhrzeit ihres Gehens. Hin und wieder stand hinter einer Eintragung in Klammern »in Begl. von«. Schlimmer als Schule, fand Quetsch, während sein Finger über die Namen strich. Er kannte keinen. Der Landtagsabgeordnete, das unbekannte Wesen. Er blätterte nach hinten, leckte sich die Lippen, als säße er vor einem Schwarzwälder Vesperbrett. Landtagsabgeordneter Dr. Diethelm Reichert verließ sein Büro erstaunlich häufig in Begleitung des Taschendiebs Thomas Brelag.

Obwohl die Geschäfte an der Königstraße geschlossen hatten, riss der Strom der Menschen nicht ab. Quetsch machte es sich wieder im Café gemütlich und beobachtete, wie die Stuttgarter durch die Kinomeile der Bolzstraße in Richtung Oper und Staatstheater strömten.

»Wer hart arbeitet«, dachte er, »darf auch fest feiern.«

Er trank sein Pils in einem Zug, bestellte ein zweites, entdeckte nirgendwo in der Menge das Bubengesicht von Thomas Brelag. Vom Nachbartisch prostete ihm eine Dame zu. Sie war für Quetschs Geschmack zu jung, zu auffällig geschminkt, zu freigiebig mit ihren Reizen. Höflich lächelte er zurück, schon saß sie an seinem Tisch.

»Hier noch frei?« Ihre Stimme war überraschend dunkel. »Ich bin so frei.«

Sie lächelte, Quetsch sah blendend weiße Zähne blitzen.

»Wortspiel, ich liebe Wortspiele, sie sind meine kleinen Lieblinge, was sind Ihre?«

»Frisches Pils«, antwortete Quetsch, und nahm dem Kellner seine Last ab.

»Frisches Pils, sehr komisch«, lachte die Frau überdreht. »Der Spruch des Abends!«

Sie beugte sich zu Quetsch, gönnte ihm einen Blick in den Ausschnitt.

»Ich mag Champagner, starke Männer und Wortspiele. Zum Beispiel, gibt's nicht gibt's nicht. Das ist auch mein Motto: Gibt's nicht gibt's nicht.«

Sie hob ihr Glas. »Im Schwäbischen heißt es: Trink dein Glas voll leer. Voll leer. So was sagt nur, wer ein wenig neben sich steht, habe ich Recht?«

Sie trank aus. »Bin betüttelt heute. Achten Sie nicht darauf. Übrigens, ich bin Deidre.«

Quetsch winkte den Kellner, bestellte Pils und Champagner. Als das Gewünschte kam, dankte ihm Deidre mit einem gehauchten Kuss auf die Wange. Leerte ihr Glas mit einem Zug.

»Also was ist«, fragte sie, »gibt's nicht gibt's nicht. Interessiert?«

Quetsch schüttelte den Kopf. »Bitte um Nachsicht«, sagte er, »aber ich steh nun mal nicht auf Transen.«

»Ooh«, protestierte Deidre, »einen scharfen Blick hast du ja. Auch schon mal genascht? Bei mir gibt's von allem nur das Beste.«

Quetsch schüttelte den Kopf. »Hoffentlich gehen die Geschäfte auch ohne mich gut?«

»Kann nicht klagen«, sagte Deidre. »War früher in Berlin, das ist nix gegen Stuttgart. Je verklemmter die Spacken, desto flotter der Rubel.«

Einer Eingebung folgend legte Quetsch ihr die Hand auf den Arm.

»So kleinere Jungs«, sagte er, »wo finde ich die?«

Deidre sah ihn an. »Jetzt bin ich aber enttäuscht«, sagte sie, »du bringst meine ganze Menschenkenntnis durcheinander. Hätte ich nicht von dir gedacht. Versuch's mal beim Hotel International.«

Sie erhob sich, warf Quetsch einen bedauernden Blick zu.

»Schad drum«, sagte sie. »Ich glaube, wir wären beide auf unsere Kosten gekommen.«

Es war halb zwölf, als Quetsch aufbrach. Die letzten Stunden hatte er grübelnd über seinem Bier verbracht. Ob er hätte ja sagen sollen? Ein Abenteuer wagen? Die Vorstellung, mit einem Kunstwesen ins Bett zu steigen, hatte etwas Verführerisches, und Quetsch kam zu dem Schluss, dass er langsam durchdrehte. Vor nicht allzu langer Zeit wäre ein solcher Gedanke nicht einmal in die Nähe seines Gehirns gelangt. Er schlenderte die Calwer Straße hoch, beobachtete junge Paare, die Händchen haltend durch Stuttgarts teuerste Einkaufsstraße bummelten und sich dabei unterhielten, ob das Kleid von Prada zum Anzug von Hugo Boss passte. Quetsch spürte einen Anflug von Neid; noch nie im Leben hatte er das Glück gehabt, mit der Dame seines Herzens durch eine nächtliche Stadt zu schweifen. Seine Liebschaften waren gehetzt. Sie immer in Furcht vor Entdeckung, er in Furcht vor Vereinnahmung. Was entspannte Liebe war, kannte er nicht.

Aus Cafés und Restaurants drang Musik und Lachen. Zwei Männer in Anzug und Krawatte kamen ihm entgegen. Quetsch hörte im Vorbeigehen: »... und der Blödmann hatte keine Ahnung, dass ihm die Firma zu dem Zeitpunkt gar nicht mehr gehörte.« Am Ende der Straße mischten sich die Gäste des japanischen Sushi-Restaurants mit denen des Biergartens gegenüber. Sushimi versus Schweinshaxen, grüner Tee gegen Bier in Maßkrügen. Quetsch kämpfte sich durchs Getümmel, winkte nach einem Taxi, gab das Hotel International als Ziel an. Wieder der abschätzende Blick eines Taxifahrers, die hatten das wohl abgesprochen, und der kundige Griff in die Schublade.

»Wie ein Fünf-Sterne-Gast sehet Sie aber net aus.«

Quetsch schwieg beleidigt. Die roten Laternen des Bohnenviertels leuchteten herüber, wo spendable Automanager mit kostspieligen Damen für hohe Betriebsausgaben sorgten. Das Taxi bog in die protzige Kunstmeile ein.

»Landesbibliothek, Musikhochschule, Staatsgalerie«, sagte der Taxifahrer. »Da könnet andere nur glotza. Wenn erscht die Jahrhundertbibliothek schtoht und Stuttgart 21 fertig isch – und des kommt, mein Lieber, des kommt – und mir dann dr Flughafen ausbauet, kennet Se die Hauptschtadt von Berlin rumverlegen. Die Asche kommt schließlich auch von hier.« Er äugte in den Rückspiegel. »Zahlmeister der Nation, des sind mir. Also, soll i vorm oder hinterm Hotel halte? Nix für ungut, aber i kenn meine Pappenheimer.«

»Dahinter«, sagte Quetsch. Der Diesel bog vor dem Hotel ab. Die schmalen Nebenstraßen lagen im Dunkel, waren aber belebt. Quetsch sah Männer, die immer wieder kurz aus dem Schatten der Häuser traten. Der Wagen vor ihm hielt, ein junger Mann in Bomberjacke beugte sich hinein. Offenbar wurde man handelseinig. Quetsch streckte einen zusammengerollten Fünfziger nach vorne. Der Taxifahrer nahm ihn und grinste.

»Da hätte ich noch ’n Tipp, Chef. Die Knackigsten stehn am Hintereingang vom Hotel. Des isch nämlich praktisch. Un mir in Stuttgart hen’s gern praktisch.«

»Schon gut. Halten Sie an.«

Quetsch stieg aus. Das Geschwätz ging ihm auf die Nerven. Er zuckte zusammen, als sich eine Hand auf seine Schulter legte. Er hatte den Mann gar nicht kommen hören. Sah ein schmales Gesicht, dunkle Augen, ein Stirnband bändigte lange Haare.

»Willst du eine schöne Nacht?«, flüsterte er Quetsch ins Ohr. »Hart oder zart, bei mir kriegst du beides.«

Quetsch zögerte. Der junge Mann sah ihn durchdringend an. »Du bist neu«, sagte er. »Hab dich noch nie gesehen. Wo kommst du her?«

»Berlin«, antwortete Quetsch.

Der junge Mann lachte.

»Krass«, sagte er. »Vor ein paar Jahren sind alle hin, jetzt kommen sie wieder zurück. Doch nicht so der Hammer, oder?«

»Totale Provinz«, sagte Quetsch leichthin. »Kein Vergleich mit Stuttgart.«

»Hab ich’s nicht immer gesagt?« Der junge Mann war begeistert. »Hier spielt die Musik. Die Preußen wissen gar nicht, was Party ist. Also was ist, Auto, Park oder Hotel? Ehrlich gesagt, Hotel wäre mir lieber, das andere hatte ich schon.«

Quetsch nahm einen Geldschein aus der Tasche. »Ich suche Thomas Brelag«, sagte er.

Der junge Mann zuckte zurück. Sein Gesicht verzerrte sich, der freundliche Ton war verschwunden. Er spuckte vor Quetsch aus.

»Kinderficker, verpiss dich«, sagte er. »Wenn du's nicht mit 'nem richtigen Kerl kannst, mach's dir selber.«

So schnell, wie er erschienen war, verschwand er im Dunkeln. Quetsch riss sich zusammen, ging tapfer die Straße hinab. Am Hintereingang des Hotels herrschte reges Treiben. Quetsch fragte sich, ob der Schwulenstrich wohl zum Service des First-Class-Hotels gehörte? Nach und nach änderte sich die Umgebung. Mietskasernen aus den dreißiger Jahren säumten jetzt die Straße. Müllkübel auf dem Gehsteig und parkende Autos in Doppelreihen. Dazwischen lungerten die Jüngsten unter den Strichern herum. Zum Geschäft kam man in engen Hofeinfahrten. Es roch nach Urin und Alkohol. Ein Junge näherte sich Quetsch.

»Mit der Hand 'n Zehner, mit 'm Mund zwei«, nuschelte er.

Quetsch sah ein Gesicht wie eine Erscheinung. Es weckte eine Erinnerung in ihm, aber woran? Er deutete mit dem Kopf auf die nächste Hofeinfahrt. Der Junge folgte ihm wie ein Hund. Drinnen stolperten sie fast über einen Stricher, vor seinem Freier knieend. Im Hinterhof glotzten acht Stockwerke schmutzige Fensterscheiben auf sie herab, darüber ein Fleckchen Himmel wie eine fremde Verheißung. Quetsch zog Geld aus der Tasche, das wurde langsam zur Gewohnheit.

»Thomas Brelag such ich«, sagte er. »Wo find ich ihn?«

Seine Hand hinderte den Jungen am Weglaufen.

»Ich höre?«, fragte Quetsch.

»Weiß nicht.«

Die Stimme des Jungen war voller Angst. Dann schrie er auf. Quetsch sah den Arm des Jungen, über und über mit Brandwunden bedeckt.

»Mein Gott! Was ist denn mit dir passiert?«

Der Junge versuchte zu entkommen. Quetsch breitete die Arme aus, drängte ihn zurück. »Mach doch mal halblang, ich tu dir schon nichts.«

Er sah Tränen in den Augen des Jungen, und sein Entschluss stand fest.

Blaues Neonlicht flackerte, als sie das Elisabethen-Hospital betraten. Quetsch, den widerwilligen Jungen an der Hand, stapfte auf den Empfang zu. Zeigte der Frau den Arm. Sie führte ein kurzes Telefongespräch.

»Es kommt gleich jemand«, sagte sie. »Sind Sie ein Angehöriger?«

Quetsch verneinte. In ihren Augen las er die nächste Frage und beantwortete sie, bevor sie gestellt wurde: »Auch kein Freier!«

Sie zuckte mit den Schultern. Glaubte ihm kein Wort. »Ich muss die Polizei verständigen«, sagte sie.

Sie hatte kaum ausgesprochen, war der Junge mit einem Satz bei der Tür. Noch schneller war Quetsch. Wieder hielt er ihn fest, sprach gleichzeitig über die Schulter hinweg mit der Krankenschwester.

»Jetzt sind Sie mal vernünftig. Und sagen Sie nicht, Sie tun nur Ihre Pflicht, weil ich diesen Satz bei Gott nicht ausstehen kann.«

»Herr kein Freier«, sagte der Junge.

Quetsch sah Augen, dunkel wie Seen. Und wusste plötzlich, woher er sie kannte.

»Wie heißt du?«, fragte er.

»Georgij«, sagte der Junge.

»Georgij Kravic?«, fragte Quetsch bedächtig.

Der Junge zuckte zusammen. Schüttelte heftig den Kopf. »Name von Papa«, sagte er. »Aber Papa tot.«

»Das stimmt nicht«, widersprach Quetsch.

»Sein Geist ist ertrunken«, sagte der Junge einfach. »Ist besser so.«

Ein Arzt mit Ringen unter den Augen kam auf sie zu.

»Was ist mit dem Arm?«, fragte er. Warf einen Blick darauf und pfiff durch die Zähne. »Lieber Himmel. Margi, ruf die Polizei«.

»Keine Polizei«, sagte der Junge.

»Das bestimme immer noch ich«, erwiderte der Arzt stur.

»Keine Polizei«.

Die Stimme des Jungen zitterte.

Quetsch wurde zornig. »Was ist wichtiger? Die Wunden behandeln oder die Bullen rufen?«

»Schon gut«, beschwichtigte der Arzt. »Es ist eigentlich meine Pflicht, aber Sie sehen aus wie einer, der diesen Satz nicht leiden kann. Kommen Sie.«

Zu dritt marschierten sie einen Gang hinunter. Der Junge sah sich immer wieder ängstlich um.

»Ich beiße nicht«, sagte der Arzt. »Und was Sie angeht, Meister, Sie sind entschieden zu dick. Wann haben Sie das letzte Mal ihren Cholesterinspiegel messen lassen?«

Nur mit einer Unterhose bekleidet, hockte Quetsch auf einer schmalen Pritsche und wartete. Der Arzt hatte darauf bestanden. »Sie müssen sowieso hierbleiben, also nutzen wir die Zeit.«

»Gefällt mir, dass es Ihnen nicht gefällt«, schloss er seine Belehrung und rief nach einer Schwester. Quetsch fragte sich, ob der Arzt und der Transvestit gemeinsam im Verein der Wortspielliebhaber waren. Hatte sich wie befohlen entkleidet, aber keine Schwester kam. Quetsch gähnte. Irgendwie wuchsen seine Nächte in die Tage hinein, raubten ihm das Zeitgefühl. Dauernd passierte etwas, das ging ihm auf die Nerven. Seine Entscheidung im Stillen: Zwei Tage am Stück zu schlafen, sobald er hier rauskam. Komme, was wolle.

Wer nicht kam, war eine Schwester. Quetsch rutschte von der Pritsche. Seine nackten Füße patschten über den kalten Kachelboden, als er zur Tür ging, den Kopf in den Gang streckte. Nichts. Er zog laut die Nase hoch, grummelte »also ich weiß nicht«, und machte sich auf den Weg. Vor ihm endete der Gang, eine Treppe führte nach unten. Quetsch ging ihr nach. Weißes Neonlicht, grüne, verschlossene Türen. Alles menschenleer.

»Hallo?«, rief er. »Ist da jemand?«

Seine Stimme leise, er schaute sich vorsichtig um. Verdammt. Das kam davon, wenn man Filme wie »Shining« sah. Er probierte eine der Türen, sie war abgeschlossen. Er rüttelte an der nächsten und an allen weiteren, aber keine gab nach. Seine Müdigkeit, die Umstände des Augenblicks, mit nackten Füßen und in Unterhosen, gaben den Ausschlag.

»Die nächste trete ich ein!«, rief Quetsch. Warf sich mit seinem ganzen Gewicht dagegen. Die Tür brach aus dem Rahmen, Quetsch stolperte in einen langen Saal. Keine Fenster, schummriges Licht, links und rechts an den Wänden eine lange Reihe graugestrichener Schränke, unterteilt in große, rechteckige Boxen. Quetsch zupfte vorsichtig an einer der Schubladen. Lautlos ging sie auf. Er sah nackte Zehen, bleiche Waden, den Rest bedeckte ein dünnes, weißes Tuch.

»So sieht das also aus«, murmelte Quetsch. Schob entschlossen die Schublade wieder zu. Ihn schauderte. Eines Tage würde er auch in so einer Kiste liegen, und was gab es dann von seinem Leben zu berichten? Plötzlich war ihm lausig kalt. Die Schubladen im Auge behaltend machte er sich auf den Rückzug. Die gesprengte Tür würde einige Leute vor Rätsel stellen, so viel war klar. Einmal draußen, legte er den restlichen Weg im Laufschritt zurück, warf sich im Untersuchungszimmer hastig die Kleider über, saß wieder auf der Pritsche, als der Arzt eintrat.

»Kam jemand?«, fragte er.

»Ja«, log Quetsch, »alles erledigt.«

»Sie sind ja ganz schön außer Atem. Mit Ihrer Gesundheit steht's wirklich nicht zum Besten.«

»Kann halt nicht nein sagen, wenn's was zum Futtern gibt. Wie geht's dem Kleinen?«

»Die Wunden kommen von einer Zigarette. Da muss ich die Polizei verständigen, da führt kein Weg dran vorbei. Sie haben nichts damit zu tun?«

Quetsch schüttelte den Kopf. »Hab ihn aufgegabelt. Auf der Suche nach einem anderen Jungen. Der heißt Thomas Brelag und hat mir die Brieftasche geklaut.«

»Ja«, sagte der Arzt, »wir leben in einer seltsamen Welt.« Geistesabwesend nahm er eine Flasche mit einer blauen Flüssigkeit in die Hand, nahm einen Schluck, stellte sie zurück. Schüttelte sich wie ein Hund.

»Ich verrate Ihnen was«, sagte er. »Ich beende gerade eine Doppelschicht. Entgegen der üblichen Meinung, Ärzte kassierten ihr Geld im Schlaf, reißen wir uns den Arsch für ein paar Kröten auf, da würden andere nicht mal dafür ins Büro gehen. Entschuldigen Sie, wenn ich deutlich werde, aber nach sechsunddreißig Stunden ist mein Kopf wie warmer Honig. Wie war die Frage?«

»Ich hatte keine«, sagte Quetsch. Dann sagte er: »Oder vielleicht doch. Wie heißen Sie?«

»Sollte nicht schwer sein, darauf zu antworten«, sagte der Arzt, »obwohl ich mich hin und wieder frage, ob ich tatsächlich bin, wer ich bin, ich weiß nicht, ob Sie das verstehen, aber noch schrecke ich jedes Mal auf, wenn jemand Andreas Leuchtturm ruft. Natürlich dürfen Sie sich in die Legion derer einreihen, denen zu diesem Namen ein Witz einfällt.«

»Mir fallen keine Witze ein«, sagte Quetsch und streckte die Hand aus, »und ich heiße Quetsch.«

»Damit ist auch kein Staat zu machen. Heute werden Kinder Madonna oder Pokemon getauft, um ihnen Zukunft in die Wiege zu legen. Meine Schwester ist ein wenig altmodisch, sie hat ihre Jüngste Tellus genannt, nach einer römischen Erdgöttin, das kommt davon, wenn man Frauen studieren lässt, und mit dieser Ansicht bin ich nicht allein. Quetsch ist auch lächerlich. Was hat Ihre Mutter studiert?«

»Das Überleben«, antwortete Quetsch. »Und Tellus ist ein schöner Name.«

»Ach was. Die Weiber wachsen uns über den Kopf. Ihnen ist das vielleicht egal, aber heute habe ich noch einen Termin beim Amtsgericht. Drei Jahre lang hat mich meine Frau betrogen, ich hab's an unserem Hochzeitstag rausgefunden. Wollt ihr eine Freude machen, und hab einen überraschenden Urlaubstag eingelegt. Die Überraschung war ganz meinerseits. Vielleicht wollte sie auch nicht mehr mit diesem Namen leben. Jedenfalls bin ich in fünf Stunden ein freier Mann, aber glauben Sie bloß nicht, ich mach ein Fass auf.«

Erst jetzt beachtete er Quetschs Hand und schlug ein.

»Achten Sie aufs Cholesterin. Das ist so hinterhältig wie die Weiber. Wenn Sie zu Georgij wollen, hier raus, rechts, Treppe hoch, zweite Tür links. Hat mich nicht gefreut, Ihre Bekanntschaft zu machen.«

Als Quetsch das Zimmer betrat, schlief der Junge. Sein Arm war verbunden. Er hatte eine Hand über die Augen gelegt, als wollte er sich davor schützen, etwas zu sehen, was nicht gut für ihn war. Quetsch lauschte eine Zeitlang den regelmäßigen Atemzügen. Brachte es nicht übers Herz, ihn zu wecken. Das leere Bett daneben lockte verführerisch. Quetsch legte sich drauf, dachte: Nur fünf Minuten, und schlief sofort ein. Sah sich im Traum in einer Leichenhalle. Die aufgebahrten Menschen waren aus Marzipan. Sie richteten sich auf, flehten ihn an: Iss mich! Quetsch floh, bewegte sich auf nassem Sand, kam nicht voran. Mekata schwebte vorbei, reichte ihm große, schwarze Zuckerstücke, und sagte: Flieg! Da hob Quetsch ab, sah unter sich die Stadt kleiner werden, durchstieß die Wolken, tauchte ein in tiefblaues Etwas, war es Himmel, war es Wasser?, jedenfalls, er konnte nicht mehr atmen, rang nach Luft, während er aufstieg, keuchte vergeblich, erstickte, höher und höher schwebend, oder fiel er?, ja, er stieg und fiel gleichzeitig, wie das?, hatte keine Luft mehr in den Lungen, dafür Stimmen, geisterhafte Stimmen, die ihm zuraunten, haben wir es dir nicht gesagt, gib acht mit dem Cholesterin, das ist so gefährlich wie die Weiber, und mit einem Schrei erwachte Quetsch und fuhr auf. Georgij, auf die gesunde Hand gestützt, schaute ihn an, ein verstohlenes Lächeln huschte über sein Gesicht, das aber gleich verschwand. Quetsch schüttelte den Kopf. Wo zum Teufel war er? Dann fiel ihm alles wieder ein. Ein Blick auf die Uhr. Es war früher Morgen, er musste mehr als zwei Stunden geschlafen haben. Jeden Moment konnte jemand ins Zimmer kommen. Er kletterte aus dem Bett, fühlte sich kaputt und zerschlagen, ein Zustand, der langsam zur Gewohnheit wurde.

»Ich bin Quetsch«, sagte er. »Tut mir leid, wenn ich dich grob angefasst habe.« Er zeigte auf den verbundenen Arm. »Hast du Schmerzen?«

Georgij schüttelte den Kopf.

»Gut«, sagte Quetsch. »Du verstehst mich, oder? Verstehst, was ich sage?«

Georgij nickte.

»Gut.« Quetsch überlegte krampfhaft, wie er fortfahren sollte. Was, wenn der Junge sich weiterhin aufs Kopfschütteln und Nicken beschränkte? In seinem Bauch rumpelte es, und eine gewaltige Luftblase bahnte sich ihren Weg nach oben. Quetsch rülpste, errötete.

»Tut mir leid. Ich habe Hunger.«

»Ich auch!«, sagte Georgij.

Quetsch strahlte. Er ging zur Tür, öffnete sie vorsichtig, spähte in den Gang. Glück musste man haben. Ein Wagen mit Frühstücktabletts wartete nur darauf, von ihm entführt zu werden. Quetsch packte das Gefährt, rollte es ins Zimmer.

»Trara«, sagte er, »Zimmerservice!«

Georgij setzte sich auf, während Quetsch ihm ein Tablett reichte. Der Junge haute rein, als ob er seit Tagen nichts bekommen hätte. Quetsch folgte seinem Beispiel. Ohne ein Wort zu wechseln, räumten sie unter den Frühstücktabletts auf. Quetsch schob den Wagen zurück auf den Gang.

»Hier passieren die seltsamsten Dinge«, sagte er, als er wieder an Georgijs Bett trat. »Türen werden eingetreten, Frühstückswagen gekapert. Darf ich mich setzen?«

Er wartete, bis Georgij nickte, und ließ sich auf das Bett fallen.

»Uuh«, stöhnte er, »müde und satt, wie schön ist datt. So, Georgij. Beantwortest du mir ein paar Fragen?«

Georgij sah ihn an und zuckte mit den Schultern.

»Du hast recht«, sagte Quetsch, »lassen wir's drauf ankommen. Thomas Brelag – den kennst du?«

Georgij nickte.

»Ist er ein Freund von dir?« Der Junge schüttelte heftig den Kopf.

»Nicht?« Quetsch ließ sich Zeit mit seiner nächsten Frage. Er drehte sich zum Fenster und sagte beiläufig: »Die Brandwunden, auf deinem Arm. War das Diethelm Reichert?«

Georgij schreckte auf. Vom Flur draußen drang Geschrei. Jemand hatte den Wagen entdeckt. Wenn nur keiner ins Zimmer kam. Quetsch unterdrückte seine Anspannung, sprach mit ruhiger Stimme weiter.

»Du musst keine Angst haben. Erzähl mir, was passiert ist.«

Georgij presste den Mund zusammen und Quetsch erinnerte sich an seine eigene Kindheit. Wenn er blutend von der Schule nach Hause kam, seine Mutter bleich wurde und ihn aufforderte zu erzählen, was passiert war, hatten diese Worte ihm erst recht die Lippen versiegelt. Er zermarterte sich das Hirn, wie man einen Jungen, der Schreckliches erlebt hatte, zum Sprechen bringt. Was hätte ihn zum Sprechen gebracht? Er hatte keine Antwort, und das stimmte ihn traurig. Sein Schweigen war Scham gewesen, weil er sich nicht gewehrt hatte, wenn die Kinder ihn hänselten, die Lehrer ihn einen Bastard schimpften, ein Wort, das er nicht kannte, das aber wie ein böser Fluch klang. All das hatte ihm den Mund verschlossen, und niemand, auch seine Mutter nicht, war in die Tiefen seiner Seele vorgedrungen, dorthin, wo er die Bosheit anderer einlagerte, aus der sich allmählich der Gedanke entwickelte, egal was du tust, du wirst immer der Verlierer sein.

Quetsch starrte düster vor sich hin, versunken in seinen Erinnerungen. Es dauerte einige Zeit, bis ihn die Stimme des Jungen zurückholte.

»... bin ich weggelaufen«, sagte Georgij leise. Sein Blick ging starr geradeaus, verlor sich an einem Ort, den Quetsch nicht kannte. »Darf nicht mehr Papa zu Papa sagen. Er schreit. Schreit, er ist kein Papa mehr. Mama weint den ganzen Tag. Sagt, Jublina ist bei den Engeln, aber das ist nicht wahr, sie ist bei uns, im Container. Ich füttere sie, aber sie kann nicht schlucken.«

Er stockte. Quetsch fragte leise: »Die Männer?«

»Kamen immer in der Nacht«, flüsterte Georgij. »Schlugen mit Knüppel gegen die Container, es war wie Donner. Sie lachten.«

»Deshalb bist du weggelaufen?«

Georgij schüttelte den Kopf. »Wenn ich ins Dorf gehe, kommt ein großes Auto. Ich steige ein, denn der Mann sagt, ich bekomme viel zu essen. Und ein Fahrrad.«

Georgij stockte. Quetsch wagte nicht zu atmen. Auf dem Flur näherten sich Schritte. Quetsch schloss die Augen, schickte ein Stoßgebet zum Himmel: Lass nicht zu, dass jetzt eine Krankenschwester reinplatzt. Lass es nicht zu. Georgijs Stimme brachte ihn zurück.

»Mann fährt Georgij in die Stadt. Zu einem anderen Mann. Dort gibt es kein Fahrrad, nur Kleider. Lässt Georgij Kleider an- und ausziehen. Dann macht Mann Sachen mit Zigarette. Brennt Loch in Haut und Georgij schreit und Mann ...«

Der Junge drehte sich plötzlich weg, drückte seinen Kopf in das Kissen. Quetsch hörte Schluchzen. Er bewegte seine Hand, wollte Georgij über den Kopf streichen, hielt inne, traute sich nicht. Verdammt, verdammt, verdammt. Er wollte auch gar nicht mehr hören, den Rest konnte er sich zusammenreimen. Diethelm Reichert ließ sich diese Jungs zuführen und überließ sie der Straße, wenn er ihrer überdrüssig wurde. Asylantenkinder waren die leichteste Beute, rechtelos in diesem Rechtsstaat. Quetsch spürte eine ohnmächtige Wut in sich aufsteigen. Gleichzeitig machte er sich keine Illusionen. Wie verschwindend klein war die Halbwertszeit dieser Schlagzeile? Ein mittelmäßiger Skandal, morgen bereits vergessen. War es nicht ohnehin am besten, nichts zu sehen, nichts zu hören, nichts zu sagen – eben so, wie er sich die letzten Jahre durchs Leben geschlagen hatte?

»Nein!« Er zuckte zusammen, als er seine raue Stimme hörte. Georgij fuhr herum. Quetsch lächelte verlegen, und dieses Mal traute er sich, dem Jungen über den Kopf zu streicheln.

»Hab eine Idee«, sagte er. »Willst du deinen Papa wiedersehen?«

Fragte sich, ob das wirklich eine gute Idee war. Aber die Augen des Jungen leuchteten.

»Komm mit!«

Der Gang vor ihnen war leer. Gott sei Dank, dachte Quetsch, war das Elisabethen-Hospital ein Krankenhaus der verlassenen Flure. Jemand hatte den Frühstückswagen ausgetauscht. Quetsch zwinkerte dem Jungen zu, obwohl ihm diese sterile Welt an die Nerven ging. Nahm sich vor, das erste menschliche Wesen nach dem Weg zu fragen. Es war ein Mann im rotkarierten Schlafanzug und schwarzer Augenklappe, der wie ein vergessener Schirm gegen eine Wand lehnte. Quetsch stellte seine Frage und der Mann streckte ihm die Zunge heraus. Quetsch bedankte sich höflich, dachte, das hat ja wieder eine Menge gebracht, wollte schon weiterstapfen, als er die Nummer an der Tür sah.

Die Zeit in Zimmer 1823 war stehengeblieben. Sinischa stand noch immer über das Bett seines Vaters gebeugt, Lumpen zwischen den Stummelfingern. Dann entdeckte er Georgij hinter Quetschs breitem Rücken, stieß einen Schrei aus, stürmte auf ihn zu, hob den Jungen in die Luft, presste ihn an sich. Tränen in den Augen, und auch Quetsch spürte Feuchtes im Gesicht. Sah Janko Kravic sich im Bett aufrichten, sah die Totenhaut über seinem Gesicht schmelzen wie Eis in der Sonne, sah Worte aus einem Mund fallen, der schon lange nicht mehr gesprochen hatte, sah Arme, die drückten, Hände, die streicheln wollten. Sinischa und Georgij am Bett ihres Vaters, eine Dreieinigkeit aus Körpern, und Quetsch, der langsam, sehr langsam rückwärts ging, die Tür öffnete, hinaushuschte und so leicht, als wäre für ihn das Gesetz der Schwerkraft aufgehoben worden, davonschwebte.

11

Ein frischer Wind brachte den Geruch der umliegenden Wälder in die Stadt, trieb Abgase und Ausdünstungen vor sich her, riss Hüte von Köpfen und ließ die ersten Blätter des Herbstes durch die Straßen tanzen. Quetsch fühlte sich beschwingt und lachte über die Schwaben, die mit Besen und Kehrschaufel bewaffnet den Unordnung bringenden Lüften den Kampf ansagten. Er erinnerte sich an das Versprechen, das er sich selbst gegeben hatte: Schlafen, schlafen, schlafen. Doch seine Müdigkeit war wie weggepustet, und Quetsch enterte einen Tante-Emma-Laden, der Feinkost und Weine anpries. Eine alte Frau, das Gesicht ein zerfurchter Acker, die grauen Haare zum Dutt gebunden, sah eine Zeitlang zu, wie seine Leibesfülle die engen Regalreihen zum Schwanken brachte. Griff beherzt ein, zog aus einem Regal eine Flasche Rotwein, aus einem anderen verschiedene Döschen, schnitt von einem großen Käse eine ordentliche Scheibe ab, winkte Quetsch hinüber zur Kasse.

Sie deutete auf die Flasche. »D' Erna weiß, was die Leit wellat«, sagte sie dem Überraschten, »an Roten aus Besigheim, Neckarsteilhang, a guats Tröpfle, der rutscht von sälber. An anständiga Riebel Käs, und dohanna, Ölsardinen extra fein, Anchovis und schwarze Oliven. An Briegel dazu?«

Erna wartete Quetschs Antwort nicht ab, langte in einen Weidenkorb und brachte ein mit reichlich grobem Salz und Kümmel bestreutes Brötchen ans Tageslicht.

»Heut morga im Holzofen backa, isch ganz resch«, sagte Erna. Packte alles in eine Tüte, drückte sie Quetsch in die Hand. Quetsch zahlte, wünschte ebenfalls »An schenna Daag«, stieg in den nächsten Bus und ließ sich über Serpentinenstraßen auf Stuttgarts Höhen tragen. Neben ihm ein Mann mit einer breiten Kartoffelnase, roten Wangen und pechschwarzen Haaren. Auf den Knien balancierte er einen Laptop, gab mit enormer Geschwindigkeit kryptische Informationen ein. Plötzlich sah er auf.

»Haltestelle Herdweg«, sagte er, und deutete nach draußen, »wissen Sie, wie diese Straße zu diesem Namen kam?«

Quetsch sah Villen in vornehmen Gärten, las Schilder von Anwaltskanzleien und Arztpraxen. Schüttelte den Kopf.

»Hier trieben in den alten Tagen die städtischen Schweinehirten die Herden hoch. Damit sie auf der Feuerbachheide Eicheln fressen konnten. Daher der Name. Herd-Weg.«

»Sie sind Geschichtsprofessor?«, fragte Quetsch. Der Mann lachte schallend, wollte sich gar nicht mehr beruhigen.

»Entschuldigen Sie, aber für einen, der es nie über die Hauptschule hinausgebracht hat, ist das Witz und Ehre in einem. Nein, ich bin Bauer – Landwirtschaftsveredler heißt das heute.«

»Und wo ist Ihr Hof?«

»Im Feuerbacher Tal. So was gibt's nur in Stuttgart. Zum Bosch und Porsche sind's von mir keine fünf Kilometer, und trotzdem sind wir mitten im grünen Paradies. Kommen Sie mal vorbei: Bei Dieterles Hofgut kriegen Sie Sachen, da läuft Ihnen das Wasser im Mund zusammen. Ach ja, das bin ich: Rolf Dieterle.«

Quetsch dachte an den Inhalt seiner Tüte und fragte sich, ob die Stuttgarter immer nur ans Essen dachten, wenn sie mal nicht arbeiteten. Wäre ja ein durchaus annehmbarer Charakterzug.

»Freut mich. Quetsch.« Wies mit dem Kopf auf den Computer. »So was braucht der Landwirtschaftsveredler?«

Rolf Dieterle schnalzte mit der Zunge, als habe er einen besonders schönen Braten vor sich. »Klein, fein, mein«, sagte er, »das Beste vom Besten. So ist es, mein Lieber, die Zeiten ändern sich. Man glaubt es kaum, aber ich war mal Kommunist, müssen Sie wissen, oh ja, die gab's auch in Stuttgart. Das war in den Sechzigern, da verkehrten hier Helmut Heißenbüttel und Jürgen Becker, das waren Schriftsteller mit Schmackes. Der Wendelin Niedlich war dabei, mit seinem berühmten Buchladen, den hat er aber vor ein paar Jahren zugemacht, wie's scheint, will keiner mehr gute Bücher lesen. Bei mir liegen die Dinge so, ich hab mir das System nach meinem Gusto zurechtgebogen, da gehören solche Spielsachen mit dazu. Damit mache ich meine Kalkulation, wir haben hundert Stück Muttervieh, Hühner, Schafe und Schweine. In dem Kasten minimiere ich meinen Wareneinsatz und maximiere den Output, ohne dass die Qualität drunter leidet. Gibt's einen Grund, weshalb Sie so eine Schnute ziehen?«

»Höre ich Outputmaximierung«, sagte Quetsch, »fällt mir immer bayerisches Gammelfleisch ein. Dann friert's mich.«

»Sie haben halt keine Ahnung«, sagte Dieterle freundlich. »Essen können Sie, das sieht man, aber wo 's Zeugs herkommt und wie's gemacht wird: Fehlanzeige. Habe ich recht? Wenn Sie heute einen Bauernhof haben, müssen Sie mit spitzen Fingern rechnen, sonst bricht es Ihnen schneller das Genick, als Sie pappsatt sagen können. Schon mal drüber nachgedacht, dass Lebensmittel in den letzten zehn Jahren um fünfzehn Prozent billiger geworden sind, während alles andere teurer wurde?«

»Davon merke ich nichts«, maulte Quetsch.

Dieterles Zeigefinger fuhr vor seinem Gesicht herum wie ein Scheibenwischer bei Sturm. »Wir reden von der Versorgung der Massen, die sich in Supermärkten bedienen. Dass es hier und dort ein paar Läden gibt, die dem Reichen die Geldtasche erleichtern, dient nur der Umverteilung.«

»Aha!«, stellte Quetsch fest. »Doch Kommunist geblieben.«

Wieder lachte Dieterle. »Klar«, sagte er, »das ist eine Leidenschaft, die legt man nicht ab wie einen alten Mantel. Aber Sie müssen jetzt aussteigen, falls Sie rüber auf die Heide wollen. Wenn Sie mal Lust haben, sich in Umverteilung zu üben – die Tür von Dieterles Hofgut steht immer offen. War mir eine Ehre.«

Er drückte Quetsch die Hand. Der stolperte aus dem Bus, drehte sich um, winkte zum Abschied. Rolf Dieterle hatte sich bereits über seinen Computer gebeugt, sah nicht auf.

Was war das nur für eine Stadt der Gegensätze. Quetsch befand sich auf einer Anhöhe, sah zu seiner Linken Wälder und Wiesen. Zur Rechten reckten sich Betonklötze in den Horizont, für deren Bau man die Architekten mit Berufsverbot belegen müsste. Direkt vor Quetsch weidete eine Schafherde. Lange Zeit genoss er das Treiben, die wachsamen Hunde, den reglosen Schäfer, auf seinen Stock gestützt. Oben auf dem Hügelkamm stand der Bismarckturm. Der Weg war geteert, rechts und links entdeckte Quetsch prächtige Villen hinter hohen Mauern. Kameras surrten leise, und er hatte das unangenehme Gefühl, dass jeder seiner Schritte beobachtet würde. Er war froh, als er schwer atmend den Turm erreichte. Unter ihm breitete sich Stuttgart im Kessel aus, reichte wie eine Krake in jedes Seitental. Quetschs Blick schweifte über die Stadt, die vor ihm ihre Reize ausbreitete wie eine Hure, die zugleich den Schein eines jungfräulichen Rühr-mich-nicht-an erwecken wollte. Vom gegenüberliegenden Hügel zog der Lichtstrahl des Fernsehturms beharrlich wie ein Flakscheinwerfer seine Bahn über die Stadt. Langsam setzte sich Quetsch auf eine Bank, tastete in seine Tüte, breitete seine Schätze aus. Konnte den Blick nicht lassen von dem pulsierenden, leuchtenden Geschöpf unter sich. Vor seinen Augen und doch gut verborgen wurde geliebt und geschlagen, geboren und gestorben, wurden Geschäfte gemacht und Karrieren zerstört, wurde betrogen, gemobbt, gestohlen und gefeiert. Aus dem Kessel quollen die Geräusche zu ihm hoch, die bei all diesen Dingen entstanden; sie konnte keiner verbergen, sie drangen durch Fenster und Ritzen und Spalten, hoben sich hoch in die Lüfte, bis an Quetschs Ohr. Er schloss die Augen, lauschte, und erst jetzt konnte er die Stadt richtig sehen: die nie stillstehenden Maschinen der Autofabriken, die Flugzeuge, im Takt Geschäftsleute ausspuckend, die sich die Hände rieben, weil man nirgendwo so gut Geld machen konnte wie hier. Quetsch sah die Flugzeuge wieder starten, sah sie Kerosin über die Felder der Filderbauern sprühen, sah diese Fäuste ballen, sah Aggression übertüncht durch Biederkeit und scheinbare Moral. Quetsch sah Geldströme fließen, Geld, Geld und noch mehr Geld, in falsche Taschen und offene Hände, sah Ehemänner an mörderischen Krediten verzweifeln und das falsche Lächeln der Bankberater, die jahrelang Gehirnwäsche getrieben hatten, weil sie predigten, nur wer seiner Familie ein Haus erwerbe, sei ein richtiger Mann. Er sah die Hausfrauen, die ein Zubrot verdienten und sich selbst verkauften, um damit in dieser Stadt der doppelten Moral gut über die Runden zu kommen.

Quetsch schreckte aus seinen Träumen auf, und neben ihm fiel jemandem ein Stück Käse aus der Hand. Ein Mann in zerschlissenen, braunen Kleidern, das Gesicht verdeckt von einem Hut in der skurrilen Form eines Kochtopfes, eine Pferdedecke um die Schultern gewickelt, auf den Knien ein schwarzer Schirm. Er bückte sich brummelnd, hob das Stück Käse auf, pustete einmal kräftig und steckte es in den Mund.

»Schmeckt's?« fragte Quetsch.

»Nicht schlecht«, sagte der Mann schmatzend. »Ein Schweizer Gruyère aus dem Laden von Feinkost-Erna, würde ich sagen. Nussig, süßlich, und diese kleinen Löchlein da, die entstehen durch die Proprionsäuregärung, ich sag das nur für den Fall, dass Sie was dazulernen wollen.

Aber die meisten Leute wollen ja nichts lernen. Bei Erna hab ich auch gekauft, als ich mir es noch leisten konnte. Hat sie Ihnen nichts zum Runterspülen eingepackt?«

Quetsch reichte ihm die Weinflasche. Der Mann nickte anerkennend.

»Es gibt so viel schlechten Wein im Ländle«, sagte er, »aber wenn man weiß, wo man suchen muss, findet man Edles, stimmt's? Und Erna kennt sie alle. Gibt's keinen Korkenzieher?«

Quetsch schüttelte bedauernd den Kopf.

Der Mann verzog das Gesicht.

»In der Not«, sagte er. »Sie erlauben?«

Als wolle er sich versichern, dass keiner den Frevel beobachtete, schaute sich der Mann um, drückte dann den Korken in die Flasche, schüttete mit zwei schnellen Bewegungen Wein aus dem Flaschenhals.

»Wir fressen Scheiße und saufen Pisse, wenn es grob kommt, stimmt's?«

Er reichte Quetsch die Flasche. »Aber wenn es nicht sein muss, plärren wir auch nicht. Sie zuerst.«

Nachdem Ernas Tüte geleert und die Flasche ausgetrunken war, fand ein schläfriger Quetsch es an der Zeit, seinen Banknachbarn nach dem Namen zu fragen.

»Aha, jetzt wird's persönlich«, sagte der. »Volker Detter, Professor Volker Detter, um genau zu sein, und jetzt fragen Sie sich, was zum Deibel macht ein Professor in Schmuddelkluft auf 'ner Parkbank und frisst unbescholtenen Bürgern das Vesper weg. Sehen Sie da unten, das ist die Universität, da habe ich gelehrt, Mathematik, ja, ja, die geheimnisvolle Welt der binären Codes, das war mein Metier, die Pläne für den ersten Großrechner, die sind in diesem Kopf gereift. Ich komm jeden Tag hier rauf, um auf diesen Scheißhaufen zu glotzen, und sehen Sie das Haus da drüben, das mit der Terrasse wie ein Fußballfeld? Das ist meines, aber heute wohnt Amelie darin, meine Ex-Frau, mit einem Mann, der zwanzig

Jahre jünger ist als sie. Da staunen Sie, aber es kommt noch schlimmer, der liegt nicht nur in meinem Bett, sondern sitzt auf meinem Stuhl an meinem Arbeitsplatz in meiner Fakultät an meiner Universität. So kann Ihnen das Leben spielen, mein Lieber, da passen Sie ein paar Minuten nicht auf, und schon ist alles futsch, an was Sie jemals geglaubt haben.«

»Und warum«, fragte Quetsch, benebelt vom Wein und dem Wortschwall seines Gegenübers, »warum hat Ihre Frau sich mit einem anderen eingelassen?«

Detters Kopf zuckte vor und zurück, wie eine Schlange auf Beutefang. »Das geht Sie einen feuchten Kehricht an«, zischte er, »nur weil ich einen Schluck aus Ihrer Pulle genommen habe, haben Sie kein Recht, mich auszuhorchen. Was kann ich dafür, wenn mir die kleinen Studentinnen nachliefen wie räudige Hündinnen. Die machen alles für ein gutes Examen. Sie kennen das Problem nicht, fett wie Sie sind, aber ein Mann wie ich, ein richtiger Mann ...«

Quetsch legte Detter eine Hand auf die Schulter. »Genug geplaudert«, sagte er. »Wir wollen unsere neue Bekanntschaft nicht gleich überstrapazieren. Schönen Tag noch.«

Detter starrte ihn an. Stand auf, zog die Pferdedecke eng um sich. Seine Stimme war plötzlich weinerlich. Quetsch sah Schuhe aus zusammengebundenen Lumpen.

»Alle gleich«, greinte der Professor. »Erst laden sie dich ein, dann jagen sie dich davon. Aber da scheiß ich drauf, jawoll, ich scheiß euch alle an, ich scheiß meiner Ex in den Garten und all den verdammten Nachbarn auch, dem Kanderer mit seinen Scheiß-Oldtimern und Frau Generalkonsulin Hätterer, die ihre Scheiß-Hunde auf mich hetzt, und dem Reichert, dem Kinderficker, dem scheiß ich noch vors Haus, und keiner kann was machen, denn sie haben alle Dreck am Stecken. Zwanzig Jahre Nachbarschaft, da gibt's keine Geheimnisse. Und auf dich scheiß ich auch, du Arschloch.«

Quetsch beobachtete, wie Detter davonhinkte. Er zog ein Bein nach, während er am Bismarckturm vorbeischlurfte, in Richtung der Villen. Als er außer Sicht war, stand

Quetsch auf und folgte ihm. Detter ging mitten auf der Straße, nötigte jeden Autofahrer zum Anhalten. Er steuerte ein Haus mit Ecktürmen an, umgeben von einem weitläufigen, gepflegten Garten. Vor einer offenen Garage stand ein Oldtimer. Über den eleganten Wagen aus einer Zeit, als Autos noch erotisch waren, beugte sich ein älterer Mann, polierte mit Hingabe. Er bemerkte nicht, wie Detter durch das offene Tor spazierte, mitten auf dem Rasen stehen blieb. Quetsch traute seinen Augen kaum, als der ehemalige Professor seine Pferdedecke zu Boden warf, sich die Hose herunterzog, sich auf den Rasen hockte und wie ein Hund daraufschiss. Detter lachte hämisch, als er sich wieder erhob und, ohne den Hintern abzuwischen, die Hose hochzog. Quetsch sah, wie der Mann am Oldtimer aufschreckte, sein Mund sich zu einem Schrei öffnete, aber kein Ton herausdrang. Die Hand mit dem Polierleder fuhr hoch zum Herz, und Quetsch befürchtete schon das Schlimmste. Dann fing sich der Alte wieder. Schimpfend ging er auf Detter los, überlegte es sich unterwegs anders, machte kehrt in Richtung Garage, verschwand darin und tauchte mit einem Gewehr in der Hand wieder auf. Detter machte keine Anstalten zu flüchten. Bog sich vor Lachen, drehte dem alten Mann eine lange Nase. Der richtete das Gewehr auf ihn.

Wortfetzen wehten zu Quetsch herüber: »... bist doch kein Mensch mehr ... was schämen ... in eine Anstalt ... Amelie ... hatte ganz recht ...« Während der alte Mann weiter schimpfte, hinkte Detter auf ihn zu, und sein verrücktes Lachen stieg in die Luft. Quetsch sah, wie er an dem Oldtimer vorbeiging, hörte ein Geräusch, wie wenn ein spitzer Gegenstand kreischend über Metall reibt, und der alte Mann heulte auf.

Noch jemand beobachtete die Szene. Auf dem weitgeschwungenen Balkon des Nachbarbungalows entdeckte Quetsch Diethelm Reichert. Mit verschränkten Armen beobachtete dieser, wie der alte Mann fassungslos den hässlichen Kratzer in der Karosserie betrachtete. Dann verschwand er im Innern des Hauses. Quetsch seufzte und richtete sich auf eine längere Wartezeit ein.

Später brauchte er einige Zeit, um die sich überschlagenden Ereignisse in die richtige Reihenfolge zu bringen. Kaum fünfzehn Minuten später öffnete sich eine Tür in Reicherts Anwesen. Quetsch sah Thomas Brelag, dahinter Reichert, eine Hand auf der Schulter des Jungen. Er dirigierte Brelag zum Wagen in der Einfahrt. Das Gesicht des Jungen war noch blasser als am Tag zuvor. Quetsch dachte an Georgij, und seine Beine setzten sich automatisch in Bewegung. Er walzte auf Reichert zu, ohne sich zu überlegen, was er eigentlich wollte. War auch nicht nötig. Quetsch sah den Polizeiwagen, drei Polizisten sprangen heraus, kreisten ihn ein, etwas schlug hart auf seine Rippen, nur die ordentliche Speckschicht verhinderte, dass er augenblicklich zu Boden ging. Dann kickte ihm jemand die Beine weg, und Quetsch sah den grauen Beton der Straße näherkommen, zu schnell, um schützend eine Hand vor das Gesicht zu halten. Alles in seinem Blickfeld wurde grau. Quetsch rang nach Luft, spürte einen schweren Stiefel im Genick, der ihn an den Boden presste wie ein Stück Fleisch.

»Ist er das?« Eine Stimme wie ein Glasschneider, ganz im Gegensatz zu Reicherts wohlklingendem Bass.

»Passen Sie auf. Der Mann ist gefährlich.«

»Mit Verlaub, so sieht er aber nicht aus.« Quetsch spürte, wie Fäuste ihn packten, hochzogen. Er blinzelte, Blut lief ihm in die Augen, nur schemenhaft erkannte er Reichert, ein joviales Lächeln auf dem Gesicht. Plump wie ein Anfänger war er in die Falle gelaufen, dachte Quetsch, und das brachte ihn zum Lachen, natürlich, er war auch ein Anfänger, und was für einer, ein blutiger Anfänger sogar, haha, tolles Wortspiel, Deirdre hätte ihren Spaß daran. Beim Lachen spuckte er aus, bekleckste mit seinem Blut das weiße Hemd von Reichert. Seine Beine trugen ihn nicht länger, die Polizisten schleiften ihn hinter sich her wie ein totes Stück Vieh, mussten zusammenhelfen, um ihn in den Wagen zu bugsieren, die Glasschneiderstimme fluchte, weil Quetschs Blut die Veloursitze versaute. Doch das bekam er nur wie durch einen Filter mit; und auch das Gesicht von Thomas Brelag, das plötzlich am Autofenster auftauchte und kein erschrockenes Bubengesicht mehr war, vielmehr eine grinsende Fratze, den Mund weit geöffnet und darin eine Zunge, die genießerisch über feucht glänzende Lippen strich.

»Wie wäre es mit einem kleinen Späßchen?«

Die Stimme dröhnte an Quetschs Ohr, und er schlug die Augen auf. Lag wie ein Käfer auf dem Rücken, verschwommen über sich das Gesicht eines Polizisten. Dessen Mund öffnete sich, ein langer Speichelfaden troff herab. Unmäßiges Lachen.

»Späßchen, Chef?«

Der Wagen hielt, Autotüren schlugen, Quetsch spürte, wie er an den Beinen gezogen wurde. Sein Kopf schlug irgendwo hart auf, dann gleich noch einmal: Alles grau, dann rot, Asphalt, Blut.

»Nur zu Jungs, let it flow.«

Wem gehörte diese Stimme? Kannte sie, klang vertraut, wie ein Traum aus längst vergangenen Zeiten. Ein Alptraum. Etwas Warmes traf ihn im Gesicht, ein bitterer, salziger Geschmack, Geruch nach Pisse. Pisse. Quetsch blinzelte, sah die Beine von drei Männern über sich, ihr Pissstrahl vereinigte sich, traf ihn im Gesicht, auf Hals, Brust, Arme, Bauch. Quetsch stöhnte, versuchte sich aufzurichten, etwas Hartes, Spitzes kickte ihm in die Seite, einmal, zweimal, dreimal, die Stimme:

»Rate mal, Fettsack, welcher Film zu den Top 20 der besten tausend Filme gehört: Right, right, right, ›Good Fellas‹ mit Robert de Niro, Ray Liotta und Joe Pesci.«

Wieder der Stiefel, in Magen, Rippen, Rücken. Quetsch krümmte sich, schützte sein Geschlecht.

»Kennst du nicht, ha? Dabei ist das ein rich-tig gu-ter Film!«

Jede Silbe ein Tritt.

»Gemütlich hatten wir's, gemütlich. Bist du angetanzt kommst, Fettsau, und allen auf die Nerven fällst. Damit ist Schluss, hörst du? Schluss!«

Schleier vor Quetschs Augen, Nebel und Blut. Und eine Erkenntnis. Natürlich. Die Stimme von Thomas Kern.

»Schluss, Schluss, Schluss!«

Tritt, Tritt, Tritt. Beim letzten packte Quetsch das Bein, biss mit aller Macht hinein. Sein geübtes Gebiss bohrte sich durch Fleisch und Sehnen, sein mächtiger Kiefer mahlte, schüttelte das Bein wie ein Hund einen Knochen. Kern heulte auf. Quetschs Hand tastete nach oben, bekam Kerns Testikel zu packen. Der brüllte, fiel zu Boden, sein Gesicht plötzlich ganz nah neben Quetsch. Der stieß seinen mächtigen Schädel hinein, sah Sterne stieben, und Kerns Gesicht war auf einmal platt wie eine Flunder, haha, wie ein Pfannkuchen, hoho, war das nicht zum Lachen, hehe, rot war es auch, wie seines, Blut mischt sich mit Blut, huhu, und ein röhrender, lachender Quetsch erhob sich, die anderen Männer wichen erschrocken zurück. Bis ihnen einfiel, dass sie noch immer in der Überzahl waren, hatte Quetsch Kerns Schlagstock ergriffen, drehte sich wie ein Kreisel, die Zentrifugalkraft trieb ihn mit Macht zu seinen Feinden, wusste nicht, was er traf, Arme, Beine, Köpfe, doch als er sich umschaute, stand nur noch er, einer lag, einer kniete und kotzte sich die Seele aus dem Leib, und Quetsch, der menschliche Wirbelsturm, nahm sich den Polizeiwagen vor, außer sich vor Wut, schlug auf ihn ein, zertrümmerte und zerhackte, bis ihn die Kraft verließ, der Schlagstock seinen Händen entglitt, und mit einem Brüllen nicht von dieser Welt sank Quetsch auf die Knie. Ein Bein versagte ihm den Dienst, aber was soll's, Quetsch, der Hund, konnte ja auch anders, konnte auf einem Bein und zwei Händen vorwärtshoppeln, weiterkriechen, weg von hier, weg, mal wieder.

Die Welt blieb immer die gleiche, mit einem Quetsch auf der Flucht vor ihr. Es musste eine Unterführung sein, über sich hörte er das Rauschen von Autos, fiel die enge Treppe hinab, haha und holterdipolter, da stand etwas, stand ein Gefährt, ein Bollerwagen, wie komisch, darin ein Müllsack, hauruck und zieh, und Quetsch wuchtete ihn hinaus und sich hinein, schon ging's eine Straße steil hinab, ein richtiges Bergsträßchen, immerzu diese Berge in Stuttgart, Berge und Täler und Straßen mit fünfzehn Prozent Gefälle, aber das wusste Quetsch nicht, mit angezogenen Beinen im Bollerwagen, in sausender Fahrt ins Tal, und da, eine Kurve, verdammte Kurve, und das Gefährt hob ab, stieg steil in den nachtblauen Himmel, und dann war da gleißendes Licht um ihn, und danach eine Dunkelheit, wohltuende Schwärze, ewige Nacht.

Quetsch hörte ein Murmeln, wie das leise Plätschern eines Baches.

Nein. Kein Bach. Eine Stimme.

»*Some are born to.*«

Seltsam. Verstand er nicht.

»*Sweet delight.*«

Aber doch. Es war Englisch. Die Stimme murmelte auf Englisch.

»*Some are born to sweet delight.*«

So ein Unsinn. Er doch nicht. Und wer sprach da?

»*Some are born.*«

Sicher. Manche sind geboren.

»*To endless night.*«

Das schon eher. Traf doch zu. Quetsch öffnete die Augen. Sah nichts. Totale Dunkelheit. Nur die Stimme.

»*Some are born to sweet delight. Some are born to endless night.*«

Wollte sich aufrichten, schrie. Schmerzen. Schmerzen? Falsch, ganz falsch. Nur ein Schmerz. Sein Körper war ein Schmerz.

»*Some are born to endless night. Some are born to endless night. Some are born ...*«

Ein einziger Schmerz.

»... to endless night. Some are born to endless night.«

Sein Leben, ein Schmerz. Woher kam diese Stimme? Und die Feuchtigkeit auf seinen Wangen? Quetsch tastete mit den Fingern, schmeckte. Wieder salzig. Aber anders salzig. Anders als vorhin. Und jetzt. Die Erinnerung. Sie hatten auf ihn gepisst, und es war die Erinnerung gewesen: Er, Quetsch, der Bastard, der Außenseiter, abgepasst hinter der Schule, hatten sie ihn zu Boden gestoßen, ihre kleinen Jungenschwänze ausgepackt, hatten stinkenden Urin auf ihn herabregnen lassen, und als er nach Hause kam, seine Mutter ihn wieder einmal entsetzt fragte, Kind, was ist passiert, da hatte er geschwiegen, wie immer blieben die Lippen zusammengepresst wie die Lippen von Georgij, nicht aus Scham über das, was geschehen war, sondern aus Wut über seine Feigheit, weil er sich nicht gewehrt hatte. Quetsch spürte heiße Tränen über sein Gesicht laufen, ein nicht enden wollender Strom quoll da hervor, hat sich eigentlich schon mal einer gefragt, woher Tränen kommen, gibt's da drin einen See mit Staumauer, der, wenn erst einmal die Bahn frei ist, alles überschwemmt? Zwischen den Tränen ein tiefes Schluchzen, gutturale Laute und die Stimme,

»some are born to sweet delight«,

ja, das war seine Stimme,

»some are born to endless night.«

Es war ein Traum gewesen, er war Quetsch und doch nicht Quetsch, einen schicken Anzug hatte er getragen, edles Tuch, Quetsch, der berühmte Journalist, in einem Saal, Lüster und Leuchter und eine Bühne, darauf ein Tisch, ein Stuhl, eine Lampe, und ein junger Mann verbeugte sich, sagte: »Für William Blake. Ein Dichter.«

Dann setzte er sich, der junge Mann, und las aus einem kleinen Büchlein, in braunes Leder gebunden, das konnte Quetsch sehen, obwohl er inmitten eines tausendköpfigen Publikums saß, und der junge Mann las:

»Oh why was I born with a different face
Why was I not born like the rest of my race

When I look each one starts
When I speak, I offend
Then I'm silent and passive and lose every friend.«

Quetsch sah sich um, das ganze Publikum bestand aus Quetschs, viele tausend Quetschs, und sie alle weinten bei den Worten des jungen Mannes,

»why was I not born like the rest of my race«,

wischten sich mit rotkarierten Taschentüchern die Tränen, nur er nicht, saß wie ein Fels, die Lippen verschlossen, die Zähne zusammengebissen, denn der junge Mann hatte sich erhoben, zeigte mit dem Finger auf ihn und rief: *»Some are born to endless night.«*

Quetsch richtete sich mühsam auf. Neben ihm der Bollerwagen, ein Wirrwarr zerrissener Holzspäne, zerplatzte Reifen. Er stank nach Pisse, seine Kleidung hing in Fetzen vom Körper. Er gab Geräusche von sich wie eine kalbende Kuh, setzte einen Fuß vor den anderen und noch einen Fuß vor den anderen und noch einen und noch einen. Schwankte, aber fiel nicht. Nahm sich vor, das nächste Mal reißfeste, pisseabweisende Klamotten zu kaufen.

Quetsch stolperte hügelabwärts, durchquerte Schrebergärten und stille Straßen, einen in gelbes Licht getauchten Platz. Von dort ging eine Treppe ab, Quetsch starrte hinab, die berühmten Stuttgarter Stäffele, zu Aberhunderten zogen sie sich über die Hügel, verdammt steil und schon schwierig zu gehen, wenn man in Form war. Quetsch stolperte, fiel, und Quetsch, die rollende Kanonenkugel, holterte und polterte die Treppe hinab, blieb auf dem letzten Absatz gekrümmt liegen. Richtete sich wieder auf und presste ein »Neinneinneinneinnein!« zwischen aufgeplatztten Lippen hervor, *some are born to endless night,* humpelte weiter, ein blaues U-Bahnhofschild leuchtete ihm entgegen, *some are born to sweet delight.* Hangelte sich dort weitere Treppen in einen dunklen Abgrund, aus dem warme, stinkende Luft drang. Saß irgendwann in einer Bahn, die wenigen Fahrgäste wichen angeekelt vor ihm zurück, was kümmerte es ihn, er erhob sich, lehnte sich gegen eine Tür und fiel aus dem Wagen, als die sich öffnete. Schaffte es zur Bushaltestelle, konnte es sein, dass er erst vor wenigen Stunden hier eingestiegen war?, die Welt war zum Billardtisch geworden und er eine willenlose Kugel. Die schwarze Acht. Der Bus hielt, Quetsch kroch hinein, nicht einmal ein Stuttgarter Busfahrer traute sich, diese armselige Kreatur nach einer Fahrkarte zu fragen. Quetsch drückte sein Gesicht an die Fensterscheibe, wohlig kühl war die, draußen flogen Lichter vorbei, in all diesen Häusern gingen gesunde, wohlernährte Menschen ihren Vergnügungen nach. Verlierer wie Quetsch, der menschliche Kothaufen, hatten da nichts verloren, und er war froh, als ihn der Bus den Höhen Stuttgarts entgegentrug, über den Herdweg, vorbei an der Feuerbacher Heide, ob die Schafe wohl schon schliefen und vom Schäfchenzählen träumten, hahaha, hohoho, und dann fuhr der Bus wieder hinab in ein Tal, dieses ewige Berg- und Talgeschiebe wurde ihm unerträglich, und doch, doch war die unübersichtliche Topographie der Stadt seine Chance, denn seine Feinde brauchten nur der Blut- und Pissespur folgen, um seiner habhaft zu werden, und dann gnade ihm Gott, und der ist selten gnädig. So ließ sich Quetsch, der stinkende Schwarzfahrer, im Feuerbacher Tal aus dem Bus fallen, der auch gerne ohne ihn seine Runden drehte, einmal, zweimal, dreimal noch in dieser Nacht, und am nächsten Morgen wird ein müder Busfahrer seiner gelangweilten Frau unter die Nase reiben, Stuttgart ist wirklich nicht mehr, was es mal war. Fehlt die starke Hand blabla, und früher, ja früher blabla, und so weiter und so fort.

Blas mir den Schuh auf, wird die Frau denken, und daran, was man im Leben Schönes ohne einen Busfahrer tun könnte. Herrlich wäre das. Wieder einmal fing Quetsch ein Stückchen fremdes Leben ein, ohne dass es ihm nutzte. Humpelte eine Straße entlang. Minuten, die zu Stunden wurden, und endlich, als sich der Himmel über ihm langsam orange färbte, durchquerte Quetsch, der menschliche Köter, eine Einfahrt, links und rechts zwei Türmchen wie bei einer Ritterburg, darüber ein Aufbau mit Zinnen und einer großen Fahne, darauf in mächtigen Lettern: »Hofgut Dieterle.« Dahin hatte ihn sein Instinkt geführt, und hier gedachte er sein Leben auszuhauchen oder weiterzumachen, das sollten andere entscheiden. Mit letzter Kraft schleppte sich Quetsch in die Mitte des sauber gekiesten Hofes.

MANN SAGT ZU GOTT: DAS WAR NUN WIRKLICH NIX.

Quetsch sah Fässer, Weinkisten, am wettergegerbten Balken hing eine Reihe Schinken. Dachte sich: »Kein schlechter Platz zum Sterben.«

12

Der Geruch von Kaffee und frischer Sahne brachte ihn ins Leben zurück. Gott trat den Beweis an, dass es doch was taugte, das Leben, und schickte ein Mädchen mit einem Tablett voller Köstlichkeiten. Quetsch fand sich staunend in einem Bett wieder, in frischen, weißen Laken, sah eine Achtjährige mit lustiger Kartoffelnase, roten Wangen und pechschwarzen Haaren. Sie balancierte das Tablett zu seinem Bett, blinzelte ihm aus wachen, klugen Augen zu und zählte auf:

»Da haben wir frischen Joghurt, den hat Mama heute morgen gemacht, mit roten Johannisbeeren. Dazu Butter, Sahne und Marmelade aus Pflaumen und Holunder. Außerdem: Schinken und Käse und Brot, ganz frisch, wir haben nämlich ein Backhäuschen, wenn du nachher aufstehst, zeige ich's dir. Und Papa sagt, das sollst du trinken, das ist grüner Tee mit Ahornsirup, den haben wir selbst gezapft, weil wir Ahornbäume haben, da helf ich mit beim Zapfen, das kommt dann rausgetropft und wird im Becher aufgefangen, wenn du willst, zeig ich dir, wie's geht. Hier.«

Sie streckte ihm einen quietschgrünen Becher hin, auf dem in einer Sprechblase neben einer Giraffe mit roter Zipfelmütze »Guten Morgen« stand. Quetsch kostete, und das Getränk prickelte wohltuend durch seine Kehle. Er leerte den Becher in einem Zug und machte sich über das Frühstück her. Hunger wie ein Bär. Quetsch kaute, schluckte, au. Alles tat weh. Betastete sein Gesicht. Doppelt so dick wie sonst.

»Wie sehe ich aus?«, fragte er das Mädchen.

»Schrecklich«, sagte sie.

»Danke. Wie heißt du?«

»Greta. Und du bist Quetsch.«

»Woher ...«?

Quetsch hatte keine Zeit, seine Frage zu beenden. Rolf Dieterle stürmte ins Zimmer, als sei er auf der Flucht. Mit einer Handbewegung wies er Greta hinaus. Sie folgte, ohne zu murren.

»So sieht man sich wieder«, sagte Dieterle, zog einen Stuhl heran. »Ich stör nicht gern beim Frühstück, aber der Buschfunk meldet Ärger.«

Quetschs Gesicht ein Fragezeichen, und Dieterle, seine Worte wie Kaugummi kauend: »Ist ja nur ein Dorf, Stuttgart, und Sie haben selbst gesagt, einmal Roter, immer Roter. Es gibt noch ein paar Freunde, die den Weg durch die Institutionen gingen, heute ein paar nette Pöstchen haben. Jedenfalls laufen die Drähte heiß. Wie's scheint, sind Sie 'n paar Leuten auf die Füße getreten, Respekt, Respekt, dabei sehen Sie eher aus wie Onkel Otto vom Lande, entschuldigen Sie den Vergleich. Beatrice, meine *bella donna,* sagt immer, lass die Witze, es lacht eh keiner, aber was bleibt einem schon im Leben. Also besser, Sie spucken aus, was Sie angestellt haben, und wir überlegen, ob wir Ihre Haut noch retten können. Genug davon haben Sie ja. Haut, meine ich.«

Quetsch blies verwirrt die Backen auf, wieder einmal hatten ihn die Fäden des Lebens zum Kokon verschnürt. Versuchte, Erinnerungen zu entwirren, was nicht leicht war, sagte dann:

»Tja, also wenn einer jeden Fehler macht, den er machen kann, dann bin's wohl ich.«

Entpuppte sich als kein schlechter Anfang, danach ging's leichter. Erzählte Dieterle das Nötigste. Auftrag von der Gräfin, in seinen Heimatort zurückzukehren, dort eine Geschichte zu recherchieren. So weit, so gut, aber dazu kam's gar nicht so richtig. Weil ihn die Asylanten für einen anderen hielten und verprügelten. Außerdem wollten ihn alle nur loswerden, je schneller desto besser, und dahinter steckte Dr. Diethelm Reichert, der Chef der Walden Werke, der auch in Stuttgart seinen Namen hat, denn hier fungiert er als Landtagsabgeordneter. Und vergnügt sich nebenbei mit kleinen Jungs, was er, Quetsch, herausfand, und was ihm, Quetsch, jetzt eine Abreibung einbrachte, die sich gewaschen hatte.

Dieterle schüttelte den Kopf. »Eins und eins zähl ich auch ohne Computer zusammen«, sagte er, »und was Sie da gebeichtet haben, stinkt zum Himmel wie frischer Kuhdung. Aber gut. Was Sie verschweigen, ist Ihre Sache, und wahrscheinlich gibt's da 'n Grund dafür. Ich sage Ihnen, was im Städtchen vor sich geht. Da gibt's einen wichtigen Schreibtisch, auf dem liegt eine Anzeige gegen Sie. Wegen Kindesentführung.«

Quetsch fuhr hoch, nicht sicher, ob er wachte oder träumte.

»Da machen Sie Kulleraugen. Sie sollen ein Kind entführt haben. Dazu kommt Widerstand gegen die Staatsgewalt und anderer Kleinscheiß. Das sind alles Kavaliersdelikte, aber die Sache mit dem Kind ist merkwürdig, finden Sie nicht?«

Quetsch spürte, wie nicht nur sein Körper schmerzte, auch seine Gedanken brannten wir Feuer. Fühlte sich vom Mahlstrom erfasst, Spielball im Spiel anderer, kapierte nicht die Regeln.

»Wenn Sie«, begann er vorsichtig, »so gute Kontakte haben – können Sie da mehr rausfinden?«

»Ich sag Ihnen mal was«, Dieterles Augen brannten. »Als ich noch ein Kind war, da war mir das so richtig unheimlich.«

Quetsch konnte nicht ahnen, wie voll der Kopf von Dieterle war. Gedanken, die seit Jahrzehnten drin rumtobten, an

Gittern rüttelten und um Freigang baten. Endlich raus und durch die Welt spazieren.

»Weil ich immer davon geträumt habe, was passieren wird. Fing mit 'ner Katze an, die wir hatten. Ich träumte, ein Vogel kommt und schlägt sie. Alle lachten, na klar, in einer Gegend, wo ein Mäusebussard der größte Raubvogel ist. Am nächsten Tag, mein Papa sattelt gerade den Braunen für die Feldarbeit, wird's dunkel am Himmel und ein Bartgeier, Spannweite drei Meter, stößt herab und greift die Katze. Da lachte keiner mehr. Plötzlich wollten alle meine Träume kennen. Ich war sieben und habe kapiert, damit kann man Geld machen. Dachte, nicht nur hier, in der ganzen Welt, und kaum war ich vierzehn, bin ich los, auf den Spuren meines Großvaters, der Müller gelernt hatte und seine Gesellenjahre in der Fremde verbracht. Über Prag ist er nach Wien und Budapest bis ans Kaspische Meer gewandert. In Edirne hat er sich mit den besten Ringern des osmanischen Reiches gemessen, und weil er ein Kreuz wie ein Schrank hatte, war er ein Held und blieb sechs Monate. Aus Baku brachte er seine Frau mit, unsere schwarzen Haare sind ihr Erbe. Ich hab den gleichen Weg gemacht, bin von Baku weiter nach Istanbul, habe in der Türkei alles über Schafzucht gelernt und in Griechenland, wie man Wein und Oliven anbaut. Dann nach Italien, um in den Korkeichenwäldern des Südens zu arbeiten, und meine Frau habe ich auf Sizilien getroffen, sie ist aus Corleone. Aber meine Träume, die hörten auf, sobald ich den Fuß aus diesem Tal setzte. Keinen einzigen Traum mehr, all die Jahre lang, bis ich zurückkam. Und da, in der ersten Nacht, träumte ich, wie mein Vater zu mir kommt, in der Hand hält er einen kleinen Traktor, wie ein Spielzeug, und er sagt, Sohn, wenn du vernünftig bist, setzt du auf den Fortschritt. Am nächsten Tag ist alles in Aufruhr, weil der Braune draußen auf dem Feld in einen Wespenschwarm geraten war, durchdrehte, und meinen Vater abwarf. Ohne noch mal die Augen aufzumachen, ist er drei Tage später gestorben, und meine Großmutter, das Blut so dunkel wie das Schwarze

Meer, hat dem Braunen ein Messer ins Herz gestochen. Ich will nicht behaupten, dass ich so zum Computer kam, aber ich hab abgeschlossen mit allem, was fortschrittsfeindlich ist. Deshalb sind wir der modernste und erfolgreichste Bauernhof weit und breit.«

Machte eine Pause, um Luft zu holen. »Heute Nacht habe ich von Ihnen geträumt«, fuhr Dieterle fort, »und obwohl *bella donna* sich standhaft weigert, diesen Spuk zu glauben, mich *imbecile reprobo* nennt, und das übersetz ich Ihnen jetzt lieber nicht, bin ich aufgestanden und habe auf Sie gewartet. War ein kläglicher Anblick, wie Sie in den Hof krochen. Können von Glück sagen, dass Beatrice, Göttin aller Göttinnen, sich darauf versteht, menschliche Wracks zusammenzuschustern. Hat auch was Gutes, wenn man im Mafialand aufwächst, da ist man mit Knochen und Gedärmen auf Du und Du. Sie hat Sie verarztet, ins Bett verfrachtet, und den Rest kennen Sie ja. Was ich eigentlich sagen will: Hab bisher noch nie von Arschkneifern, Falschmünzern oder anderem Gesocks geträumt. Daher glaube ich Ihnen, obwohl Ihre Geschichte wie ein Flickenteppich daherkommt. Denke, Sie werden Ihre Gründe dafür haben, den Rest für sich zu behalten, und ich habe meine Gründe, Ihnen zu helfen. Wenn Sie also wollen, bringe ich Sie unter die Erde.«

Quetsch glotzte, und Dieterle lachte.

»Witzalarm. Keiner lacht, außer Rolf. Aber Sie werden ihn noch verstehen.«

Quetsch verstand schnell. Dieterle führte ihn aus dem Haus, das Quetsch zum ersten Mal bei Tageslicht sah. Haus war eine nette Untertreibung. Ritterburg war der richtige Name für das Ding. Der Hof war umgrenzt von Gebäuden und Stallungen. Im Schatten eines trutzigen Eckturms duckte sich ein langgestrecktes Haus.

»Das war mal die Scheune«, sagte Dieterle. »Meine Frau, die besser kochen kann als alle verdammten Sterneköche zusammen, weil sie weiß, was die Leute futtern wollen, und weil Italienerinnen das Kochen im Blut haben, also die sagte, schmeiß den Krempel raus, wir machen da drinnen ein *ristorante* auf, *come in Sicilia,* da wird den Stuttgartern der Geldbeutel aufspringen, sie werden in Scharen strömen mit hungrigen Mäulern, und das, mein Lieber, ist der Grund, weshalb Sie unsichtbar bleiben müssen, denn in ein paar Stunden ist hier der Teufel los.«

Er zog Quetsch mit sich, der sich neugierig umsah, gerne einen Blick auf die schöne, wilde Beatrice geworfen hätte. Ihr Weg führte an der ehemaligen Scheune vorbei, in eines der Häuser hinein und auf der anderen Seite wieder hinaus. Quetsch stand vor Überraschung der Mund offen. Vor seinen Augen ein Canyon, flankiert von baumbestandenen Felsen. In Gattern Schafe, Kühe und Pferde, am Ende des Tals lockerer Baumbestand, hier und da mächtige Findlinge, die steinern in die Höhe ragten.

»Welcome to Dieterle County«, sagte Rolf Dieterle. Stolz schwang in seiner Stimme. »Vielleicht fragen Sie sich, wie ich zu diesem Paradies komme. Nun, die Zeiten waren nicht immer so. Hab Ihnen ja erzählt, mein Großvater hat sich in Europa rumgetrieben, aber wie er nach Hause kommt, eine Familie gründet, dauert's nicht lange, und der Kaiser streckt die Kralle nach ihm aus. Sie packen ihn in einen Waffenrock, und dieses Mal geht die Reise in den Osten. Hat unter Hindenburg gekämpft und die Schlachten bei Tannenberg und an den Masurischen Seen mitgemacht. Während er also hinter Iwangorod russischen Schnee und Eis kennenlernt und das gar nicht so schlimm findet, verhungert der Rest der Familie im Kohlrübenwinter von 1916. Als er nach Hause kam, fand er nur noch Kreuze. In den Straßen lagen die Toten, und die, die übrig waren, riefen nach »Frieden, Freiheit, Brot«. Die Novemberrevolution, Sie kennen die Geschichte. Und auch, wie die Sache ausging. Mein Großvater stand auf einer Liste, und wer auf der stand, war so gut wie erledigt. Damals war Stuttgart nicht der Moloch von heute, die Berge und Klingen rund um die Stadt ein wildes Gebiet, nicht zu kontrollieren. Dahin verschwand Großvater mit ein paar anderen, acht Monate hausten sie in der Bärenklinge, wie das Tal hier heißt. Damals gab's keine Wiesen und Obsthaine, der Wald überwucherte alles, und wer reinwollte, musste es vorne probieren. Es gab einen Stadtkommandanten, der wollte sich einen Namen machen, kam mit einem Trupp Soldaten. Was wirklich passierte, weiß keiner, aber den Mann fand man am folgenden Tag vor dem Alten Schloss an einem Baum aufgeknüpft, und jemand hatte durch seinen Kopf die Fahne der Arbeiterbewegung gesteckt. Noch einen Tag später kreuzte mein Großvater mit einer beeindruckenden Mannschaft im Rathaus auf, und kurze Zeit später gehörte das Tal ihm, mit Unterschrift und Stempel. Tja, nennen Sie's einen Akt von Piraterie, aber Großvater vertrat die Meinung, die Reihe war an ihm, er hat sich nur genommen, was ihm zustand.«

»Das wurde nie angefochten?«, fragte Quetsch verblüfft.

»Klar doch. Als die Braunen ans Ruder kamen, stand Großvater wieder auf einer Liste. Aber die Nazis hatten Muffensausen, jeder kannte die Geschichte mit der Fahne und keiner wollte der Nächste sein. Großvater hielt seine Truppe zusammen und sich aus allem heraus, bis die Amerikaner kamen. Mit denen verstand er sich bestens. Damals standen zweihundert Stück Vieh auf der Weide, der Hunger war groß, also stieg er in den Tauschhandel ein. Hat ordentlich Geld gescheffelt, und wenn seine einzige Schwäche nicht gewesen wäre, säße er heute noch im Sattel. Wer weiß. Das Zeugs zum Methusalem hatte er.«

Mittlerweile durchquerten sie das Tal. Quetsch vorsichtig, weil Kühe respekteinflößende Tiere waren. Dieterle dagegen scheuchte sie mit einem Schlag mit der flachen Hand aufs Hinterteil aus dem Weg. Die Bäume, die Quetsch vorhin gesehen hatte, entpuppten sich als Apfel- und Birnbäume. Dahinter knorrige Nussbäume, dann wanderten sie unter dem dichten Dach weit auseinanderstehender Ahornbäume.

»Dachte, die gibt's nur in Amerika«, sagte Quetsch.

»Blödsinn«, knurrte Dieterle. »Da oben haben wir Mammutbäume, Karpatenbirken, Schwarzerlen. Fichten, Kiefern und Tannen sowieso. Dass die Ahornbäume hier wachsen, hat allerdings seine eigene Geschichte. Hat damit zu tun, wie Großvater den Löffel abgab.«

Sie hatten das Ende des Kessels erreicht. Quetsch stand staunend vor einer Felswand. Ein kleiner Wasserfall plätscherte herab.

»Das war Großvaters Glück«, sagte Dieterle. »Wasser. Ohne den Bach hätten sie's keine acht Tage ausgehalten. Helfen Sie mal mit.«

Schob mit dem Fuß Laub und Geäst zur Seite. Ein kreisrunder Deckel aus Metall kam zum Vorschein. Dieterle hob ihn hoch, Quetsch starrte in ein gähnendes Loch.

»Hoffe, Sie leiden nicht unter Platzangst. Sonst stehen Ihnen unangenehme Zeiten bevor. Tja, wo war ich? Wasser, genau. Das Tal ist der Grund eines ehemaligen Karsees, also der Rest von einem Gletscher. Wie auch immer, die große Schwäche vom Alten waren die Frauen, von denen konnte er nicht die Finger lassen. Es gab einen Colonel, der nach dem Krieg den Schwarzmarkt kontrollierte. Dingo hieß der, war klein und flink wie die Wüstenhunde, aber ganz groß im Geschäftemachen. Großvater hat sich mit ihm angefreundet, danach lief alles wie von selbst. Da hinten standen Schuppen, da stapelten sich die Zigarettenkisten. Schokolade, Schnaps, Feinstrumpfhosen, die ganze Währung rauf und runter, alles gab's im Überfluss. Tja, und der Dingo, der hatte eine Frau, ein rassiges Weib, die war sein ganzer Stolz. Passte gar nicht zu ihm, aber sie wusste, wo was zu holen war. Was sie beim Dingo nicht kriegte, holte sie sich woanders, und am liebsten bei meinem Großvater. Der Rest ist schnell erzählt. Eines Tages kriegt das der Dingo gesteckt und macht seinem Namen alle Ehre. Lässt sich nichts anmerken. Lädt den Großvater zum Saufgelage ein und schneidet ihm am Ende vom Abend mit einem Steakmesser den Hals durch. Das war Großvaters Ende, aber auch das Ende vom Dingo, denn seine Frau hat ihn hübsch verpfiffen, zwei Stunden später holten sie ihn ab. Jetzt aber kommt das Seltsame, Dingos Frau geht zu meiner Großmutter, erzählt ihr alles und sagt, wie sehr ihr die Geschichte leidtut, und dass sie's wieder gutmachen will. Wie wär's, wenn ihr Sohn, also mein Vater, mit nach Amerika kommt? Die Zeiten waren schlecht ohne den alten Patriarchen, also hat meine Großmütter zugestimmt. So wuchs mein Vater auf einer Farm in Oregon auf und hat da einiges gelernt, von dem man hier nichts wusste. Zum Beispiel, wie man Zuckerahornbäume pflanzt und ihren Saft erntet.«

Dieterle kramte in einer Tasche, zog eine Zigarre heraus. Zündete sie an.

»Auch eine? Nein? Muss immer rauchen, bevor ich in dieses Loch steige, ich hab nämlich Platzangst. Wirklich keine?«

Quetsch spähte noch einmal in das Loch. Ihm grauste davor, aber vor Dieterles Zigarren fürchtete er sich noch mehr.

»Was ist das?«, fragte er.

Dieterle grinste.

»Atomschutzkeller. Da findet Sie keiner. Na kommen Sie, packen wir's an.«

Muffige Luft schlug ihnen entgegen. Quetsch hangelte sich mit Mühe eine eiserne Leiter hinab, die geradewegs in den Bauch der Erde führte. Unter sich die Stimme Dieterles, hallend.

»Sie fragen sich, warum das Ding? Tja, in den Achtzigern stand alles auf Messers Schneide, wenn Sie sich erinnern. Der NATO-Doppelbeschluss unterm Kanzler Schmidt, man stelle sich vor, das war doch ein Sozi! In Schwäbisch Gmünd standen die Pershing-Raketen, das ist keine fünfzig Kilometer von hier. Ich hab nicht dran geglaubt, dass dieses Spielchen gut geht. Und den Bunker gebuddelt. Den knackt keiner.«

Quetsch erreichte keuchend den Boden. Sah er nach oben, leuchtete die kreisrunde Öffnung wie eine ferne Verheißung. Dort oben, das Leben. Hier unten, das Vergessen.

»Was haben Sie davon, wenn Sie hier sitzen und oben alles verseucht ist?«, fragte er.

Dieterles Zeigefinger stach ihm in die Brust. »Solange da drin noch was schlägt, geht's weiter«, sagte er. »Aufgeben gilt nicht. Und jetzt kommen Sie. Ich zeig Ihnen was.«

Vor ihnen ein enger Gang. Müde Glühbirnen warfen ein mattes Licht auf Spinnweben, Schimmel, etwas, das aussah wie schneeweiße Watteballchen. Dieterle beantwortete die ungestellte Frage: »Spinnen. Wenn sie sterben, legt sich durch die Luftfeuchtigkeit ein Schimmelkokon um ihre Körper. Würde uns auch so ergehen. Vorausgesetzt, wir blieben lange genug unten.«

Quetsch beschloss, auf weitere Fragen zu verzichten. Die Kehle schnürte es ihm zusammen, sein Herz umklammerte eine eiserne Faust. Vor ihm dröhnte Dieterles Lachen.

»Und hier das Wohnzimmer. Na kommen Sie, treten Sie näher.«

Quetsch stolperte in einen Raum, fünf Meter lang, drei Meter hoch. Bis an die Decke stapelten sich eiserne Pritschen. An der Längswand ein Tisch, darum gruppiert drei Stühle. Dieterles Stimme eine eigenartige Mischung aus Stolz und Spott.

»Die ganze Sippe passt hier rein. Achtzehn Leute. Gequetscht wie Ölsardinen. Alles da: Bett, Tisch, Stuhl. Vielleicht fragen Sie sich, warum so eng? Liegt am Herzstück der Anlage. Die ist da drüben. Frischluft- und Wasseraufbereitung. Wenn die Welt eine verseuchte Wüste ist, können Sie nicht einfach einen Schlauch hochlegen und Luft absaugen. Sie müssen sie erst reinigen, und das kostet Platz. Um genau zu sein, so viel wie das Klärbecken einer mittelgroßen Gemeinde. Das geht natürlich auf Kosten der Bequemlichkeit. Also, hier findet Sie keiner. Raus kommen Sie allerdings auch nicht. Was Sie hier sehen, ist fünf Meter dicker Barytbeton.«

Er wandte sich zum Gehen. »Ich schick jemand mit was zum Futtern. Damit Sie mir nicht vom Fleisch fallen.«

Dieterle trat den Rückzug an, während Quetsch, gleichzeitig schwitzend und frierend, den Kopf voller Einwände, nicht wusste, wie der Sache Einhalt zu gebieten sei. Hörte Dieterle die Leiter hochklettern. Brachte keinen Ton raus.

ZUNGE VON REPORTER TOTES FLEISCH.

Der schwere Deckel fiel, die Bolzen der Sicherheitsschlösser rasteten ein, Quetsch grunzte, stöhnte, schrie endlich: »Warten Sie! Ich will nicht!«

Der Widerhall des Bunkers dröhnte in seinem Kopf, ein vielfaches Echo, das leiser wurde, leiser, leiser, leiser, dann Stille, wenn es so etwas wie Stille gab an einem Ort, in dem einen der Tod in Schimmelkulturen spann, um den endlosen, weißen Traum zu leben.

Alles da: Bett, Tisch, Stuhl, Fragen. Quetsch auf dem Bett, das Knistern der Glühfäden in den düsteren Lampen, das Tropfen von Wasser, die Welt weit weg. Bomben könnten fallen, Stürme hinwegziehen, Vulkane ausbrechen und Atlantis sich aus dem Meer erheben: Von ihm, Quetsch, würde die Menschheit erst wieder erfahren, wenn die Archäologen der Zukunft, ausgestattet mit starken Lasern, diese Mauern finden und zerschneiden würden, um dann mit offenem Mund vor einem in schneeweißen Schimmelkokon eingesponnnen Quetsch zu stehen, eine gute Gelegenheit, um einmal mehr über das Wieso und Weshalb der Menschen des 21. Jahrhunderts zu sinnieren.

Quetsch rief sich zur Ordnung. Hatte er nicht eine Aufgabe? Und wie wenig bisher in Erfahrung gebracht? Eine Geschichte sollte er schreiben, eine Geschichte über einen Mann, der gestorben war, durch einen Autounfall, was so schön geordnet im ewigen Buch der Menschheit Einzug gefunden hätte, gäbe es nicht eine Frau, die Autounfällen keinen Glauben schenkte. Die einen Quetsch beauftragte, seine dicke Nase in den Wind zu halten, der aber zu frostig war für seine Verhältnisse, viel zu frostig und zu rau. Und der sich jetzt, nach Minuten, Stunden, oder waren's schon Tage, auf eiserner Pritsche kauernd, fragte: Warum ich?

Eine Frage wie ein Dammbruch, eine Frage, die weitere heranspülte: Welche Rolle spielte Landtagsabgeordneter Diethelm Reichert, König von Schilberg, der sich gerne mal an kleinen Jungen vergriff? Was hatte es mit der Liste der Zwangsarbeiter auf sich, versteckt von seiner Mutter, in einer Dose mit der Aufschrift »Weltspartag 1962«? Weshalb war ihr Haus das Einzige, das in diesem wie aus dem Ei gepellten Dorf vor sich hin gammeln durfte? Warum wurde es hastig abgerissen, kurz nachdem er dort aufgetaucht war? Was sollte Sabines Laientheater, warum gab es einen Haftbefehl gegen ihn wegen Kindesentführung? Siedend heiß diese drängendste aller Fragen, er setzte sich auf, schlug den Kopf gegen die Eisenverstrebungen der Koje über sich.

Quetsch auf dem Stuhl.

Kalt war's, verdammt kalt hier unten, verrecken könnte er, verflucht noch eins, keiner würde ihn vermissen, hast du Freunde, hatte Sinischa gefragt, nein, er hatte keine, weder Familie noch Freunde, nicht einmal einen Hund. Ein Leben wie ein Eremit, wandernd durch ein Deutschland, das ihm zu eng war, von dem er sich wegträumte, sobald er die Augen schloss, seine Blockhütte in den Vogesen, die er sich bauen wollte und die es doch nie geben würde, weil ein Quetsch nichts im Leben zustande bringt. Er spürte seine Augen brennen und gefiel sich in Selbstmitleid.

Quetsch am Tisch.

Ellbogen schwer darauf gestützt, Kopf in den Händen, schwarzer Knoten in der Seele, sollten doch andere die Welt aus den Angeln heben, die Moral retten, Fragen beantworten und Gerechtigkeit schaffen. Großer Fisch frisst kleinen Fisch, daran gab's nichts zu rütteln, und er, Quetsch, war nicht mal ein kleiner Fisch, war Plankton im Weltmeer derjenigen, die die Regeln aufstellten.

Quetsch auf dem Bett.

Beschloss, sich ins Elsass zu träumen, in seine Vogesenhütte, er im Holzfällerhemd, grobklotzige Kanten spaltend, einen Krug Most neben sich. Scheiterte auch damit. Nicht grüne Bilder stellten sich ein, sondern graue. Nicht deutschlandgraue, dieses neue Grau war von anderer Qualität, war leicht und licht, und wer Augen hatte zu sehen, erkannte hier und da ein zartes Rot, ein helles Blau. Immer mehr Blau schlich sich in Quetschs Grau, bekam Kontur, bekam Bewegung, wurde zu einem Ozean, weit, tief, unergründlich, darin Spuren von Fischzügen, nicht Plankton, nein, Fische, die diesen Namen auch verdienten, große, schwere Körper, Quetschkörper, die das Wasser verdrängten und stolz darauf waren, sich nicht dafür entschuldigten, pardon, dass ich da bin, pardon, dass ich Ihre Luft atme. Quetsch spürte das Wasser um sich, klar und rein, sauber und voller Sauerstoff, hatte er vielleicht die falschen Träume gehabt all die Jahre, waren es die Weiten des Meeres, die er suchte, nicht die Tiefen der Wälder, wo man sich vortrefflich vergessen konnte, aber weder sah, noch gesehen wurde? Hier auf dem Wasser konnte er sehen, meilenweit, wie ein Entdecker, ein Kolumbus, ein Vasco da Gama und ein Heinrich der Seefahrer, konnte Segel setzen und Ruder einziehen, ganz nach seinem Belieben. Konnte Anker werfen oder einfach weiterschippern, und je sicherer er wurde auf den Wassern, desto mehr ahnte er, wie sehr es unter dieser Oberfläche brodelte. Aber ja, auch da hinunter würde er tauchen, würde Fragen stellen und Antworten suchen, würde herausfinden, weshalb die Gräfin unter Abertausenden von Journalisten seinen Namen herausgepickt hatte. Und danach würde er wieder an die Oberfläche kommen, ein anderes Boot chartern, Segel setzen, neue Ufer und ferne Gefilde aufsuchen.

Jemand schüttelte ihn. Quetsch schlug verwirrt die Augen auf, sah Dieterles lachendes Gesicht.

»Also um Sie muss man sich wirklich keine Sorgen machen«, sagte er. »Schnarchen seelenruhig den Schlaf der Gerechten, während um Sie herum die Welt zerbricht.«

Quetsch setzte sich auf, vermied die Eisenverstrebung um Haareslänge.

»Hab ein wenig nachgehakt, mein Lieber«, sagte Dieterle. »Die Gerüchte schwirren nur so durch die Lüfte. Das verschwundene Mädchen heißt Maria Wegner. Klingelt da ein Glöcklein?«

Quetsch war auf den Beinen, bevor Dieterle ausgesprochen hatte. Sollte der Landwirtschaftsveredler doch glauben, er würde seine Zeit verpennen, er, Quetsch, wusste es besser: Ein Würfel war gefallen, und ein neuer Quetsch stand bereit, Anker zu lichten und Segel zu hissen.

Hörte Dieterle rufen: »Wo wollen Sie denn hin?«, und zeigte mit dem Finger nach oben, rief: »Da rauf. Weil ein paar Leute mit Sicherheit schon auf mich warten!«

»Sie können wirklich damit umgehen?« Dieterles Stimme klang besorgt, und Quetsch lachte, wohl wissend, die Sorge galt nicht ihm, sondern der 54er Horex Imperator mit obenliegender Nockenwelle und zwei Vergasern, die mit samtweichem Tuch blitzblank gestreichelt dazu auserkoren war, einen Quetsch zu tragen, in schwerer Motorradkluft und schwarzem Integralhelm. Quetsch betätigte den Kickstarter auf der linken Seite, lauschte dem satten Klang des Motors, schaltete rechts, alles andersrum als bei den Japanern, zeigte, dass er sich auskannte. Dieterle beruhigte das nicht. Die Maschine zuckte und zerrte, war viel zu lange in der Scheune eingesperrt und totgepflegt worden.

»Die will rennen«, sagte Quetsch. Genoss den starken Motor unter seinem Hintern, der bequem im extra breiten Sattel ruhte. Ließ im Hof ein wenig Kies spritzen. »Adios! Danke für alles!«

»Ein Kratzer, und ich vergess mich«, rief ihm Dieterle nach. Quetsch fuhr durch die Toreinfahrt, nahm aus den Augenwinkeln eine Bewegung war, das musste Beatrice sein, *la bella donna.* Quetsch riss den Gashahn auf, die Maschine bockte, trug ihn folgsam von den Höhen Stuttgarts hinab ins Tal, durch den Kessel, und auf der anderen Seite wieder bergauf. In der Ferne die blauen Konturen der

Schwäbischen Alb. Quetsch bleckte die Zähne, drückte die Drehzahl in den roten Bereich. Hatte ein Ziel und wollte es so schnell wie möglich erreichen.

13

Quetsch parkte die Horex vor dem Backsteingebäude. Musste den Kopf weit in den Nacken legen, zählte zehn Stockwerke. Respekt. Wussten nur wenige, dass es nirgends in Europa so viele Zeitungen gab wie in Deutschland. Und kaum einem war klar: Die mit den wirklich dicken Auflagen kamen aus der Provinz. Wie hier aus Leutkirch, schwäbische Barockstadt mit langer traditionsreicher Vergangenheit und einer auflagenstarken Zeitung: die Donau-Post. Quetsch betrat das Haus, witterte wie ein Hund, sog den Geruch von Druckerschwärze, Nachrichten aus aller Welt, feurigen Schlagzeilen und bissigen Kommentaren in seine Nüstern ein. Hätte am liebsten gewinselt vor Freude. Fühlte sich zu Hause. Von irgendwo drang eine Stimme zu ihm, rostig wie ein alter Nagel in Holz.

»Das Nilpferd. Ich wusste es, ich wusste es. Eines Tages kommt es angestapft, und ich kann mir die Kugel geben.«

Quetsch sah sich einem Mann gegenüber, lang, hager, buschige Augenbrauen, fettige Haarsträhnen bis über die Schultern.

»Micha Müller«, brüllte er. »Der scharfe Rettich!«

Müller zog eine Grimasse. »Pst! Das muss ja nicht gleich jeder hören!«

Quetsch grinste: »Inkognito hier?«

»Die Donau-Post ist eine christlich geprägte Zeitung. Steht sogar im Titel. ›Tageszeitung für christliche Kultur und Politik‹. Schadet auch nicht, in den Zeiten des großen Geschreis um nichts. Unsere Leser goutieren es jedenfalls.«

»Goutieren es«, echote Quetsch. »Nicht goutieren würden sie die wenig christlichen Ereignisse mit fünf Damen eines Nachtclubs, die Herrn Müller seinen Spitznamen gaben.«

»So ist es«, sagte Müller, »deshalb wirst du deinen Mund halten, bis wir in meinem Büro sind. *Entiendes, amigo*?«

»Geht klar«, sagte Quetsch. Und nur wenig leiser: »Der scharfe Rettich und die christliche Kultur. Dass ich so was noch erleben darf.«

Müllers Büro im obersten Stock, rundum verglast, auf dem Boden ein dicker blauer Teppich. Quetsch staunte. »Du bist ja eine richtig große Nummer«, sagte er. »Nicht mehr Lokalfront?«

Müller ließ sich hinter seinem Schreibtisch in einen Chefsessel fallen, wies mit großer Geste auf einen wesentlich bescheideneren Besucherstuhl. Zog zwei kleine Kunststofffläschchen aus einer Schublade, warf Quetsch eines zu, öffnete das andere, trank es mit einem Schluck leer. Quetsch las »Actimel mit linksdrehenden Joghurtkulturen«, legte es behutsam auf den Tisch, als könnte eine Erschütterung es zur Explosion bringen.

»Verstehe«, sagte er, »wir sind jetzt saturiert. Wie du siehst, kenne ich auch das eine oder andere Fremdwort.«

»Schön für dich«, sagte Müller. »Also, Dicker, wo hast du dich rumgetrieben?«

Quetsch rutschte auf dem zu kleinen Stuhl hin und her, erstattete Bericht. War nichts Aufregendes dabei.

»Noch immer der alte Witwentröster«, sagte Müller. »Dann spitz mal die Ohren, wie man nach oben fällt, wenn man die richtigen Frauen kennt. Rita Letang, du erinnerst dich? Die kleine Volontärin? Wie das Leben so spielt: Während du mit verlassenen Müttern deine Zeit vergeudest, beglücke ich die nicht weniger verlassenen Töchter. Die sind jünger und haben mehr Zukunft. Ich begatte also die kleine Prinzessin, und hopplahopp, entpuppt sich ihr Patenonkel als Patron der Donau-Post. So kam eins zum anderen. Der Ring an meiner Hand ist der Persilschein für erholsame Nächte in einem Palast und geruhsame Stunden in diesem Büro, und weder hier noch dort breche ich mir einen ab. Du darfst mich gerne beglückwünschen.«

Quetsch schnaubte. »Klingt zynisch«, sagte er.

»Ist es auch«, antwortete Müller. »Scheiß auf den goldenen Käfig. Ich hoffe, du bringst ein bisschen Aufregung in mein ödes Leben.«

»Gut möglich«, sagte Quetsch. »Schreibst du denn überhaupt noch?«

»Nur Buchkritiken. Da kann ich die Sau rauslassen. Schriftsteller, die ich durch die Mangel gedreht habe, suchen sich danach einen anderen Beruf.«

»Seh schon«, sagte Quetsch, »aus dir wurde ein nützliches Mitglied der Gesellschaft. Vielleicht kann ich dich aufmuntern. Dr. Diethelm Reichert. Über den wüsste ich gerne mehr.«

Müller kniff ein Auge zu, kratzte sich am Hals, stand auf, setzte sich wieder. »So viel Aufregung muss nun auch nicht sein«, sagte er. »Wieso interessiert dich der große Häuptling? Waren nicht Kaninchenzuchtvereine und Briefmarken-Tauschbörsen dein Metier?«

Quetsch beschloss, den linksdrehenden Flüssigjoghurt doch zu vernichten. »Vielleicht besser, wenn du's nicht weißt. Hilfst du mir trotzdem?«

»Und ob«, sagte Müller, erhob sich und gab seinem Kronprinzenthron einen Fußtritt. »Über die Großkotze im Lande führen wir ein Vollarchiv. Da ist alles drin, was jemals über sie geschrieben wurde. Schwarz auf weiß. Mit Datenbankrecherchen kann man mein Herz nicht gewinnen. Ich denke, du schwimmst auf derselben Linie. Noch immer mit der Reiseschreibmaschine unterwegs?«

Quetsch strahlte. War sicher, Müller konnte den Stein in der Größe eines ausgewachsenen Kühlschranks inklusive Tiefkühleinheit hören, der ihm vom Herzen polterte.

»Hat was Gutes, so eine christliche Zeitung«, erklärte Müller, während er Kellertüren vor ihnen öffnete und hinter ihnen wieder verschloss. »Ein gerütteltes Maß an Konservatismus. Mit Bits and Bytes lässt sich auch nach Erscheinen eines Artikels manches drehen. Darüber liest du nichts in der Zeitung, wär ja auch zu peinlich. Aber ich kenne genug Fälle, in denen ein paar Schlaue die Geschichtsschreibung nach Abdruck haben ändern lassen. Für die Enkel, oder fürs eigene Gewissen.«

Sie betraten einen Saal von der Größe eines halben Sportplatzes. Endlose Reihen Regale, darin Ordner, Bücher, Papierbündel. Neben dem Eingang Karteikästen, daneben ein Telefon aus den fünfziger Jahren.

»Ich kann Pizza ordern«, sagte Müller und hob den Hörer ab. »Wird sicher eine lange Nacht.«

»Du rechts, ich links?«, fragte Quetsch und bewegte sich auf den äußersten Karteikasten zu.

»Damit bleiben wir nahe der Wahrheit«, antwortete Müller. »Pizza Margherita, oder immer noch mit allem drauf?«

»Wie kannst du fragen.« Quetsch zog seinen ersten Fund aus dem Kasten: »Diethelm Reichert kandidiert für den Landtag / Hannoversche Allgemeine Zeitung / 26.6.1984 / DR-HAZ 84. Alles nach Datum der Erscheinung geordnet?«

»Hundert Punkte«, antwortete Müller. »Wenn du auf eine Goldmine stößt, ruf mich.«

Sie stießen auf Eisenerz- und Silberminen, aber Gold war nicht zu finden. Nach vielen Stunden hatte Quetsch ein Bild vor Augen, von dem er glaubte, es zeige sechzig Prozent von Reichert: Den Unternehmensberater, den Waffenlobbyisten, den Politiker, den Strippenzieher. Keine Skandale, nichts Auffälliges, aber egal wie der Ministerpräsident hieß, egal welche Mehrheiten im Landtag saßen: Reicherts Name war immer dabei. Er pflegte guten Umgang mit Prominenten aus Sport, Kultur und Showbiz, führte den Vorsitz in einigen der Ausschüsse, über die Zeitungen berichteten, und war nach Müllers Meinung in allen anderen, von denen man nie was hört. Sein Privatleben las sich unbefleckt: verheiratet, zwei erwachsene Töchter, eine Frau, die sich für Multiple-Sklerose-Kranke engagierte. Ansonsten war von ihr nicht die Rede.

»Mein Typ Frau, ganz klar«, sagte Müller.

Quetsch blieb stumm. Saß auf dem Boden, vor sich einen Stapel Artikel, im Bauch ein komisches Gefühl. Entdeckergefühl. Kolumbus-Vasco-da-Gama-und-Heinrich-der-Seefahrer-Gefühl. War es denen nicht ähnlich ergangen? Sie hatten ein Ziel, aber kannten den Weg nicht, und wenn sie ankamen, war häufig der erreichte Ort nicht der erwünschte? Kolumbus wollte nach Indien und landete in Amerika, aber damit kann man doch leben. Irgendetwas war faul, und Quetsch konnte den Gestank des schöngefärbten Lebenslaufs von Reichert förmlich riechen. Müller gähnte.

»Zeit für Kaffee«, sagte er. »Mensch, es ist schon sieben. Weiß nicht, wann ich das letzte Mal eine Nacht durchgearbeitet habe. War's in diesem Leben oder im letzten?« Er ging zum Ausgang. »Los, Dicker, beweg dich. Schicht im Schacht.«

»Ich komme gleich«, antwortete Quetsch geistesabwesend. Wühlte sich durch die Karteikästen, hatte eine Witterung aufgenommen, vergaß Müller, der sein Treiben kopfschüttelnd betrachtete und sich schließlich mit einem »Ich bin dann in der Kafete« trollte. Quetsch hielt eine Karteikarte in zittrigen Händen: Klage gegen die Walden-Werke / Donau-Post Lokalausgabe Tuttlingen / 10.10.1977 / MG-DP 77. Er brauchte all seinen Mut, um das Regal aufzusuchen. Ein schäbiger Ordner, darin ein Artikel. Quetsch atmete tief durch und las:

KLAGE GEGEN DIE WALDEN-WERKE

Vor dem Amtsgericht Tuttlingen wurde eine Klage gegen die Walden-Werke eröffnet. Gräfin Sieglinde von Walden, die nach dem Tod ihres Vaters das Unternehmen führt, wies alle Anschuldigungen zurück. Demnach war Madeleine Quetsch von 1940 bis 1945 als Fremdarbeiterin bei Walden beschäftigt und fordert jetzt Entschädigung. Bei Erfolg rechnet ihr Anwalt Dr. Diethelm Reichert damit, dass eine »Flut von Klagen Abertausender Zwangsarbeiter« auf bundesdeutsche Unternehmen zurollt.

Quetsch ließ den Zeitungsartikel sinken. In seinem Kopf ein zorniger Wespenschwarm, in seinen Augen Tränen wie glühende Lava. Mit der Faust hieb er sich gegen die Stirn, einmal, zweimal, dreimal. »Fremdarbeiterin«, rief er jedes Mal. Dann stand er auf, nahm den Artikel, faltete ihn sorgfältig, steckte ihn ein, räumte den leeren Ordner zurück ins Regal, die Karteikarte in den Kasten, löschte das Licht und stieg nach oben in den neuen Tag, langsam, schwerfällig, einen Fuß vor den anderen setzend, ohne zu wissen, weshalb er das tat.

Müller schob ihm einen Kaffee zu. »Heiß ist er nicht mehr«, sagte er vorwurfsvoll. »Und bei ›Ich komme gleich‹ höre ich ein anderes Lied.«

Dann sah er Quetschs Gesicht und verstummte. Stand auf, ging zur Theke, kam mit einer kleinen, braunen Flasche in der Hand zurück. Kippte deren Inhalt in Quetschs Becher.

»Kein linksdrehender Joghurt«, sagte er. »Und jetzt spuck's aus. Was hast du gefunden?«

Quetsch leerte den Becher in einem Zug. Kramte den Artikel vor, schob ihn über den Tisch. Müller las.

»Scheiße«, sagte er.

»Meine Mutter«, stammelte Quetsch und hatte Schwierigkeiten, die Tränen zurückzuhalten. Konnte doch nicht in der Cafeteria der Donau-Post losheulen. »Kurz nach dem Artikel starb sie. Bei einem Unfall. Ist doch komisch.«

Müller erhob sich. »Ich glaube, ich brauch jetzt auch einen.«

Ging zur Theke, kam gleich mit vier der Flaschen zurück, schob zwei davon Quetsch zu. Sie tranken. Müller kratzte sich am Hals. »Und was bedeutet das?«, fragte er.

»Es gibt nur diese eine Meldung in einer völlig unbedeutenden Lokalausgabe«, sagte Quetsch. »Reichert vertritt meine Mutter als Anwalt. Wenn sie gewinnen, haben Millionen Zwangsarbeiter eine Rechtsgrundlage auf Entschädigung. Und das 1977, wo die internationale Staatengemeinschaft noch keinen Schmusekurs mit Deutschland fährt. Da hätte es gescheppert im Karton. Schließlich haben so gut wie alle deutsche Firmen Zwangsarbeiter ausgebeutet, die großen wie die kleinen. Von den Kirchen ganz zu schweigen. Das wäre der Urknall gewesen.«

»Also war der Unfall gar kein Unfall?«

»Ich kenne einen, der mir das beantworten kann«, sagte Quetsch grimmig. »Und weil andere das auch so sehen, haben sie seine kleine Tochter entführt.«

»Moment mal!« Müller fuhr auf. »Das wird ja immer bunter. Sonst hast du nichts vergessen?«

»Welche Rolle spielt Reichert? Ich krieg das nicht auf die Reihe. Meine Mutter wollte doch immer nur ihre Ruhe. Aber sie besaß etwas, von dem sich Reichert eine Menge versprach.«

»Das wäre?«

Quetsch schob seine Hand in die Innentasche der Motorradjacke. Zog die kleine, blaue Dose hervor.

»Weltspartag 1962«, las Müller laut.

»Genau«, sagte Quetsch. »Es wird Zeit, dass ich die Zinsen einziehe.«

Sie standen oben in Müllers Büro, beide etwas verlegen.

»Weißt schon, auf mich kannst du nicht zählen«, sagte Müller.

»Schon klar«, sagte Quetsch. »Was ist dein Plan?«

»In Urlaub fahren«, antwortete Müller. »Schleunigst. Ritas Familie hat ein Haus in der Bretagne. Bei Morgat, Prêsque-Ile-de Crozon. Da ist um diese Zeit keine Sau. Werde mir die Wampe mit Champagner und Hummern vollschlagen und einmal am Tag den Gott der Lokaljournalisten bitten, dass er uns deine miese Schreibe erhält.«

Quetsch streckte die Hand aus, aber Müller ignorierte sie. Drückte ihn statt dessen linkisch an sich.

»Brich dir nicht den Hals. Das heißt, lass ihn dir nicht brechen. Es gibt zu wenig fette, untalentierte, dickköpfige ...«

Quetsch machte sich los. »Genug der Zärtlichkeiten«, sagte er.

Ging zur Tür, schloss sie hinter sich, ohne sich umzudrehen. So, wie er es immer machte.

Es war nach Einbruch der Dunkelheit, als Quetsch Schilberg erreichte. Hatte es vorgezogen, eine kleine Pause im »Remseck« einzulegen, einer Kneipe für Motorradfahrer, zwischen den spektakulären Felsen des Donautals und dem Albaufstieg gelegen. Der richtige Ort, um Luft zu schöpfen, bevor Haarnadelkurven vom Feinsten Mann und Maschine forderten. Und wie Quetsch mit Wohlbehagen feststellte, auch Frau und Maschine. Obwohl wochentags, bevölkerte eine stattliche Truppe Motorradenthusiasten das »Remseck«. Sie tranken Apfelsaftschorle, sprachen über Zylinderköpfe. Eine kleine Welt für sich, und Quetsch saß wie immer abseits. Er dachte nach. Ein Luxus, den er sich zu wenig gönnte. Immer, wenn's was zum Nachdenken gab, hatte er seine Tasche gepackt und war weitergezogen. Doch jetzt gab's keine Tasche mehr zu packen. Quetsch stierte in sein Glas, bemerkte die junge Frau nicht, die schon einige Zeit vor seinem Tisch stand.

»Deine Maschine da draußen?«, fragte sie, als er endlich aufblickte.

Vor der Kneipe standen fünfzig Bikes. »Kommt darauf an, welche du meinst«, antwortete Quetsch. »Darauf kommt's immer an.«

»Aha, ein Philosoph«, sagte die junge Frau. »Darf ich?«

Schon saß sie. Sagte nichts weiter, schaute Quetsch weiter unentwegt an.

»Hab ich einen Ausschlag?« fragte er. »Oder Pickel?«

»An den sichtbaren Körperteilen nicht. An den anderen? Kommt drauf an. Und darauf kommt's dann wirklich an.«

»Punkt für dich«, antwortete Quetsch genervt. »Also was gibt's?«

»Deine Maschine, die Horex?«

»Meine Maschine, die Horex!«

»Tja, Pech für dich. Mein Freund hat sie umgefahren.«

Quetsch sprang auf, warf sein Glas zu Boden, nuschelte eine Entschuldigung, tastete nach einer Serviette, entschied sich dann doch, nach draußen zu stürmen, den Tatort zu inspizieren. Dieterles Stimme im Ohr, »Ein Kratzer, und ich vergess mich«. Sah eine Gruppe Motorradfahrer um seine Maschine stehen, auf ihren Lederjacken prangten Totenköpfe. Zwei von ihnen richteten die Horex auf. Öl lief aus dem Motor, die Verkleidung war zerkratzt, das Scheinwerferglas zersplittert. Quetsch drängte sich durch.

»Großartig«, sagte er. »Wirklich großartig. Welcher von euch Sonntagsfahrern war's?«

Schaute sich um, blickte in finstere Gesichter. Ein Kerl, gegen den selbst Quetsch klein erschien, schob sich nach vorne.

»Geht auf meine Kappe«, sagte er. »Hab sie nicht gesehen. Sonne stand tief. Ist doch so.«

Quetsch erkannte sofort Seelenverwandtschaft. So also war das, wenn einem auf Quetsch-Art ein Ungeschick gebeichtet wurde. Es gab Leute, die das trefflich zu nutzen verstanden. Quetsch aber wusste, was er selbst gerne hören würde.

»Macht nichts«, log er. »Kriegen wir geregelt. Komm rein, trinken wir einen Schluck.«

Hatte das Gefühl, das Schicksal wollte ihm einen Weg weisen.

Einer der Crew erstattete Bericht. »Verkleidung am Arsch, Zahnkranz ging hops. Kann man alles flicken.«

»Tut mir leid«, sagte der Chef, der sich inzwischen mit ›Ich bin der Jochen, aber kannst Jo sagen‹ vorgestellt hatte. »Musst du wohl mitkommen. Bei mir können wir's richten, ist doch so.«

Quetsch staunte über professionelle Organisation. Ein Anruf, eine Viertelstunde später kam ein Jeep mit Hänger, sie wuchteten die Horex hinein. Quetsch setzte sich auf den Beifahrerplatz, der Fahrer, ein Männchen, das dreimal in seine Jacke passte, knurrte einen Gruß, sie fuhren schweigend. Am Fluss entlang, durch die schmale Schlucht des Donaudurchbruchs bei Beuron. Quetsch sah links und rechts der Straße die Felsen in den Himmel wachsen. Der Fahrer bog unvermittelt ab, steuerte auf einen zu, Quetsch entdeckte die Durchfahrt erst, als es schon dunkel um sie wurde. Auf der anderen Seite der Felsen lag ein Wiesengrundstück, darauf baufällige Baracken. Ein Autofriedhof mit Hunderten alter Wagen, alles amerikanische Modelle. Quetsch sah ausgeschlachtete Chevys, Chrysler Dodges, Pick-ups jeden Formats. Hinter dem Metall- und Blechhaufen drehte eine Windmühle müde ihre Arme. Sie hielten an, Quetsch wuchtete sich heraus. Jo kam ihm entgegen.

»Wir machen hier ein bisschen Autoveredelung«, erklärte er. »Lohnt sich, das Geschäft. Jeder will 'n anständigen Schlitten fahren, ist doch so.«

»Und die Mühle?«

»Die Weiber backen Brot. Musst ja heute gucken, was du frisst, ist doch so. Gibt nur noch Pappe zu kauen. Also, Mann, was kann ich dir Gutes tun, als Entschädigung für die Umstände?«

Quetsch wandte sich um. Sah drei der Totenkopfträger die Horex in einen Schuppen schieben. Musste den Kopf in den Nacken legen, um Jo ins Gesicht zu sehen. Passierte ihm auch nicht oft.

»Ich wüsste da was«, sagte er.

Sie saßen in der Küche. Einbauschränke, Geschirrspüler, an den Fenstern Geranien. Von der Decke baumelte ein Käfig, darin ein gelber Kanarienvogel. Jo legte ein schwarzes Tuch über den Küchentisch. Öffnete einen Schrank, holte eine Kasserolle heraus. Nahm den Deckel ab.

»Eigentlich ist die zu klein. Acht Millimeter, keinen Rückschlag, trifft, wenn du, sagen wir, aus fünf Metern auf eine Wand zielst. Aber du willst ja nur damit rumfuchteln, wenn's stimmt, was du sagst, und das wollen wir jetzt einfach mal glauben, ist doch so. Hätte natürlich auch noch andere Sächelchen, aber die liegen nicht einfach hier rum, das dauert ein Weilchen und kostet auch was. Das Teil schenk ich dir. Bin froh, wenn es aus dem Haus ist, es beleidigt mein Auge.«

Quetsch nahm die Waffe in die Hand. War das zweite Mal, dass er eine Pistole oder einen Revolver anfasste, was zum Teufel war eigentlich der Unterschied? Für ihn sah sie gefährlich aus, und da er sie dieses Mal nicht in der Donau versenken würde, nickte er anerkennend.

»Nehm ich«, sagte er. »Wie funktioniert das Ding?«

»Schieß dir ja nicht ins Knie. Das tut weh«, brummte Jo. Zeigte Quetsch, wie man lud und entlud. »Eins noch. Ist nicht registriert. Den einen oder anderen interessieren solche Nebensächlichkeiten.«

Quetsch betastete das Metall. Eine Wand treffen, ja, das wollte er.

Jo winkte ihn mit sich. »Mal sehen, was dein Hobel macht.«

Die Jungs leisteten ganze Arbeit, spritzten die Verkleidung neu. Quetsch vertrieb sich die Zeit, indem er die Autowracks besichtigte, die Mühle unter die Lupe nahm, sich schließlich ins Gras legte und für einige Stunden die Augen schloss.

Es dämmerte schon, als ihn Jo weckte. »Ist fertig, dein Gerät«, sagte er. »Fast wie neu. Das heißt, so neu, wie man sich einen Oldtimer wünscht.«

Quetsch begutachtete die Horex von allen Seiten. War danach sicher, selbst Dieterles Adleraugen konnten keinen Unterschied zum Vorher entdecken. Schüttelte Jo die Hand, versprach, bei ihm zu kaufen, stände ihm der Sinn nach amerikanischen Limousinen, setzte seinen Weg fort. Die Waffe in der Innentasche seiner Jacke drückte, und dieses Gefühl gab ihm fast so was wie Sicherheit.

14

Die Hauptstraße wie ausgestorben, die Gehsteige hochgeklappt, trotzdem fühlte sich Quetsch von tausend Augen beobachtet. Um diese Zeit saßen die Bürger Schilbergs vor der Tagesschau und freuten sich, dass die hässlichen Dinge anderswo auf der Welt passierten. Gott segne uns, unseren Wohlstand, unsere Moral und unsere Ordnung. Quetsch erschrak über die Baulücke, wo vor wenigen Tagen das Haus gestanden hatte. Da hatte jemand nichts anbrennen lassen. Er fuhr Richtung Neubaugebiet, ratterte durch stille Straßen. Sich weniger auffällig zu verhalten, hatte keinen Sinn. Nachgrübeln und langes Pläneschmieden war seine Sache nicht. Hatte beschlossen, mit der Tür ins Haus zu fallen. Seine Obelixstrategie ging auf. Die Tür öffnete sich. Das bleiche Gesicht von Karl-Heinz Wegner starrte ihm entgegen.

»Ich habe auf Sie gewartet«, sagte er. »Kommen Sie rein. Schnell.«

Quetsch überschritt die Schwelle, einen dicken Kloß im Hals. Die gefliesten Böden und Wände wirkten noch steriler als beim letzten Besuch. Wegner wies auf das beige Sofa. Das sah noch immer aus wie frisch aus dem Möbelhaus, auch der gläserne Couchtisch davor glänzte ohne Makel.

»Was zu trinken?«, fragte Wegner. »Ich nehm Leitungswasser, aber es gibt auch Cognac.«

Fischte aus der verspiegelten Bar in der Schrankwand die einzige Flasche. Sie war nicht angebrochen.

»Zu dumm. Ein Glas dafür habe ich natürlich nicht«, murmelte Wegner.

Quetsch erhob sich, nahm ihm die Flasche ab.

»First things first«, sagte er. Hatte er in einem Krimi gelesen, klang in seinen Ohren professionell und zielstrebig. »Wo ist Maria?«

Wegner starrte ihn verwundert an. »Bei Ihnen. Das weiß doch jeder.«

»Gut«, sagte Quetsch, »dann langsam, zum Mitschreiben. Setzen Sie sich hin und hören Sie auf, Ihre Hände zu kneten. Das macht mich krank. Hinsetzen, habe ich gesagt.«

Wegner setzte sich. Quetsch öffnete die Flasche. Roch daran. Schüttelte sich. Wenn dieser Cognac Cognac war, dann gute Nacht, Frankreich. Aber er hatte sowieso nicht vor, ihn zu probieren. Das durfte ein anderer tun. Er hielt Wegner die Flasche hin. »Trinken!«, sagte er.

Wegner wehrte ab. »Nur Wasser«, sagte er. »Leitungswasser.«

»Am Arsch die Räuber«, antwortete Quetsch. »Du trinkst freiwillig, oder ich gieß dir das Zeugs in den Rachen.« Er stand auf. »Eins, zwei ...«

Wegner war entsetzt. »Ich kann nicht, ich darf nicht«, stammelte er. »Dann wäre ...«

»... alles umsonst«, unterbrach Quetsch. »Wolltest du das sagen? Die Jahre der Entbehrung, wenn sie einen trockenlegen? Das tut richtig weh, stimmt's? Brennt schon morgens in der Gurgel, und wenn man was isst, wird einem immer schlecht. Die Hände zittern, man hat Schweißausbrüche, Gleichgewichtsstörungen, und manche Kandidaten sehen doppelt und dreifach. Bist du einer, der dreifach sah? Ich glaube schon, warst schließlich ein schwerer Fall, nicht? Als man zu dir kam und sagte, die Reingeschmeckte stört, musste man dich nicht lange bitten. Hast dich in deinen Kieser gesetzt, bist durch das Dorf gebrettert. Mit dem Üblichen intus.«

Wegner mit gläsernen Augen, weit weg, sicher vor Quetschs Zorn.

Der brüllte jetzt: »Wer hat dich dazu beauftragt? Die Gräfin?«

Der Mann gegenüber sank in sich zusammen. Verbarg das Gesicht in seinen Händen und blieb einfach so sitzen. Quetsch wusste auch nicht weiter. Hatte sein Pulver verschossen. Vielleicht einfach warten? Das tat er, und so saßen sie, zwei Stunden und siebenunddreißig Minuten, Quetsch den Zeiger der Uhr über dem Kamin stets im Blick. Dann richtete sich Wegner abrupt auf.

»So war's nicht«, sagte er mit einer Stimme, als setze er ein Gespräch fort, welches nur kurz unterbrochen war. »Jag ihr einen Schreck ein, hat's geheißen, und mehr wollte ich auch nicht tun, hab mir nichts weiter dabei gedacht. Kleiner Schreck, mehr nicht. Aber dann hat der Laster nicht gebremst, bin wie blöd aufs Pedal gestiegen, aber nichts ging, kein Bremsdruck. Ich wollte das Lenkrad herumreißen, aber da war's zu spät, es war einfach zu spät. Hab sie gar nicht gesehen, da war schon die Wand.«

Wegner holte tief Luft. »So war's«, sagte er. »Und nicht anders.«

Quetsch biss sich die Unterlippe blutig, ballte die Fäuste. Seine Stimme ein Krächzen, als er fragte: »Und wer hat dir das eingeflüstert, das mit dem kleinen Schrecken?«

Wegner schaute ihn schon wieder ganz verwundert an. »Na, der Reichert«, sagte er.

Quetsch saß ganz still. Dann sprang er auf, sein Fuß traf den gläsernen Couchtisch, der hob ab, flog durch das Zimmer, zerbrach an der Uhr über dem Kamin, und Quetsch, im Glasregen stehend, brüllte: »Das ist doch eine verdammte Lüge!«

Nachdem sie Glasscherben zusammengekehrt hatten, Wegner den Staubsauger bedient und Quetsch einen feuchten Lappen geschwungen, nachdem Wegner in einem Anflug von Trotz gesagt hatte, der Tisch habe ihm sowieso nie gefallen, und ihnen der weiße Fleck an der Wand aufgefallen war, wo die Uhr gehangen hatte, als Quetsch nach Farbe und Pinsel rief, aber Wegner entschieden ablehnte, worauf Quetsch ein Viertel der Flasche leerte, in der Einsicht, dass es ihm egal war, wie das Gesöff schmeckte, Hauptsache, es brannte die Kehle hinab, und Wegner sich mit Leitungswasser versorgte, nach all dem seufzte Quetsch: »Jetzt verstehe ich gar nichts mehr.« So schön hatte er sich alles zurechtgelegt.

Hatte geglaubt, die Gräfin spiele ein falsches Spiel und habe ihn deshalb engagiert. Erst die Mutter, dann der Sohn, und das Motiv steckte in der blauen Dose mit der Aufschrift »Weltspartag 1962«. Schließlich hatte ihr damals noch die Firma gehört und Madeleine Quetschs Klage ihre Existenz bedroht.

Wenn Reichert aber Wegners Anstifter war, ergab das alles keinen Sinn. »Er ist Mutters Anwalt gewesen, davon hatte er doch nichts«, murmelte Quetsch immer wieder. Neues Grübeln brachte ihn auch nicht auf die Sprünge, kam ja doch nur Quatsch dabei raus. »Quetsch denkt Quatsch«, sagte er laut, aber niemand lachte. Wegner trank sein Leitungswasser. Hatte eine Art, lautlos zu trinken, die Quetsch in Rage brachte.

»Wo ist Maria?«, fragte Wegner unvermittelt.

»Keine Ahnung«, sagte Quetsch. Stimmte so nicht. Hatte einen Verdacht, den er lieber für sich behielt. Falls er damit ebenso falsch lag wie mit allen anderen Vermutungen.

»Muss los«, sagte er. »Für Sie ist es am besten, die Nase nicht aus dem Haus zu stecken. Wenn ich was rausfinde, melde ich mich.«

Wegner begleitete ihn zur Tür. Sah Quetsch mit einer Mischung aus Angst und Verachtung an. »Ich glaube Ihnen ohnehin kein Wort«, sagte er.

Quetsch blieb stehen. »Das sagen ausgerechnet Sie?«, fragte er leise.

Wegner gab keine Antwort. Quetsch spürte Eiseskälte, die sich in ihm ausbreitete. Er wollte noch etwas sagen, aber es war schon alles gesagt. Er wandte sich um und ging.

Quetsch fuhr mit Bedacht übertourig, die Horex dankte es mit infernalischem Lärm, und er empfand klammheimliche Freude, Schilbergs Bürger ihrer nächtlichen Ruhe zu berauben. Er gab in den stillsten Straßen extra viel Gas, ließ an jeder Kreuzung den Motor aufröhren.

»Jetzt wissen alle, dass ich da bin«, dachte er. »Gut so.«

Im »Gasthaus Rose« brannte Licht. Quetsch stellte die Maschine ab. Lauschte. Nichts zu hören. Eine geradezu gespenstische Ruhe, und ein wenig kam sich Quetsch vor wie Gary Cooper in High Noon. Wenn's ans Sterben geht, dann wenigstens aufrecht, das war die richtige Einstellung, und dann schalt er sich einen Dummkopf, all diese Helden hatte es niemals gegeben, und trotzdem: So musste sich einer fühlen, mit weichen Knien vor dem feindlichen Saloon, wenn es so weit war, eine Schwingtür aufzustoßen, des Feindes Reich zu betreten, ohne mit der Wimper zu zucken. Schön, wer sich in diesen Augenblicken darauf verlassen konnte, einer fliegenden Mücke das Auge rausschießen zu können. Quetsch war sich sicher, er würde die Wand aus fünf Metern Entfernung nicht treffen, von der Jo gesprochen hatte. Zählte langsam eins, zwei, zweieinhalb, zweidreiviertel, drei, polterte durch die Tür in den Schankraum. Über dem Stammtisch brannte eine Lampe. Im matten Schein saßen Thomas Kern und Matze Merzenich und sahen ihn erwartungsvoll an. Kern mit getapeter Nase. Hinter Merzenich, die Hände auf seinen Schultern, Sabine. Lange Zeit rührte sich keiner der vier.

Dann Sabine: »Quetsch, du Dummkopf.«

»Schnauze, Bienchen.« Das war Merzenich. Und Quetsch, der wusste, dass Gary Cooper in einem Augenblick wie diesem schnurstracks zum Tisch gegangen wäre, das Glas Bier vor Merzenich genommen und ihn mit den Worten »Sag niemals Bienchen zu der Dame« getauft hätte, blieb regungslos an der Tür stehen. Hatte wieder das Gefühl, in einen Menschen hineinzusehen. Sabines Gedanken prangten für einen Augenblick wie Leuchtschrift auf ihrer Stirn, und wenn er die Zeichen richtig deutete, war Merzenichs Schicksal bereits besiegelt. Er konnte ein Lachen nicht unterdrücken. Das hatten die drei am Tisch nicht erwartet.

Thomas Kern sprang auf. »Hast du noch immer nicht genug, Fettsack«, sagte er. Drohend ging er auf Quetsch zu.

»Nicht«, rief Merzenich. Der Polizist blieb stehen.

»Aha«, dachte Quetsch, »da sitzt der Boss.«

»Kam nur vorbei, um den Herrschaften einen guten Tag zu wünschen«, sagte er. »Das heißt, angesichts der vorgerückten Stunde, eine gute Nacht. Werde die nächste Zeit ein wenig in der Gegend bleiben, vielleicht schlage ich hier sogar meinen Alterssitz auf. Also, wir sehen uns.«

Er drehte auf dem Absatz um und ging nach draußen. Dort begann Quetsch am ganzen Leib zu zittern. Schlecht war ihm, glaubte kotzen zu müssen, du meine Güte, diese ständige Aufregung, und das mit ihm, dem nichts näher lag als ein ruhiges Leben, ausgerechnet er markierte den Helden, vor Menschen, die ihm die Pest an den Hals wünschten, ihn halb totgeschlagen hatten oder mit ihm ins Bett stiegen, um die eigenen Ziele zu erreichen, er wusste wirklich nicht, was schlimmer war. Kletterte aufs Motorrad, kämpfte mit dem Kickstarter.

»Komm schon, komm schon«, beschwor er die Maschine, und als sich die Horex endlich dazu bequemte, ihre Pflicht zu erfüllen, musste er sich mit beiden Beinen auf dem Boden abstützen, um nicht zu kippen. Hatte ihn gehörig aus dem Gleichgewicht gebracht, sein Auftritt, auch wenn's anders ausgesehen hatte. Fragte sich, ab welchem Alter freie Journalisten Anspruch auf eine Kur besaßen.

Als Quetsch die Horex neben Kirche und Pfarrhaus ausrollen ließ, schickte er ein Stossgebet nach oben, zum Chef des Hauses. Bat um Beistand, Kirchenasyl, was zwischen die Zähne und ein Bier, bat vor allem darum, dass er mit seiner Ahnung nicht falsch lag. Ließ den Motor so lange aufheulen, bis das Licht anging und Pfarrer Hohninger im langen Nachthemd vor die Tür trat.

»Na endlich«, brummte er. »Weißt du, wie spät es ist?«

»Hoffentlich nicht zu spät«, sagte Quetsch. Wies auf die Maschine. »Die lass ich lieber nicht draußen stehen.«

Hohninger winkte mit einem großen Schlüssel. »Der Herr hat für vieles Verständnis«, sagte er und öffnete das große Kirchenportal. »Nur nicht für Ölflecken auf dem Boden. Hoffentlich ist sie stubenrein.«

Quetsch schob die Horex in die Kirche, bekreuzigte sich so schnell, dass er hoffte, Hohninger könne es nicht sehen.

Der Pfarrer aber, der auch hinten Augen hatte, lächelte. Sein Boss, da war er sich sicher, würde dasselbe tun.

»Rein in die gute Stube«, sagte er. »Es ist bereits angerichtet.«

Wärme schlug Quetsch entgegen, als er Hohningers Küche betrat. Begrüßte das klapprige Bett, die Duschkabine neben dem Gasherd, die jahrhundertealte Spüle und den Tisch mit den beiden Sesseln, von denen er wusste, er würde so tief darin versinken, bis er das Kinn auf der Tischplatte ablegen konnte. Begrüßte all das wie alte Bekannte. Hohninger hatte ihn erwartet, Bierflaschen standen auf dem Tisch, Kaminwurzen lagen auf einem Brett, ein Glas mit scharfem Senf, und, Quetsch traute seinen Augen kaum, daneben ein blitzendes Messer mit scharfer Klinge.

»Hochwürden haben aufgerüstet«, sagte er.

»Wollte mich nicht ein zweites Mal blamieren«, antwortete der Pfarrer, »außerdem kann eine scharfe Klinge im Haus nicht schaden. Greif zu.«

Das ließ sich Quetsch nicht zweimal sagen. Was ihn bei all diesen Ermittlungen am meisten störte, dachte er zwischen zwei Bissen, war der herbe Verlust regelmäßiger Mahlzeiten. So etwas hatte es in seinem Leben nie gegeben, und er schwor sich, sollte er jemals aus dem Schlamassel rauskommen, musste er diese Angelegenheit wieder in geregelte Bahnen lenken. Das brachte ihn zum Thema.

»Wo ist sie?«, fragte er mit vollem Mund.

»Wen meinst du?«, fragte Hohninger erstaunt.

Quetsch spürte einen Stich im Herzen. Hatte ihn sein Gefühl betrogen? Dann wäre es jetzt an der Zeit für das letzte Gebet. Er übertünchte seine Zweifel mit herrischer Stimme.

»Kommen Sie, keine Spielchen. Das Mädchen?«

»Ach, Maria!« Hohninger spielte das Unschuldslamm. »Im Bett natürlich, was denkst du, um diese Zeit. Sie ist schließlich im Training. Wir wollen die Welt erobern: *She stands like a statue, becomes part of the machine.*«

Die zittrige Stimme des Pfarrers strafte seine Fröhlichkeit Lügen. Quetsch saugte Luft in seine Lungen. Empört und erleichtert zugleich. »Sie haben das Gerücht in die Welt gesetzt, ich hätte die Kleine entführt!«

»Das musst du verstehen«, meinte Hohninger, »du wärst doch sonst nicht mehr zurückgekommen.«

Quetsch schwieg. Dann sagte er: »Sie benutzen mich.«

Hohninger stand auf. Breitete die Arme aus, als wolle er der Gemeinde den Segen erteilen, überlegte es sich dann anders, nein, das war nicht die Zeit für große Gesten. Was er sagen wollte, worüber er sprechen musste, über den Schatten, der ihm das Herz verdunkelte, verlangte nach anderem. Kalter Schweiß trat ihm auf die Stirn. Ging zur Spüle, öffnete den Hahn, wusch sich das Gesicht mit fahriger Geste. Wendete sich Quetsch zu.

»Ich weiß, ich bin ein Sünder, und Gott wird mich richten. Seit dreiundvierzig Jahren bin ich Pfarrer von Schilberg. Seit dreiundvierzig Jahren sehe ich diesem Treiben zu. Seit dreiundvierzig Jahren lege ich meine Hände in den Schoß. Oh ja, ich spreche und mahne und bitte, aber meine Worte finden kein Gehör. Die Leute hier verstecken sich hinterm Wohlstand, hinter ihrer Bürgerlichkeit. Wir und Sünden? Hochwürden, schauen Sie sich um auf der Erde! Andere beschmutzen die Worte des Herrn, wir nicht. Wir sind Christen, wir arbeiten hart, wir erziehen unsere Kinder nach moralischen Werten. Nein, nein, hier ist die Welt in Ordnung, daran werden Sie nicht rütteln. Die wenigen lässlichen Verfehlungen, der Seitensprung, die Frau geschlagen, der Griff in die Vereinskasse: Herr Pfarrer, ich beichte, und jetzt hurtig zur Absolution. Mund abwischen, und vergelt's Gott!«

Hohninger stand schwer atmend in der Küche, die Quetsch plötzlich nicht mehr heimelig, sondern schäbig vorkam. Wahrscheinlich standen Bett, Tisch, Sessel, Gasherd seit dreiundvierzig Jahren da, keine Veränderung, kein Fortschritt, das triste Leben eines Landpfarrers. Rom war weit, und Rottenburg auch. Wer spendet dem Trost, der andern Trost spendet? Quetsch reichte Hohninger sein Bier. Der trank in großen Zügen.

»Kannst du das verstehen? Ich will aufräumen mit dem Saustall, aber ich renne gegen die Wand. Ich bin Karl-Heinz Wegners Beichtvater, ich weiß, was er getan hat. Ich weiß auch, dass Reichert ihn dazu angestachelt hat. Ja, jetzt ist es raus, ich dürfte es nicht sagen, das Beichtgeheimnis, aber ich kann's nicht mehr für mich behalten, ich kann einfach nicht. Ich habe zugesehen, wie Reichert die Walden-Werke übernahm. Oh ja, er brachte sie auf den neuesten Stand, die Geschäfte gehen besser denn je. Du hast ja gesehen, was aus dem Dorf geworden ist. Hier gibt es keinen, der nicht von Reichert abhängig ist. Er brachte alle unter seine Fuchtel. Geht es den Walden-Werken gut, geht es mir gut, denken die Leute. Dagegen konnte ich nichts, aber auch gar nichts tun. Also habe ich um Versetzung gefleht, beim bischöflichen Ordinariat, vergeblich. ›Wir haben uns umgehört‹, sagten sie mir, ›Schilberg braucht Sie‹. Reichert spielt sein Spiel auch mit mir. Und dann, eines Tages, stand dieser Mann in der Tür. Jack Hinkley. Es war, als seien alle meine Gebete erhört worden. Ihn kümmerte nicht, ob ein Urgroßvater vor Generationen den Schwur getan hatte, nie mehr ein Wort mit der Nachbarsippe zu wechseln, und man sich auch heute noch dran hält. Ihm war egal, dass man die Töchter einer Familie aus Tradition nur mit Söhnen einer anderen verbindet. Er kannte weder die Blutsbande noch die Treueschwüre, die Schilbergs Adern und Venen sind. Er war Amerikaner, er sagte: ›*We'll find out the truth and we'll talk about to the people*‹. Einfach so. Finden wir die Wahrheit heraus und erzählen sie den Leuten. Die Wahrheit über die Walden-Werke, die Wahrheit über zweitausend Zwangsarbeiter, die in den Kellern unter erbärmlichen Umständen schufteten und starben. Er sagte, die Zeit ist gekommen, es hat lange genug gedauert, über sechzig Jahre nach dem Krieg muss Deutschland endlich seine Schulden bezahlen, um fünf Milliarden Euro wurde gefeilscht, ein mieser kleiner Handel. Er kam von einer jüdischen Organisation in New York, sein Auftreten war so selbstbewusst amerikanisch, ich wollte einfach glauben, dass er Erfolg hat. Wie sehr habe ich es mir gewünscht, dass Jack Hinkley den Dreck aufwirbelt, der seit Generationen auf Schilberg liegt! Aber ich habe die brutale Gradlinigkeit seiner Einwohner unterschätzt.«

Quetsch schwieg. Hatte sich nicht mehr getraut, in seine Kaminwurz zu beißen, und nutzte Hohningers Atemholen, sich gleich zwei Stücke davon in den Mund zu schieben.

»Hinkley kam gar nicht dazu, etwas über das Schicksal der Walden-Zwangsarbeiter rauszufinden. Ein paar Tage war er hier, sprach mit den Leuten. Die haben ihm zugehört und später die Köpfe zusammengesteckt. Kamen zu dem Schluss, der Ami stört, und fragten sich, ob er wohl schwimmen kann. Probierten es aus und stellten fest: Er konnte nicht. Vor allem nicht mit dem Liter Schnaps im Blut, den sie ihm vorher eingeflößt hatten.«

»Wer hielt die Flasche?«, fragte Quetsch.

»Merzenich. Seine Freundin Sabine wählte die Sorte aus. Ein Himbeergeist. Aber das fällt eigentlich auch unters Beichtgeheimnis.« Hohninger wischte sich mit einem Geschirrtuch das Gesicht trocken. In seinen Augen las Quetsch pure Verzweiflung.

»Gott wird mir verzeihen«, sagte der Pfarrer. »Aber ich kann nicht mehr. Am Sonntag nach dem Mord saßen alle in der Messe, sangen das Lob Gottes und aßen vom Tisch des Herrn.«

Quetsch öffnete zwei Flaschen Bier, reichte eine Hohninger. Irgend etwas passte nicht ins Bild.

»Wieso Schilberg?« fragte er. »Hinkley hätte überall hingehen können. Zwangsarbeit gab's nicht nur hier.«

»Die Gräfin«, antwortete Hohninger. »Sie hat seiner Organisation die nötigen Dokumente zugespielt. Welche von der brutalen Sorte. Er hat mir einige davon gezeigt. Das sah aus wie der Holocaust.«

»Warum?«, bohrte Quetsch weiter. »Was hatte sie davon?«

»Sie kann das Erbe ihres Vaters nicht ertragen. Hat genug von der Gier der Menschen.«

»Also ich weiß nicht«, murmelte Quetsch. »Habe ich auch gedacht. Aber sie verschwieg, dass sie nach dem Tod ihres Vater selbst Chefin der Walden-Werke war.«

»Was redest du da. Blödsinn!«

»Sie hat's nicht an die große Glocke gehängt. Hätte ja auch dumm ausgesehen. Aber es gibt da einen kleinen Zeitungsartikel in der Lokalausgabe Tuttlingen der Donau-Post. Darin steht, dass sie 1977 die Geschäfte führte. Und außerdem, dass meine Mutter ...«

Ein Knall, vor Quetsch zersplitterte das Fensterglas. Etwas schwirrte an ihm vorbei, an der Wand zersprang ein Teller in tausend Scherben. Quetsch warf sich über Hohninger, drückte ihn mit seinem Gewicht zu Boden. Von draußen hörten sie den Motor eines Autos aufheulen. Das Geräusch wurde leiser, dann war Ruhe. Quetsch richtete sich auf. Reichte Hohninger die Hand. Der zitterte am ganzen Körper.

»Die schießen auf uns. Die schießen tatsächlich auf uns!«

»Ein kleiner Gruß zur Nacht«, beruhigte Quetsch. »Ich wette, am Sonntag sitzt der Schütze in der Messe und seine gebrochene Nase schmerzt noch immer wie Hölle.«

Er hob einen Splitter des Tellers auf, betrachtete ihn eingehend.

»Das Lied der Schwaben«, sagte er. »Jetzt ist es futsch.«

»Hat mir sowieso nie gefallen«, sagte Hohninger. Bemühte sich vergeblich, seine Stimme tapfer klingen zu lassen.

Quetsch dagegen fragte sich, weshalb Leute sich Teller an die Wand hängten oder Couchtische aufstellten, die ihnen nicht gefielen.

»Für heute Nacht haben wir wohl Ruhe«, sagte er. Staunte über seine Reflexe und darüber, wie wenig ihn die ganze Sache aufregte. Dass keine Kaminwurz mehr da war, wog da schwerer. »Eines interessiert mich noch. Maria. Was haben Sie sich dabei gedacht?«

Hohninger sah jetzt aus, als sei er durch die Mangel gedreht worden. Zuckte hilflos mit den Schultern.

»Nach dem Mord an Hinkley wusste ich nicht mehr aus noch ein. Da kamst du. Es sah aus, als käme der Stein doch noch ins Rollen. Und dann verschwindest du wieder, Knall auf Fall. Da dachte ich, vielleicht bringt dich die Nachricht zurück, Maria sei entführt worden.«

»Und ihr Vater?«

»Der spielte mit.«

»Mein lieber Herr Gesangsverein«, sagte Quetsch. »Kennen Sie eigentlich dieses schöne irische Sprichwort: ›Der Mensch plant. Gott lacht.‹ Darüber sollten Sie mal nachdenken.«

Hohninger stand in seiner Küche, zwischen Bett, Tisch, Sessel, Gasherd, zwischen dreiundvierzig Jahren vergeblicher Hoffnung auf Besserung und der ebenso alten Einsicht, sie würde nie kommen. Alt sah er aus und verhärmt, und Quetsch spürte plötzlich ein Gefühl von Mitleid. Ein Scheißjob war das, ohne Zweifel. Der Pfarrer erstickte am Gestank der Selbstgefälligkeit der Menschen seiner Gemeinde, und hatte tatsächlich geglaubt, ein Quetsch könnte ihn retten.

Quetsch machte kein Auge zu in dieser Nacht. Auch etwas, was er schleunigst ändern musste. Keine geregelten Mahlzeiten und nicht die acht Stunden Schlaf, von denen er wusste, wie sehr er sie brauchte, wie sehr er sie liebte. Überhaupt war Schlafen eine der Beschäftigungen, die man Menschen nur empfehlen konnte – hat man jemals davon gehört, einer habe im Schlaf gemordet, im Schlaf geraubt, im Schlaf betrogen? Wenn alle Menschen täglich zwei Stunden mehr schliefen, um wie viel Prozent ginge die Verbrechensrate zurück? Quetsch ächzte, wälzte sich vom Billardtisch, wissend, solche Gedanken führten nirgendwohin. Vor allem nicht ins Reich der Träume.

Ziellos wanderte er durch die Kirche. Auch nicht schlecht, so ein Gotteshaus für sich allein zu haben. Warf rasch einen Blick hinter sich. Ob er wirklich allein war, stand auf einem anderen Blatt, womöglich auf einem der Heiligen Schrift, und Quetsch verwarf auch diesen Gedanken wieder, damit hatte er abgeschlossen, es gab so wenig ein Leben nach dem Tod, wie es für viele Menschen eines davor gab. Im fahlen Nachtlicht, das durch die hohen Kirchenfenster fiel, schienen die Gemälde im Kreuzgang lebendig zu werden. Beim Anblick des gegeißelten Jesus spürte Quetsch Wut aufkommen. Warum zum Donnerwetter hatte keiner was unternommen? Hätte er, Quetsch, das Kreuz geschultert, wenn Gottes Sohn auf dem Weg nach Golgatha vor seinen Füßen gestolpert wäre?

»Du wärst so dumm«, murmelte er und spürte im selben Augenblick Gewissenbisse, nein, Freundchen, das sind nicht die Worte, die wir hier sprechen wollen. Schwer wogen uralte Lasten gebeichteter Sünden, von ewiger Reue und Schmoren in der Hölle war die Rede gewesen im Religionsunterricht, von Freuden hatte keiner je gesprochen, und trotzdem sollten die Kinderlein kommen und singen, tretet an den Altar, sehet den Gekreuzigten, da die Wunden, da die Nägel, es dauert drei Tage, bis einer am Kreuz stirbt, und manchmal haben die römischen Soldaten noch die Oberschenkelknochen der Delinquenten gebrochen, dann sackt die Lunge nach unten und der Gekreuzigte erstickt langsam, und jetzt, ihr Kindlein, lobet den Herrn. Und er, Quetsch, war verstört nach Hause gelaufen, hatte nichts mehr wissen wollen von dem Vater, der seinen Sohn auf diese Weise geopfert hatte. Väter, wusste er, gab es nicht, so wie seinen, oder ließen zu, dass ihre Söhne ans Kreuz genagelt wurden. Quetsch hatte Augen und Ohren zugesperrt und sich später einfach geweigert, die Kirche zu betreten. Man hatte die Schultern gezuckt, der Balg der Reingeschmeckten, was kann man schon erwarten? Hohninger ließ ihn wissen, seine Tür stehe offen, aber für Quetsch war das Thema erledigt. Nun aber zwängte er sich in eine Bank. Alten Gewohnheiten folgend ließ er sich auf die Knie sinken, doch dann glaubte er, eine Stimme zu hören:

»Davon war auch nie die Rede gewesen. Wenn du mit mir sprechen willst, setz dich bequem hin.«

Quetsch setzte sich. Die Stimme war wohl Einbildung gewesen, denn sie kam nicht wieder, aber er dachte, vielleicht sollte man am Anfang nicht zu viel erwarten. Sitzend fühlte er sich jedenfalls besser, und das war ja schon was. Er zog die blaue Dose heraus, »Weltspartag 1962«, öffnete sie. Drinnen fein säuberlich zusammengefaltet die Liste, darauf Zahlen, Namen und Fotos von Zwangsarbeitern der Walden-Werke. Oben und unten war die Liste ausgefranst, herausgerissen aus einer anderen, vermutlich längeren. Seine Mutter hatte lediglich einen Ausschnitt mit dem Buchstaben G versteckt.

Nr. 619 Janina Grzeskowiak. Warscjai. Polen. Geb. 6.5.1925. Daneben das dunkle Abbild einer jungen Frau.

Nr. 620. Zofia Grzelak. Plock. Polen. Geb. 18.8.1914. Und das verwischte Foto von Zofia Grzelak.

Bei einigen Namen stand ein weiteres Datum. Nr. 603. Feliks Gesionek. Wodynie. Polen. Geb. 25.3.1910. Gest. 7.12.1943.

Nr. 632. Irena Griazda. Kursk. Russland. Geb. 13.1.1901. Gest. 3.2.1942.

Nr. 634 Merike Grulus. Reval. Estland. Geb. 17.8.1909. Gest. 10.3.1943.

Sie alle hatten die Walden-Werke nicht überlebt. Quetsch zitterte, als er die Liste durchging, bei jedem Namen verharrte, sich den Menschen dahinter vorstellte, den man versklavt hatte, weil Krieg war. Und dann stieß er auf den Namen, von dem er wusste, dass er ihn finden würde, was ihn die ganze Zeit davon abgehalten hatte, die Liste zu lesen.

Nr. 643. Madeleine Guèche. Ban-de-Laveline. Frankreich. Geb. 8.8.1928.

Er starrte auf das Photo der jungen Frau. Madeleine Guèche. Seine Mutter. Aus dem Namen wurde später Quetsch. Für den

Sohn Nachname und Vorname in einem. Es gibt Menschen, denen nicht mehr zusteht.

»Mama!« Ein tiefes Stöhnen entwich Quetschs mächtiger Brust. Hallte in der Kirche wieder. Sie war noch so jung gewesen, als die Liste von einem diensteifrigen Beamten erstellt wurde, den vielleicht ein steifes Knie oder gute Beziehungen vom Frontdienst verschonten, der seine Energie dazu einsetzte, die fleißigen Hände der Walden-Werke zu erfassen. Bericht nach Berlin, an andere Beamte, so viele haben wir noch, das leisten wir, nun rechnet euch aus, ob es zum Endsieg reicht. Seine Mutter hatte nie über ihre Sklavenzeit gesprochen. Auch nicht, was sie dazu bewogen hatte, nicht in die Heimat zurückzukehren, nach dem Ende, nach der Befreiung.

Nr. 643.

Madeleine Guèche.

Die mit dem Bastard.

Dem Bastard mit dem bescheuerten Namen. Jerome. Niemand auf der Alb hieß Jerome. Niemand rief ihn so.

Jerome Guèche.

Jerome Quetsch.

Kurz: Quetsch.

Quetsch blickte starr geradeaus, sein Blick blieb am Kreuz über dem Altar hängen. Saß lange so, unbeweglich wie ein Stein. Dann nahm er sich die Rückseite der Liste vor. Darauf die Schrift seiner Mutter. »Vierhundert Mark, z. zahl. a. Erst.« Darüber klebte ein Stückchen Papier. Darauf ein Name mit dem Anfangsbuchstaben »R«. Das Photo eines kleinen Jungen. Didier Reynders. Geb. 17.4.1938. Lüttich / Maas. Belgien. Quetsch blies angehaltene Luft aus. Faltete die Liste sorgfältig, legte sie zurück in die Dose. Schloss sie. Fuhr mit der Hand über die Aufschrift, »Weltspartag 1962.« Steckte sie in die Tasche.

»Didier Reynders«, dachte Quetsch. »Didier Reynders.«

Und dann dachte er überhaupt nichts mehr, nicht ahnend, dass andere für ein paar Sekunden dieser seltenen Gnade ihr Leben geben würden.

Als sich am Morgen die Tür zur Sakristei öffnete, fühlte er sich ausgeschlafen, und das war auch gut so, denn Nessie kam über ihn wie ein Wirbelwind. Sprang an ihm hoch, leckte ihm Gesicht und Hände, begrüßte ihn als alten Freund. Maria tastete sich durch die Kirchenbänke, und Quetsch bemerkte, wie sein Herz einen Sprung machte.

»Haben Sie in der Zwischenzeit geübt?«, fragte Maria. »Um die Kugeln mit geschlossenen Augen zu sehen?«

Quetsch lachte dröhnend. »Vielleicht bin ich besser geworden«, sagte er. »Wollen wir's probieren?«

Maria nahm Quetsch an der Hand, gemeinsam gingen sie in die Sakristei. Quetsch legte die Kugeln in das Dreieck, schob sie an ihren Platz. Gab Maria ein Queue.

»In die Vollen«, sagte er, »du beginnst.«

Maria stieß an. Die vollen Sechs, Sieben und Acht fielen. Sie lachte. »Die vollen Sechs, Sieben und Acht, nicht wahr? Und jetzt Sie.«

Quetsch nahm das Queue, beugte sich über den Tisch, schloss die Augen. Atmete ganz ruhig, sah sich selbst oder bildete sich ein, sich selbst zu sehen. Sah die Kugeln vor sich, die halbe Sechs nahe der Kante und die halbe Sieben vor dem oberen linken Eckloch, nein, sah sie nicht, fühlte sie, stieß das Queue nach vorne. Brav rollten die halbe Sechs und die halbe Sieben in ihre Löcher. Quetsch öffnete die Augen und richtete sich auf. Maria klatschte.

»Glatt versenkt«, rief sie. »Die halbe Sechs und die halbe Sieben.«

»Gibt's doch nicht«, murmelte Quetsch. Sein Rücken schmerzte.

»Hab's ja gesagt, Sie müssen nur an sich glauben«, sagte Maria.

Quetsch streckte sich, schüttelte ungläubig den Kopf. Überprüfte den Tisch, schaute darunter, griff in die Löcher: Die beiden Kugeln blieben verschwunden.

»Du erlaubst«, sagte er. Drückte auf den Knopf für ein neues Spiel. Die bereits versenkten Kugeln fielen in das Ausgabefach. Der Beweis: Die halbe Sechs und die halbe Sieben waren darunter.

»Donnerwetter«, sagte Quetsch. Und noch einmal: »Donnerdonnerwetter.« Erinnerte sich, wie er ohnmächtig im Chaos seines zerberstenden Hauses gelegen hatte, gekrümmt auf dem Flur, er selbst eine Kugel, die schwarze Acht. Und die Quetsch-Kugel war gefallen, so tief gefallen, wie er nie geglaubt hatte, fallen zu können. Doch jetzt drückte Quetsch den Rücken durch, streckte die Arme aus und brüllte freudig: »Diese Zeiten sind vorbei!«

15

Während des Frühstücks, trocken Brot und Bier für ihn, Müsli in Milch für Maria und Nessie, schwieg Hohninger. »Vielleicht sollten Sie es damit versuchen«, sagte Quetsch aufmunternd und deutete auf den Teller des Mädchens. »Das hebt die Stimmung.«

Hohninger schüttelte den Kopf. Erhob sich. »Ich geh in die Kirche. Ein paar alte Weiber haben sicher die ganze Nacht gesündigt und brauchen meinen Beistand«, sagte er. In der Tür blieb er stehen. »Vielleicht bin ich auch nur ein kleiner Judas. Ich wollte einfach, dass einer kommt und mit dem Gesindel aufräumt.«

»Ja«, dachte Quetsch, »hast mich für diesen Job ausgekuckt.« Aber laut sagte er: »Nur die Ruhe. Ist ja noch nicht aller Tage Abend.«

Der Pfarrer machte eine resignierte Geste und schloss die Tür. Quetsch und Maria aßen weiter.

»Nach dem Frühstück«, sagte er, »gehst du nach Hause. Und sagst deinem Papa ...«

Er dachte nach. »Ach was. Sag nichts.«

»Und was machst du?«

Quetsch ballte die Hände zu Fäusten, ließ die Finger knacken und lachte. »Bürgersprechstunde beim Herrn Abgeordneten. Hab da einiges auf dem Herzen.«

Quetsch sah Hohninger vor dem Altar knien, als er die Horex aus der Kirche schob. Keine Ölflecken, das war beruhigend. Draußen startete er die Maschine, lauschte dem dunklen Bass des Motors, warf einen Blick auf das zerschossene Küchenfenster des Pfarrhauses. Dachte, Junge, Junge, oder dachte auch nichts, das wusste er später nicht mehr. Stülpte sich den Helm über und fuhr los. Durchquerte die Hauptstraße, durch die Durchgangsverkehr rollte, Hausfrauen friedlich ihre Einkaufstaschen spazieren führten, Kinder mit Schulranzen auf dem Rücken sich die Nasen am Schaufenster der Bäckerei plattdrückten. Ein Dorf wie jedes andere. Quetsch dachte, durch wie viele Dörfer kommt man im Leben, findet sie hübsch und weiß nichts, absolut nichts von dem, was dort geschieht? Quetsch beschleunigte, als er das Ortsschild hinter sich gelassen hatte, genoss den Fahrtwind, bog auf einen Feldweg ein, holperte über Schlaglöcher, eifrig bemüht, keine Steine spritzen zu lassen, ein Kratzer und ich vergess mich. Merkte, wie die Erinnerung zurückkam. Dort war die Weide gewesen mit den drei Pferden, starke, braune Rösser, bei denen er gerne seine Nachmittage verbrachte. Da drüben der Schlittenhang, mit dem zu kurzen Auslauf, von einem Weiher begrenzt. Wie oft hatte es nasse Füße gegeben. Hier oben das Wäldchen, dort stand sein erstes Baumhaus, es hielt drei Tage, dann rissen andere Jungs die armseligen Bretter ab und warfen sie in die Hölle. Die Hölle. Eine kleine sumpfige Niederung, ein Dolmen, ein Einbruch im Kalkstein, zugewuchert mit Brennnesseln, da drin landeten nicht nur seine Bretter, auch alte Autobatterien, Bierflaschen, rostiges Werkzeug, was immer man nicht haben wollte, und deshalb landete auch gerne Quetsch darin, hoho, wie war das lustig, und er kam mit Pusteln am ganzen Körper nach Hause, ein feuerroter Streuselkuchen. Quetsch stoppte die Horex, warf einen Blick in die Hölle. Die Brennnesseln waren verschwunden, der Müll nicht. Fuhr weiter. Am Tag sah alles anders aus als in tiefer Nacht. Er brauchte nicht lange, um die Zufahrt zu Reicherts Anwesen zu finden. Das hohe Tor, begrenzt von Steinmauern mit den lauernden Urviechern darauf. Vielleicht sollten es Löwen werden, dachte Quetsch, aber der Steinmetz hat's nicht hingekriegt. Die schweren Eisentüren der Einfahrt waren verschlossen. Kein Problem. Er konnte warten. Begann, Dieterles Horex mit einem karierten Taschentuch zu polieren. Eine Beschäftigung, die, machte man sie richtig, eine meditative Wirkung zeigte. Aus der ihn ein Summen riss, gefolgt vom leisen Quietschen der Türangeln. Quetsch nahm das Motorrad vom Ständer, schob es hinter einen Busch. Kurz darauf schoss ein schwerer Range-Rover aus der Einfahrt. Merzenichs zorniges Gesicht blitzte rot. Der Wagen entfernte sich, das Quietschen der Tore brachte Quetsch in Trab. Keuchte, als er die schwere Maschine hindurchschob. Betätigte den Kickstarter, fuhr los, durchquerte den weitläufigen Park rund um Reicherts Anwesen. Hatte gar nicht vor, sich zu verstecken. Rollte gemütlich vors Haus, stellte die Maschine ab, stieg die Treppen hoch zum Eingang, nahm den Eisenring mit der Figur eines kapitalen Hirschs in beide Hände, donnerte ihn zweimal gegen die Tür. Schlug anschließend mit den Fäusten dagegen, wollte vermeiden, dass es später hieß, oh, ich habe Sie gar nicht gehört. Die Sorge war umsonst. Der Hausherr öffnete selbst, einen dicken Morgenmantel über den Schultern.

»Müssen Sie immer so viel Krach machen?«, fragte er unwirsch.

Quetsch trat ein. »Ich habe Sie wohl geweckt«, sagte er.

»Sehr originell. Ich arbeite. Kaffee? Tee? Was Stärkeres?«

Quetsch erinnerte sich an das Aqua vitalis. »Tja«, sagte er, »Kaffee hatte ich schon. Tee ist nicht mein Ding. Wie wäre es mit einem reinen, unverfälschten fünfundzwanzig Jahre alten Single-Malt aus ...«

»Bowmore«, unterbrach Reichert. »Wäre alles an Ihnen so gut wie Ihr Gedächtnis, hätten Sie es leichter im Leben.«

Er führte Quetsch ins Wohnzimmer. »Setzen Sie sich.«

Auch am Tag brannte ein Feuer im Kamin. Quetsch atmete sauerstoffarme Luft, fühlte sich unwohl im Zoo der ausgestopften Tiere. Ließ sich in einen Sessel fallen. Reichert goss goldbraune Flüssigkeit in zwei Bleikristallgläser, reichte eines Quetsch. Machte es sich ihm gegenüber bequem. Verschränkte die Arme über dem Bauch. »Also?«

»Das Haus, in dem wir wohnten«, sagte Quetsch, »hat Ihnen gehört. Ihnen hat meine Mutter Miete gezahlt.«

»Keiner im Dorf gab ihr eine Wohnung. Ich schon.« Reichert lachte. Die Erinnerung gefiel ihm.

Quetsch schloss die Augen. Sah vor sich die halbe Sechs und die halbe Sieben. »Sie haben die Bremsen von Wegners LKW manipuliert.«

Reichert lachte wieder. »Natürlich nicht. Merzenich war damals schon ein ausgeschlafenes Bürschchen. Ich musste nicht viel sagen. Leider schoss er bei der Sache ein wenig übers Ziel hinaus.«

Schoss übers Ziel hinaus – es so zu nennen! Quetsch biss auf die Zähne. Nein, nein, die Kugeln rollten von alleine. »Sie wollten die Kontrolle über die Walden-Werke gewinnen. Die Gräfin kam durch Mutters Klage unter Druck und musste deshalb den Vorstandsposten aufgeben. Das haben Sie ausgenützt. Ab diesem Zeitpunkt störte meine Mutter nur noch.«

»Sie reden Unsinn«, antwortete Reichert. »Keiner wird Ihnen diese Mär glauben.«

»Da haben Sie wahrscheinlich recht«, erwiderte Quetsch. Hielt noch immer die Augen geschlossen. Die Kugeln lagen bereit, er sah sie ganz deutlich. »Außerdem passiert jeden Tag Schlimmeres im Land, was niemand juckt. Selbst Ihre privaten Vorlieben für Minderjährige sind ein Skandal mit kurzer Halbwertszeit. Da kenn ich mich aus.«

»Haben Sie sonst noch was auf dem Herzen?«, fragte Reichert.

Quetsch hörte seine Kiefernknochen knacken. Wenn er noch mehr auf die Zähne biss, musste er morgen einen Zahnarzt aufsuchen. Falls er ein Morgen noch erlebte. Konzentrierte sich wieder auf die Kugeln und seine Aufgabe, sie kunstvoll zu versenken.

»Sie haben an alles gedacht«, sagte Quetsch. »Wie ist es, wenn man keine Fehler macht im Leben? Wie fühlt man sich dabei?«

Reichert zeigte einen Anflug von Irritation. »Darüber denke ich nicht nach«, sagte er. »Warum sollte ich?«

»Weil Ihnen nichts in den Schoß gelegt wurde«, fuhr Quetsch fort. Das Queue traf die weiße Kugel. »Der kleine Sklavenjunge Didier Reynders musste sich seine Zukunft hart erkämpfen.«

Quetsch war, als hielten selbst die toten Tiere den Atem an. Reichert saß lange Zeit unbeweglich.

»Sie haben die Liste!« Seine Stimme war ein Flüstern.

»Was ich nicht verstehe«, sagte Quetsch. »Haben Sie nie daran gedacht, dass meine Mutter sie im Haus versteckt?«

»Natürlich«, rief Reichert erregt. »Aber keiner hat sie gefunden!«

»Deshalb ließen Sie, als ich auftauchte, das ganze Haus abreißen?«

Quetsch öffnete die Augen. Die halbe Sechs und die halbe Sieben fielen. Er stand auf. »Warum eigentlich«, sagte er, »soll keiner wissen, dass Diethelm Reichert als Didier Reynders zur Welt kam?«

Reichert stierte ihn an. Quetsch sah Blut in dicken Adern pulsieren. Eines Tages würde es steckenbleiben, und Reichert würde feststellen, dass auch er sterblich war. Und das, dachte Quetsch, würde er für den größten Irrtum seines Lebens halten.

»Das fragen ausgerechnet Sie?« Reichert presste die Worte wie Erbrochenes über die Lippen. »Sie wissen doch, welches erbärmliche Leben man als Bastard führt. Vier Jahre war ich, als die Wehrmacht in unsere Stadt kam. Meine Familie tötete, mich verschleppte. Ich schwor mir, dafür werden sie büßen. Ich schwor mir, eines Tages werde ich ihnen alles wegnehmen.«

»Auch auf Kosten Unschuldiger«, sagte Quetsch leise. »Auch auf Kosten meiner Mutter?«

»Ihre Mutter«, fauchte Reichert, »hatte auch nur Rache im Sinn. Warum, glauben Sie, blieb sie in Deutschland? Sie hatte die Liste, sie hat über dreißig Jahre gewartet, um gegen die Walden-Werke prozessieren zu können. Deshalb kam sie zu mir. Sie wollte die Gräfin in die Knie zwingen.«

»Um anderen zu helfen«, sagte Quetsch.

»Sobald Sie an andere denken«, presste Reichert hervor, »haben Sie schon verloren.«

»Ach«, sagte Quetsch. »So einfach ist das.«

Hatte noch immer das Glas in der Hand und ließ es fallen. »Bemühen Sie sich nicht. Ich finde selbst hinaus.«

Wanderte gemächlich durch die Räume, betrachtete das teure Mobiliar, die Teppiche, in denen man einsank, die wertvollen Antiquitäten. Nun hatte er gehört, wie man ganz bestimmt nicht zu solchem Reichtum kommt: Wer an andere denkt, hat schon verloren.

Setzte sich auf die Horex, nicht sicher, was passieren würde. Vielleicht ein Messer in den Rücken? Aber nein, wahrscheinlich war das Tor offen, bereit zur bequemen Durchfahrt. Dr. Diethelm Reichert brauchte nichts zu befürchten, außer der allgegenwärtigen Angst vor dem kleinen Bastard Didier Reynders, der ihn Nacht für Nacht im Schlaf überfiel. Der ihn mit Fragen quälte, warum hasst du mich, warum? Weißt du nicht, ich bin du und du bist ich? Reynders, der kleine Junge, der Teufel, den Reichert mit dem Beelzebub austrieb, indem er andere kleine Jungen quälte. Quetsch fragte sich, wie er das stoppen konnte. Er durchquerte das Tor mit den verunstalteten Löwen, riss den Hahn der Maschine auf, donnerte hinab zur Donau und bog an der Kreuzung ab nach Schilberg.

Quetsch fand Hohninger in Tränen aufgelöst vor den Containern der Asylanten sitzen.

»Ging alles ganz schnell«, sagte der Pfarrer. »Maria kam gelaufen, völlig verstört, und bis ich da war, waren sie schon am Verladen, mit Schäferhunden und Schlagstöcken. Sie durften nichts mitnehmen, wie Vieh trieben sie die Menschen vor sich her.«

Quetsch setzte sich neben Hohninger. Über den Parkplatz verstreut ein zerbrochenes Dreirad, eine Einkaufstasche mit Habseligkeiten, schnell zusammengerafft und dann doch fallengelassen, ein Paket mit Windeln, ein paar gelbe Gummistiefel. Hohninger verbarg sein Gesicht in den Händen und schluchzte.

»Ich habe als kleiner Junge gesehen, wie die SS die Gefangenen vom Lager ›Wüste 10‹ nach Dachau verlud. ›Wüste 10‹ war der Ölschieferabbau, die Vorhölle, Dachau die Hölle. Haben wir gar nichts dazugelernt? Hat sich nichts geändert?«

Quetsch wollte nicht antworten. Wollte nicht sagen, die Umstände haben sich geändert, aber die Menschen sind gleich geblieben. Ihre innere Überzeugung haben sie 1945 nicht abgelegt wie ein ausgetretenes Paar Schuhe. Er hielt die Augen geschlossen. Sehen, ohne sehen zu müssen. Und so sah er, wie in diesem Augenblick Beamte des Bundesgrenzschutzes das Zimmer 1823 des Elisabethen-Hospitals stürmten, einen alten, verwirrten Mann aus seinem Bett zerrten und dessen Sohn, der den Vater mit Fäusten verteidigte, die keine waren, da ihnen die Finger fehlten, niederschlugen. Ein kleiner Junge versteckte sich unterm Bett, und Quetsch zitterte vor Wut, als ein Beamter ihn packte, einer von denen, die auch nur ihre Pflicht tun. Nein, Georgij würde nie erfahren, dass er allein die Ursache dieser überstürzten Ausweisung war.

Und er begriff, Reichert hatte für alles Vorsorge getroffen.

Das Kreischen von Bremsen schreckte ihn auf. Der Range-Rover schlitterte über den Platz, kam zum Stehen. Zwei Männer stiegen aus. Merzenich und Kern.

»So, Fettsack«, rief der Polizist, »jetzt wird abgerechnet.«

Quetsch sprang auf, schwang seine Faust. Etwas Hartes traf ihn von hinten am Kopf, er drehte sich um, röhrte wie ein brünftiger Hirsch, bekam Merzenich zu fassen und entwand ihm den Totschläger, doch ein zweiter Schlag sprengte ihm fast den Schädel, ein dritter zwang ihn in die Knie, der vierte war nur noch gleißender Schmerz, der fünfte nichts mehr.

Kam zu sich, als eine Zunge beharrlich über sein Gesicht strich. Öffnete die Augen. Da war Nessie, der Blindenhund, winselnd. Unter sich etwas Faseriges, Filz, seine Hand tastete Löcher, wie war er auf den Billardtisch gekommen? Drehte mühsam den Kopf, das tat weh. Er sah zwei Hohningers, die zwei Flaschen an die Lippen führten, fokussierte die Pupillen, die beiden Pfarrer verschmolzen zu einem. Richtete sich ächzend auf. Hohninger fuhr herum.

»Gott sei Dank!« stammelte er. »Gott sei Dank, Gott sei Dank. Eine Messe werde ich halten, ach was, zwei Messen. Dank dem Herrn für deinen Eisenschädel!«

»Danke, Herr«, sagte Quetsch, und wälzte sich vom Tisch. Die Knie weich wie Pudding, aber sie trugen. Nahm die Flasche mit der Feigenmedizin entgegen, saugte an der Öffnung, bis nichts mehr drin war. »Was ist passiert? Erinnere mich an nichts.«

»Das Schilberger Überfallkommando«, sagte Hohninger. »Wollten dich glatt totschlagen.«

Quetschs Hand zitterte. Hohninger nahm ihm die Flasche ab. Quetsch entdeckte ein tiefschwarzes Veilchen um das rechte Auge des Pfarrers.

»Sind Sie sicher, die haben es nicht auf Sie abgesehen? Und ich war nur zufällig dabei?«

»Wahrscheinlich war's so.« Der Pfarrer lächelte. »Zum Glück fiel dir das aus der Tasche.«

Quetsch nahm ihm die Waffe aus Jos Küchenschrankbeständen ab.

»Hochwürden«, keuchte er, »kennen Sie den Unterschied zwischen Pistole und Revolver?«

»Nein, und ich will ihn auch nicht wissen«, sagte Hohninger. »Aber es verschafft Respekt, das ist schon schlimm genug.«

Quetsch legte die Waffe vorsichtig auf den Billardtisch. »Hätten Sie abgedrückt?« fragte er leise.

Der Pfarrer schwieg lange. »Führe mich nicht in Versuchung«, sagte er. »Aber ich glaube, die Antwort ist ja.«

Hohninger wollte ihn zurückhalten. »Nicht in diesem Zustand«, sagte er, aber Quetsch bestand drauf. Eine Kleinigkeit gab es noch zu erledigen, ein Besuch bei alten Freunden.

Vor sich sah er das Wäldchen, fuhr hinein, stellte die Maschine ab. Schob sie tief ins Buschwerk, musste ja nicht von jedem Spaziergänger entdeckt werden. Schlug sich dann durchs Unterholz. Sein Ortssinn hatte ihm keinen Streich gespielt. Zwischen den Bäumen schimmerte es grün. Er erreichte die Rasenflächen rund um die Donau-Klinik. Um diese Zeit waren sie noch nicht von erholungsbedürftigen Patienten bevölkert. Quetsch überquerte sie im Laufschritt. Die erste Tür war verschlossen, die zweite auch, die dritte ließ sich öffnen. Personaleingang, las Quetsch. Drinnen eine Treppe, die nach oben führte, wieder eine Tür, daneben ein kleiner Kasten, ein Display forderte ihn auf, seine Chipkarte einzuführen. Eine moderne Stechuhr, und Quetsch murmelte: »Hab nicht vor, lange zu bleiben.«

Es war im obersten Stock gewesen, als Schwester Agnes ihm Schleimsuppe kredenzen wollte und er nach Bratwürsten gerufen hatte. Weit weg von den anderen Patienten, aber ganz nah an Dr. Bracks Privatbereich. Dorthin, da war sich Quetsch sicher, musste er die Schritte lenken. Und danach einfach warten, wenn es sein musste, für Stunden.

Was nicht nötig war. Vor ihm ertönten vertraute Stimmen, das Geklapper von Tassen und Tellern, und als er das Zimmer betrat, ein ›Guten Morgen, Herrschaften‹ auf den Lippen, fiel Dr. Friedrich Brack das Marmeladebrötchen auf die Pyjamahose. Bei Sabine sah er nur ein Zucken im Mundwinkel, sie schloss nicht einmal den geöffneten Bademantel über dem Negligé.

»Freut mich, wenn's schmeckt«, sagte Quetsch. »Doch, doch, damit gewinnt man mein Herz. Was haben wir denn da? Butter, Eier, Wurst? Nicht eben cholesterinfreundliches Futter, lieber Doktor. Und die Dame hier ist auch nicht die werte Gattin. Wie geht's der? Zuhause alles im grünen Bereich?«

Brack sprang auf. »Was wollen Sie?«, herrschte er Quetsch an, die Stimme unnatürlich hoch.

»Schwierige Frage«, antwortete Quetsch. »Was will ich? Ehrlich gesagt, darüber zerbreche ich mir schon eine Zeitlang den Kopf.«

Er schaute sich suchend auf dem reich gedeckten Tisch um. »Ist eine Weile her,« fuhr er fort, »da saß ich in Ihrem Wartezimmer. Dort hängen eine Menge Bilder an der Wand. Gestatten Sie, wenn ich mir Kaffee nehme? Hatte heute noch keinen.«

Kaum ausgesprochen, schenkte Sabine eine Tasse ein, reichte sie ihm. Keinerlei Zittern der Hand.

»Respekt«, dachte Quetsch. »Gegen dich ist der Doktor eine halbe Portion.« Er nahm einen Schluck. Instantkaffee. Nun ja. Was konnte man erwarten?

»Wo war ich?« fuhr er fort. »Ach ja, die Bilder. Nicht mein Geschmack, ganz ehrlich, aber trotzdem interessant. Diese verschobenen Gesichter. Hab vor Jahren einen Artikel geschrieben über das Bewusste im Unbewussten, und dabei habe ich was kapiert. Das fiel mir ein, als ich die Bilder sah und gleich darauf Merzenich vorbeischlich. Lange Zeit dachte ich, seine Anwesenheit hatte mit mir zu tun. Bis mir klar wurde, es gibt ja noch mehr, was meinen alten Schulkameraden umtreibt. Denn das Bienchen hier steigt mit jedem Kerl ins Bett, der ihr Merzenich vom Hals schaffen könnte. Sogar mit Ihnen. Reicherts Bluthund kam dahinter und hat Sie zusammengebügelt an diesem Tag, an dem ich in Ihrem Wartezimmer saß. So dass das schlaue Mädchen hier denkt, mehrgleisig fahren kann nicht schaden, vielleicht ist ja der Quetsch so blöd. Vielleicht sorgt der für einen dieser bedauerlichen Unfälle, wie sie in Schilberg immer wieder passieren, und dann wäre Matze Merzenich nur noch so aktuell wie die Zeitung von gestern, und die interessiert bekanntlich keinen mehr.«

Er stellte die Tasse ab. »Das war's. Danke für den Kaffee. Frisch gemahlen schmeckt er besser.«

Brack starrte Sabine mit bleichem Gesicht an. Die sprang auf, die Beherrschtheit wie weggeblasen.

»Merzenich ist eine Sau«, schrie sie. »Du hast ja keine Ahnung! Verrecken soll er, verrecken!«

»Genau«, dachte Quetsch. »Da liegen unsere Meinungen gar nicht so weit auseinander.«

Dann verbannte er jeden weiteren Gedanken aus dem Kopf.

Ein ganz anderes Fahrgefühl war das, zu zweit auf der Horex. Sicher ein hübscher Anblick, dachte Quetsch, das Michelin-Männchen und der Mann mit der Kutte. Vor dem Terminal drei des Stuttgarter Flughafens übernahm der Pfarrer den Lenker.

»Sie können wirklich damit umgehen?«, fragte Quetsch zum fünfzigsten Mal. »Ein Kratzer, hat Dieterle gesagt, und er vergisst sich.«

»Ich bitte um mehr Vertrauen in einen Diener des Herrn, mein Sohn«, antwortete Hohninger. »Außerdem sind's keine zwanzig Kilometer. Ich mach wohl erst 'ne Spritztour.«

»Das werden Sie nicht«, protestierte Quetsch. »Auf dem direkten Weg war abgemacht. Und bestellen Sie Grüße.«

Er kramte in der Tasche. Zog einen Bündel Scheine heraus. Viel war vom Vorschuss der Gräfin nicht übrig geblieben.

»Hab mich an Ihrem Opferstock vergriffen. Der Rest ist für Marias Billardkarriere.«

Hohninger nahm das Geld.

»Gott segne dich«, murmelte er schnell. Und dann lauter: »Was machst du?«

»Weiß noch nicht«, log Quetsch. »Und Sie?«

»Rente«, sagte der Pfarrer. »Dann nichts wie weg.«

»Wohin?«, fragte Quetsch.

»Weiß noch nicht«, log auch Hohninger. Sah sich bereits auf einem grünen Hügel, dahinter hohe Berge, schneebedeckt. Wo immer dieser Ort war, mit Gottes Hilfe würde er ihn finden.

Eine Weile standen sie schweigend. Quetsch trat von einem Fuß auf den anderen. Hohninger verstand, warf den Motor an. Fuhr los, Quetsch winkte. Wagte sich durch die Drehtür, war wie immer froh, heil auf der anderen Seite rauszukommen. Musste sich sputen. Das Flugzeug nach Berlin wartete nicht auf einen wie ihn.

16

Ein Taxi brachte ihn vom Flughafen Schönefeld zum Schloss. Quetsch war, als sei keine Zeit zwischen seinem letzten Besuch und diesem Tag vergangen. Vielleicht befand er sich die ganze Zeit schon im wahren Universum, dachte er, da, wo leerer Raum sich zusammenschweißt mit leerer Zeit, ganz so, wie es der Physiker Sir James Jeans beschrieben hatte, und ganz so, wie er, Quetsch, es in einem Artikel für die Weser-Post im Niemandsland zwischen Bremen und Emden wiedergegeben hatte. Der stellvertretende Redakteur las den Artikel, verstand kein Wort, schmiss ihn in den Papierkorb, was soll der Scheiß, Quetsch, das kapiert doch keine Sau, leerer Raum und leere Zeit, da, schau mal auf die Uhr, in einer Stunde ist Redaktionsschluss, und das einzig wirklich Leere ist deine Seite. Hier aber stand die Zeit still, so still wie die alte Frau in schwarzer Kleidung, im Gesicht hunderttausend winzige Falten, das Haar zum Dutt gebunden.

»Die Gräfin wartet«, sagte Lisa.

»Auch so ein Phänomen«, dachte Quetsch. »Die Nachricht meines Kommens eilt mir voraus.«

Der Eichenholzboden sang dasselbe traurige Lied, und auch heute kein Sonnenstrahl, der den großen Saal erhellte. Ihre Stimme wie damals, dunkel, erregend, verführerisch. »Sie leben noch. Wie schön. Wie ich sehe, haben Sie meinen Rat befolgt und nicht den Helden gespielt.«

Quetsch trat näher. Gräfin Sieglinde von Walden hatte ihm ihre rechte Gesichtshälfte zugedreht, die leere Augenhöhle, die mit Geschwülsten überzogene Wange, Narben wie Kainsmale.

»Tee? Kuchen?«

Quetsch schüttelte den Kopf. Jetzt, wo er sie brauchte, war seine Stimme verschwunden, irgendwo hinabgerutscht in die Tiefen seines Leibes.

»Danke«, flüsterte er. »Bin auf Diät.«

»Oh«, sagte die Gräfin. Und dann sagte sie nichts mehr.

Quetsch trat näher. Auf den Computerbildschirmen flackerten die Namenslisten der Zwangsarbeiter.

»Wie viel Informationen haben Sie Hinkley gegeben?«, fragte er. »Genug jedenfalls, um ihn heiß zu machen.«

Die Gräfin drehte mit einer raschen Bewegung den Rollstuhl. Jetzt waren es ihre feinen Gesichtszüge, umrahmt vom dicken Zopf ihrer schwarzen Haare, die Quetsch im bläulichen Licht der Bildschirme widergespiegelt sah.

»Haben Sie meine Geschichte?«, fragte die schöne Seite.

»Ja«, sagte Quetsch. »Aber möglicherweise eine andere, als Sie wünschen. Ist manchmal so, dass Geschichtenschreiber nicht das abliefern, was sich ihre Auftraggeber erhoffen. Geschichten haben ihre eigene Dynamik. Machen, was sie wollen. Dann ist der, der sie schreibt, nicht mehr Lenker der

Geschichte, sondern wird von ihr gelenkt. Wenn er klug ist, aber das sind nur wenige, lässt er es zu. Die Geschichte, die sich dann schreibt, ist eine ehrliche. Manchmal sogar eine menschliche.«

Quetsch beugte sich hinter die Computer, zog die Stecker heraus. Mit einem enttäuschten Summen wurden die Bildschirme schwarz.

Sieglinde von Walden protestierte. »Was soll das? Was tun Sie?«

»Es war einmal«, sagte Quetsch. »So beginnen viele Geschichten, so beginnt auch diese.« Er ging zum Fenster, nahm die schweren Vorhänge in beide Hände, riss sie weit auf. Sonnenlicht flutete herein. Ging weiter zum nächsten.

»Es war einmal eine Frau, die liebte ihren Vater über alles. Auch wenn er ein König war, den man im ganzen Land fürchtete. Seine Herrschaft war absolut, wer ihm widersprach, riskierte den Tod.«

Quetsch öffnete einen weiteren Vorhang. Die Gräfin schrie auf, als ob ihr der Sonnenstrahl körperliche Schmerzen bereitete.

»Seine Untertanen nannten ihn den Weißen Engel«, rief Quetsch. »Denn er trug einen blütenweißen Arbeitsmantel, auf dem kein Stäubchen zu finden war. Unvermittelt tauchte er in der Fertigung auf, kontrollierte Drehteile für Waffen oder Zündervorrichtungen. Bei unpräziser Arbeit gab er seinem Adjutanten einen Wink. Das Todesurteil für den Arbeiter. Es wurde sofort vollstreckt. Alle mussten zusehen.«

Noch ein Vorhang, und noch einer. Der Saal glänzte in hellem Licht. Die Gräfin bedeckte ihr Gesicht mit den Händen.

»Die Tochter liebte ihren Vater so sehr«, rief Quetsch vom entferntesten Ende des Saales, »dass sie später jedem erzählte, von nichts gewusst zu haben. Was nicht der Wahrheit entsprach.«

Mit großen Schritten eilte er auf den Rollstuhl zu, der jetzt klein und unscheinbar wirkte, um den viel zu viel Raum war.

Quetsch beugte sich über die Gräfin, packte ihre Hände und riss sie vom Gesicht.

»Denn die Tochter wusste alles. Als Pavel Kuka ihren Vater in die Hölle beförderte, wo er auch hingehört, übernahm sie das Ruder bei den Walden-Werken. Sie führte seine Arbeit einfach weiter. Deutsche Waffen verkauften sich auch nach 1945 bestens. Aber es gab Menschen, die ihr in die Quere kamen. Die Rache geschworen hatten. Meine Mutter war darunter, aber auch Didier Reynders. Der als Diethelm Reichert schon sehr nahe gekommen war: Er war nämlich ihr Verlobter gewesen.«

Die Gräfin schrie auf. Sie entwand Quetsch ihre Hände. Mit kräftigen Bewegungen brachte sie den Rollstuhl aus seiner Reichweite. Quetsch folgte.

»Gelogen! Alles gelogen!«

»Reichert wollte die Walden-Werke. Er wollte vielleicht nicht mit einem entstellten Monster verheiratet sein, aber er wollte die Walden-Werke. Meine Mutter kam da grade richtig. Wäre es zum Prozess gekommen, hätten Sie auf jeden Fall verloren. Aber es kam gar nicht dazu. Sie einigten sich mit Reichert außergerichtlich. Er übernahm die Fabrik, Sie zogen sich zurück. Die einzige Verliererin in diesem Spiel war Madeleine Guèche. Die einzige Verliererin war meine Mutter. Doch sie hatte noch die Liste, vor der Reichert so viel Angst hatte …«

Quetsch brach ab. Es fiel ihm schwer, die Wahrheit auszusprechen.

»… deshalb alarmierte er Merzenich. Das ausgeschlafene Bürschchen. Das leider übers Ziel hinausschoss.«

Die Gräfin drückte beide Hände auf den Mund, als gälte es, Worte zurückzuhalten, die herauswollten.

»Jahre vergingen«, sagte Quetsch. »Sie brüteten in Ihrem Spinnennetz, entwarfen und verwarfen Ideen. Dann, nach langer, viel zu langer Zeit, bot sich die Gelegenheit. Deutschland sollte endlich seine Schulden begleichen. Ihr Plan war clever: Sie wollten Reichert mit seinen eigenen Waffen schlagen. So, wie er Sie vom Thron gestoßen hatte, würden Sie ihn vom Thron stoßen. Und wie Reichert meine Mutter dazu brauchte, brauchten Sie mich. Denn Hinkley war nur das Bauernopfer. Sie wussten, was mit ihm geschehen würde.«

Quetsch drehte sich um, durchquerte den Saal. Unter der hohen Flügeltür blieb er stehen. Wandte sich der Gräfin ein letztes Mal zu, eine zusammengesunkene Gestalt im Rollstuhl. Quetsch war fast erstaunt, dass er nichts spürte. Kein Mitleid. Er ging hinaus. Hinter der Flügeltür stand Lisa, in ihrem Gesicht unzählige Falten, unzählige Geschichten, jetzt eine mehr. Quetsch ging schweigend an ihr vorbei. Begrüßte draußen die Sonne, begrüßte die Luft wie ein Ertrinkender. Der Taxifahrer riss die Tür auf.

»Ich muss das ja nicht bezahlen, Kumpel«, sagte er, »aber auch Warten kostet was. Wo soll's hingehen?«

Quetsch warf sich auf den Beifahrersitz. In seinen Augen brannten Tränen. Druckste unter großer Mühe Kerems und Mekatas Adresse heraus.

Prenzlauer Berg, dritter Hinterhof, achtes Stockwerk. Mekata Celik stimmte ein großes Geschrei an, als Quetsch heraufstapfte. Nahm ihn in ihre mächtigen Arme, und Quetsch, überglücklich, ließ zu, dass sie ihm in die Wange kniff.

»Hast abgenommen, nicht gegessen, ich wusste es.«

Kerem schlurfte heran, »Hey guy, il y a longtemps que tu n'étais pas ici. Komm rein.«

Quetsch folgte ihm, stolperte, weil Mekata ihm Kokosmakronen in den Mund steckte.

»How was it? Good adventure?«

»Wenn ich meine Knochen zähle, fehlen sicher welche.«

»So mag ich's«, sagte Kerem. »Was ist: Erst erzählen und dann pennen, oder umgekehrt?«

»Umgekehrt.«

»Pas de problème. Der Vermieter war gestern da, Riesenaufregung, hatten die Hütte voll, aber dafür hast du jetzt erst mal Ruhe.«

Quetsch nickte, plötzlich zu müde, um auch nur ein weiteres Wort zu sagen. Schob sich in das Zimmer, welches er immer bewohnte, zog Schuhe, Hemd und Hose aus, warf sich auf die Matratze und schlief bereits, als die besorgte Mekata einen Topf mit »Den Imam hat's umgehauen« hereintrug.

Quetsch träumte. Saß mit seiner Mutter auf dem Baumhaus, hoch über der restlichen Welt. Wieder verfaulten die Holzbretter. Seine Mutter und er rückten näher zusammen. Als nur noch ein Brett übrig war, sah ihn seine Mutter an und sagte:

»Junge, du musst endlich von den Bäumen steigen.«

Und er fragte: »Aber wo soll ich hin?«

Sie lachte. »Ans Meer. Geh ans Meer.«

Da wachte er auf. Tastete um sich, was roch so verführerisch?, entdeckte den umgehauenen Imam im Topf, nahm ihn mit sich. Fand Kerem in der Küche, ein Blick auf die Uhr, die zeigte drei, draußen war dunkelste Nacht. Kerem nickte, als Quetsch den Topf auf den Gasherd stellte, um dem Imam den Hintern zu wärmen. Fragte: »Wie lang habe ich gepennt?«

»Vierzehn Stunden«, sagte Kerem.

Quetsch nahm den Topf vom Herd, setzte sich an den Küchentisch. Fuhr mit dem Löffel hinein, führte ihn zum Mund, aß, erzählte gleichzeitig, begann ganz vorn und endete ganz hinten, wie es sich gehört bei einer guten Geschichte. Kerem unterbrach nie, bis Quetsch schließlich endete. Kerem blickte in seine längst erloschene Pfeife, als steckte in ihr die Weisheit der Erde.

»Ça m'emmerde«, sagte er, ohne zu erläutern, was ihn ankotzte. Dann kramte er in der Tasche, schob den Artikel über den Tisch. »Hab was ausgeschnitten. Stand gestern in allen Zeitungen. Dachte, könnte dich interessieren.«

Quetsch las.

MORD IN SCHILBERG

Eine grausame Bluttat ereignete sich in Schilberg auf der Schwäbischen Alb. Eine Frau erstach ihren Lebensgefähr-

ten, offenbar nach heftigem Streit. Nach der Tat ließ sie sich ohne Widerstand abführen. Über das Motiv ist nichts bekannt. Das Opfer war ein enger Mitarbeiter des baden-württembergischen Landtagsabgeordneten Dr. Diethelm Reichert.

Quetsch zerriss den Artikel in winzig kleine Fetzen. Öffnete das Küchenfenster und warf sie hinaus. Ein Wind trieb sie über die Dächer Berlins. Ihn fröstelte. Er schloss das Fenster.

»Was ich jetzt brauche«, sagte er, »ist Hitze. Und eine Komplettreinigung.«

»Bien sûr«, rief Kerem. Legte die Pfeife weg, stemmte die Stummelfinger auf den Küchentisch, stand mit viel Mühe auf. »Ab in den Hamam!«

Quetsch stand stundenlang unter warmem, weichem Wasser aus einem Duschkopf, groß wie ein Wagenrad. Heizte sich im 48 Grad Celsius warmen Kuppelsaal mit blau-roten Mosaiken auf, fing an zu schwitzen im Heißluftraum bei 60 Grad. Schlurfte hinter Kerem her zu den Massagebänken, ließ sich Fett und Muskeln durchkneten. Dem Ruf des Dampfbads leistete er keinen Widerstand, saß auf heißem Stein, den Mund weit geöffnet, damit die mit Wasserperlen getränkte Luft bis in seine Lungen gelangen konnte. Lag endlose Zeit regungslos in einer gusseisernen Wanne, im warmen Wasser, in Mutters Schoß.

Irgendwann sagte Kerem: »Ça m'emmerde. Die Kleinen trifft's. Die Großen kommen ungeschoren davon.«

Danach wieder Duschen, und Eisbecken. Kerem weigerte sich, konnte nicht schwimmen, die ein Meter zwanzig Wassertiefe ängstigte ihn. Ein Türke mit sichelförmigem Oberlippenbart, an den Enden scharf wie ein Schwert, reichte ihnen angewärmte Handtücher. Sie rubbelten sich ab, und Quetsch fand seine Haut so rosig wie die eines Ferkels. Der Türke führte sie in den Ruheraum. Halbdunkles Licht, wie in einer Moschee, im Halbkreis eine Anzahl Betten. Quetsch legte sich in eines, Kerem in das gegenüberliegende. Der Türke schlug Laken um sie. Quetsch ließ sich in die Schwere eines neuen Traumes sinken.

Davor aber rief er durch den Raum: »Glaubst du an die Macht einer guten Geschichte?«

Und Kerem rief zurück: »Steht nicht in eurer Bibel: Am Anfang war das Wort? Auf was wartest du?«

Quetsch brummte etwas wie »Habe ich noch nie gemacht«, aber man konnte sich auch täuschen.

Kerem öffnete das oberste Fach des Küchenschranks, zog die Plastiktüte hervor, daraus ein Notebook, stellte es vor Quetsch.

»Das gehört dir«, sagte er ernsthaft. Wies mit der Stummelhand auf seinen Sitz hinter dem Küchentisch. »Dein Platz. Niemand wird dich stören.«

Er drängte Mekata aus der Küche, folgte ihr, zog die Tür zu. Quetsch starrte den Computer an. Fand einen Schalter, drückte darauf. Nun wurde er doch zum Narro, um die Verfehlungen anderer in ein Buch zu schreiben. Damit am Ende die Großen nicht ungeschoren davonkommen. Zaghaft legte er einen Finger auf die Tastatur. Das Tippen ging leicht, viel leichter als mit seiner alten Reiseschreibmaschine.

Quetsch tippte ein *J*.

Dann ein *a*.

Ein *n*.

Ein *k*.

Ein *o*.

Tippte *Janko*.

Janko Kravic.

Er schaute sich in der Küche von Mekata und Kerem um. Echte Freunde waren das. Er, Jerome Guèche, genannt Quetsch, hatte Freunde. Dann schaute er nur noch auf den Bildschirm, auf dem wie durch Zauberhand Buchstabe um Buchstabe erschien, Wort um Wort.

Janko Kravic erwachte fünf Minuten vor drei Uhr, wie in der letzten Nacht und der vorletzten und jeder Nacht davor seit zweieinhalb Jahren. Er atmete die stinkende Luft ein, hörte das vielstimmige Schnarchen. Alles vertraut:

ENDE

Jürgen Seibold
Endlich fit
Ein Rems-Murr-Krimi